恋の伝説

主要登場人物

キャシー・クーパー……………キンベル美術館の広報担当
ハリソン・スタンディッシュ……考古学者
アダム・グレイフィールド……ハリソンの異父弟。考古学者
トム・グレイフィールド…………アダムの父親。駐ギリシャのアメリカ大使
ダイアナ・スタンディッシュ……ハリソンとアダムの母親。考古学者
フィリス・ランバート……………キンベル美術館のキュレーター
クライド・ペタロナス……………フィリスの秘書
イアフメス・アクヴァル…………エジプト考古庁の高官
マディー・マーシャル……………キャシーの双子の姉
デイヴィッド・マーシャル………マディーの夫。ＦＢＩ特別捜査官

プロローグ

エジプト、王家の谷
一六年前

「ぼくの父さんは誰なの？」

　夜はもう更けていた。石油ランプの小さな光が、ラムセス四世の墓の壁にちらちらと影を投げかけている。空気は土とカビのにおいがした。一六歳のハリソン・スタンディッシュの問いに答えはなく、スコップが砂をすくう音だけが淡々と響いた。

　ピラミッドの外に立つ武装した警備員を除けば、発掘現場に残っているのはハリソンと母親のダイアナだけだった。ほかの考古学者や発掘作業員、大学生たちは、とっくに大学の敷地内の宿舎に戻っている。

　彼らが探しているのは、ラムセスの長女キヤの墓だ。キヤの恋人ソレンはミノア人（前二〇〜一五世紀を中心にギリシャのクレタ島で栄えたミノア文明の担い手）の書記だったが、エジプトに奴隷として売られた。言い伝えによると、ソレンとキヤはラムセスの主席大臣ネバムンに仲を引き裂かれたという。古代エジプトの主席大臣というのはとても重要な役職で、行政官としてはファラオの次の地位にあたる。王族と結婚すれば、ファラオになることも夢ではなかった。

ラムセスはネバムンの忠誠に報いるため、彼をキヤと結婚させることを約束していた。ところが、ソレンの腕に抱かれるキヤを見て嫉妬に狂ったネバムンが、二人に毒を盛ったのだ。ネバムンは二人を別々の墓に埋め、ソレンが死の直前にかけた呪いを封じるために、お守りのブローチを二つのリングに分解し、それぞれの墓に片方ずつ入れた。ネバムンは迷信深かったので、ブローチを完全に壊してしまうことはできなかった。伝説では、ばらばらになった二つのリングが再び合わされれば、ソレンとキヤはあの世で結ばれ、ネバムンの子孫は永遠に呪われるとされている。

ダイアナはもう何カ月も、夜明けから夜中まで発掘作業を続けていた。自分の目的にすっかり心を奪われ、ほかのことは何も考えられないようだ。ハリソンのほうをちらりと見たが、その目は熱を帯びたように光っている。

ハリソンはめがねを押し上げ、かたずをのんだ。今度こそ答えてくれるだろうか？

ダイアナは何も言わなかった。口を引き結んで、作業に戻っただけだ。地面にしゃがみ込んで、注意深く砂をふるっている。

「父さんはエジプト人？」ハリソンは言った。「だからぼくはこんな肌の色をしてるの？」

スコップを突き立てる。砂をすくう。突き立てる。すくう。

「母さんったら」

「最低の男だった」ダイアナは答えた。「あなたは知らないほうがいい」

「じゃあ、アダムの父さんは？」ハリソンは父親が違う弟のことをたずねた。

「アダムが何？」

「どうしてアダムは自分の父さんのことを知ってるの？」

ダイアナは不満げにうなると、上半身を起こして、土で汚れた手で額にかかるブロンドの髪を払った。「それは、トム・グレイフィールドがアダムの人生にかかわりたいと言ったからよ」

「じゃあ、ぼくの父さんは、ぼくの人生にかかわりたくないってこと？」

意味のない質問だった。ハリソンが父親を知らない時点で、その答えは明らかだ。

「そうよ。あなたの父親は結婚してたから。息子も一人いた。わたしも最初は知らなかったけど」苦々しげなダイアナの声が、閉ざされた空間に響きわたった。

「えっ……」

ハリソンはそのおぞましい事実を、心の中でかみしめた。自分の実の父親は、母親とは別の女性と結婚していて、息子もいる。そして、明らかに自分よりもその息子のほうを愛しているのだ。

絶望で肩がずっしりと重くなった。ハリソンはのろのろと立ち上がった。

「いい？　ハリソン」ダイアナは声をやわらげて言った。「これだけは信じて。余計なことは知らないほうが、あなたのためなのよ」

「でも、ぼくは本当のことが知りたいんだ」

「どうして？」

「自分の親のことを知る権利は、誰にでもあるから」

「それって、お友達のジェシカと関係があるのかしら？　プライドの高いご両親が、親の顔も知らない男とつき合うことに反対してるの？」

ハリソンは顔を真っ赤にして、こぶしを握りしめた。

「図星ね」ダイアナは冷ややかに笑った。「顔が赤くなってる」

ハリソンは何も言わなかった。ひどく腹が立ち、いらだって、混乱していた。その気持ちを胸の奥深くに吸い込んで、息とともに押し殺し、母親をじっと見た。こんなにも大事なことを長い間自分に隠していたなんて、信じられない。

「ぼくには知る権利がある。もう一六歳だし、大人なんだ」

「分かったわ」しばらくして、ダイアナは言った。「これだけは教えてあげる。あなたの父親は高貴な家柄の出で、大きな権力を持っている人よ」

押し込めていた気持ちとともに、ハリソンは息を吐き出した。まるで八〇キロをノンストップで全力疾走してきたように、力が一つも残っていない。

空っぽになってしまった。

「父さんのことは愛していたの？」ハリソンはたずねた。

ダイアナは鼻を鳴らした。「愛なんて幻想よ。あなたはジェシカのことを愛していると思ってるかもしれないけど、それはホルモンの高ぶりと、いわゆる一〇代の苦悩ってやつにすぎないわ。悪いことは言わないから、ジェシカのことは忘れて、やるべきこと、学校の勉強に集中しなさい。心を解き放ってくれるのは、愛じゃなくて科学なんだから」

ダイアナはまるで、ハリソンの頭を切り開いて脳みそをのぞき込み、そこに巣食う不安を声に出して読み上げたかのようだった。ハリソンは自分でも怖くなるほどジェシカを愛していたが、自分ではどうしようもないその感じがいやだった。人としての理性を失ってしまいそうになる。自分はもっと理性的な人間だと思っていたのに。

でも、黙っていられなかった。心の中に思いがけず何かが生まれ、理屈に逆らおうとしている。荒々しく、恐ろしくて、心を浮き立たせるような何かが。

「それは違う。ぼくはジェシカを愛してるし、向こうも同じ気持ちだ」

ダイアナは首を振った。「ああ、かわいそうに。うぶな子ね」

「母さんは愛を信じてないなら、どうしてキヤとソレンの墓を探して、悲劇の恋人たちの伝説を証明することに人生を賭けてるんだよ？」

「あなたはこの発掘のことを、そういうふうに考えていたの？」ダイアナは驚いた表情を見せた。

ハリソンは肩をすくめた。「ほかにどう考えればいいんだ？」

「ハリソン、わたしはずっと、伝説を反証しようとしてきたのよ」

「どういう意味だよ」ハリソンは顔をしかめた。ハリソンが物心ついたときからずっと、母はこの伝説に夢中だった。自分がその理由を誤解していたなんてことがあるだろうか？

「今まで何を聞いていたのかしら」ダイアナは舌打ちをした。「運命の相手や不滅の愛なんてものは存在しない。一目惚れもないし、それを言うなら、二目惚れだってない。全部、大衆を喜ばせるためのロマンティックな作り話にすぎないの。だから、ソレンとキヤの墓が見つかって、二つのお守りが再び合わさっても、絶対に何も起こらないのよ」

ハリソンは信じられない思いで目をしばたたいた。「ぼくとアダムがエジプトに連れてこられたのは、何もないことを証明するためだっていうの？　そんなことのために、ぼくらは同じところに長く住んで友達を作るっていう、普通の生活ができなくなったわけ？」

「そのとおり！　やっと分かってくれたのね」

「ニヒリズムか。母さんはなんてニーチェ的なんだ」

「利口ぶらないの」

「いいじゃないか。知性は母さんが唯一価値を認めているものなんだから」ハリソンはくるりと向きを変え、静かに出口に向かった。

「どこに行くの？」

「キャンパスに戻るんだ。ジェシカに会いに。ぼくが彼女をどれだけ愛しているか伝えてくる。だって、ぼくはお母さんみたいにひねくれてないから。悲劇の恋人たちの伝説だって信じてるし、愛を信じるからね」

「やめなさい、ハリソン。それは間違ってる」ダイアナが後ろで叫んだが、ハリソンは歩き続けた。

今夜、ハリソンは思いきって気持ちを伝えるつもりだった。ジェシカに誓いの指輪を渡すのだ。三週間も前からポケットの中に忍ばせて、勇気が出るのを待っていた。

漆黒の空高くに浮かぶ大きな黄色の満月に照らされながら、街に向かって自転車をこいだ。胃が喉元までせり上がってくるような気がする。この時を待っていたのだ。そう、この時を。もう怖くはない。

愛してるよ、ジェシカ。

三〇分後、ハリソンは自分でも音が聞こえるくらい胸を高鳴らせながら、大学の門をくぐった。女子寮の前に着くと、自転車を停める。

建物の横手に忍び寄り、部屋の窓に小石をぶつけて、ジェシカを起こすつもりだった。恋愛映画の主人公のように。ポケットに手を入れ、きゃしゃな誓いの指輪を握りしめる。そのなめらかな感触が勇気をくれた。

ジェシカ、ジェシカ、ジェシカ。

テラスを横切ろうとしたとき、ブランコの上で抱き合うカップルが目に入った。二人を避けて進もうと、右に寄る。そのとき、よく知っているにおいが鼻についた。

桜のコロン。ジェシカがつけている香りだ。

恐ろしい予感に襲われて、ハリソンは一瞬その場に凍りついた。キスをする若い恋人たちをじっと見る。

二人はハリソンに気づいたのか、揃って顔を上げた。明るい月明かりの下、ハリソンの目に飛び込んできたのは、何よりも見たくない光景だった。

ほかの男の腕に抱かれるジェシカ。

その男はほかでもない、異父弟のアダムだった。

耐えきれないほどの感情の波が押し寄せてきた。裏切り、怒り、絶望、苦悩。

ハリソンはぐっとこらえた。心を閉ざして、歩き去る。

「待てよ、ハリソン」アダムが叫んだ。「違うんだ」

いや、違わない。そんなことは二人とも分かっている。

そのとき、ハリソンは自分がいまだに誓いの指輪を握りしめていることに気づいた。悪態をつき、ポケットから指輪を出して、暗闇の中に投げ捨てる。

母さんは正しかった。

愛なんて幻想だ。

1

間違いない。ミイラにあとをつけられている。

キャシー・クーパーはツタンカーメンの横を静かに通り過ぎると、ちらりと後ろを振り返った。ツタンカーメンはオードブルがずらりと並ぶテーブルのそばで、義母のネフェルティティをナンパしている。

やっぱり。

ミイラはこっちを見ていた。スフィンクスの欠けた鼻の後ろからのぞく謎めいた黒っぽい目が、キンベル美術館のメイン展示室を歩き回るキャシーの姿を追っている。

キャシーは勝ち誇ったような笑みを押し殺し、ナイルの女王クレオパトラの頭飾りを直した。さっきから額にずり落ちてきて、そのたびにかつらが乱れる。キャシーは思わせぶりに舌の先で唇をなめた。

布でぐるぐる巻きになったあの男は誰？

キャシーの胸は高鳴った。自分に好意を持っている男はたくさんいる。その中の誰があの仮装をしていてもおかしくない。

昔の男かもしれないし、最近知り合った男かもしれない。もしかしたら、全然知らない人かも。

うなじに鳥肌が立った。

謎めいていて、どきどきする。

遊んでる場合じゃないでしょ？　余計なことは考えずに、やるべきことをやりなさい。

頭の中で響いた声は、きまじめな双子の姉、マディーにそっくりだった。

懐かしさにため息が漏れた。姉の愛すべき小言が聞きたいと願うあまり、自分の意識が代わりにしゃべり始めたようだ。マディーが運命の相手、セクシーなFBI捜査官のデイヴィッド・マーシャルと結婚したのは嬉しい。でも、デイヴィッドが昇進して、ワシントンDCという都会の荒野にマディーを連れていってしまったのは残念でならなかった。

目的に集中しなさい。

分かった、分かった。集中するから。

キャシーはミイラに背を向け、恋のときめきはほんの少しお預けにすることにした。スミソニアン博物館の広報室に転職する夢をかなえるには、エジプトの悲劇の恋人展の宣伝のために開いたこのチャリティ仮装パーティを成功させるしかない。

四カ月前に『アート・ワールド・トゥデイ』誌のPRディレクターの職をリストラされたときは、キンベル美術館で元の仕事に戻れたのが嬉しかった。でも、今はまた冒険心がうずきだしている。何か新しいこと、今とは違うことを始めたい。キャシーが変化を求めていたのは、スミソニアンに就職すればキャリアアップになるというだけでなく、また双子の姉の近くで暮らせるからでもあった。

残念ながら、夢の仕事を手に入れるには、新しい上司であるフィリス・ランバートに推薦状を書いてもらわなければならない。でも、このしわしわ顔の女上司は、キャシーのことがお気に召さないようだった。もしキャシーが昨年、キンベルの絵画を盗んだチャーミングな美術品泥棒の逮捕に一役買っていなければ、フィリスはとっくに理事会に申し出て、キャシーの首を切らせていただろう。

だから、ミスは許されない。今はとにかくミイラ男のことは忘れて、やるべきことに集中するのだ。

このパーティに。

キャシーは鋭い目で展示室を見回した。最先端のサラウンド音響システムから、エキゾティックなエジプトの音楽が流れている。展示室の壁には、紺地にアイボリー色の文字が記された大きな垂れ幕がずらりとかけられていた。垂れ幕の文字の下には、二重のリングからなるお守りのマークがついている。リングの中には、金色にきらめく星々の下でキスを交わす恋人たちのシルエットが浮き彫りになっていた。

北側の壁にかけられた垂れ幕には「不滅の愛」と記されている。南側の壁を飾るのは「陰謀」だ。西側の壁には「危険」、残る東側は「裏切り」が並んでいた。

タキシード姿のウェイターたちが、シャンパンを載せた盆を持って人々の間を歩き回っていた。出入口には武装した警備員が立っている。仕出し業者がヒシの実のベーコン巻きと、パフペストリーの盛り合わせ、エビのグリル、ロシア産のキャビア、凝ったパテを並べていた。

費用は惜しみなく使うことができた。一〇〇人もの美術館の後援者たちが、死によって分かたれていた悲運の恋人たちの三〇〇〇年ぶりの再会を見ようと、一人一〇〇〇ドルずつ出してくれているのだ。

すばらしい。完璧だ。すべてがスイス製の時計のように正確に時を刻み、あとはかの有名なアダム・グレイフィールド博士がクレタ島からソレン側の展示品を持ってくるのを待つばかりだった。

それまでは、少々背後に気を取られるくらい構わないだろう。キャシーは客の中を見回し、ミイラを探した。

突然のロマンスに身を焦がしたせいでトラブルに巻き込まれたことは、一度や二度ではない。それでも、恋の予感を無視することはできないのだった。

キャシーはミイラの視線を意識するかのように腰を振りながら、有力なスポンサーが数人と、エジプトの考古庁の高官、マスコミ関係者たちが集う赤いベルベットのロープの前に近づいていった。一同は目玉である女性側の展示品を見ながら、感嘆の声をあげている。

キヤ姫の石棺と、遺物の中から見つかったお守りの片割れだ。

お守りは黒のベルベットがかけられた大理石の台座の上に置かれていたが、それ自体は何の変哲もないものだった。あれだけ騒がれてきたことを考えれば、実物を見てがっかりする人もいるだろう。五〇セント硬貨ほどの大きさの銅製のブローチで、柔らかい金属にギザギサの裂け目がついている。遠い昔に、ここからもう一つのリングが取り去られたのだ。

キヤはミノア人の恋人、ソレンが戻ってくるのをじっと待っている。

ああ、なんてロマンティックなのかしら。キャシーの胸は締めつけられた。でも、いつか運命の相手が現れることを夢見ながらも、心の底では男性とそこまで親密な関係を結ぶことにためらいを感じてしまう。死ぬまで一人の男性を愛し続けるなんて、想像するだけでぞっとするのだ。ほかの男性のほうがよく思えることはないのだろうか？

視界の端に、人込みの中をこそこそ動く人影が映った。ミイラが忍び寄ってくる。キャシーのあとをつけているのは明らかだ。ミイラはカノープスの壺の展示の横をじわじわと進み、鷹の仮面をつけて天空の神ホルスに扮した男の後ろで身をかがめた。

ああ、シャイな人なのね。かわいい。

キャシーは基本的には大胆で強引な男性がタイプだが、シャイな男の人というのも胸がきゅんとして、母性本能がくすぐられる。

違うでしょ、キャシー。頭の中でからかうようなマディーの声が聞こえた。あなたは異性なら誰でも、どこかいいところを見つけて好きになってしまうじゃない。

確かに。キャシーは男という生き物を愛していた。

ただし、あのうざったいハリソン・スタンディッシュ博士だけは例外だ。今は展示室の奥にたたずんで、古代エジプトの電池のレプリカを両手でもてあそんでいる。いつもあのレプリカを持ち歩いているのだ。顔を向けると目が合った。彼は黒縁の丸いめがねの薄汚れたレンズ越しに、キャシーをにらみつけてくる。気難し屋博士《スタンドオフィッシュ》。キャシーはひそかにそう呼んでいた。

実を言うと、彼の知性に気後れを感じるのだった。スタンドオフィッシュはローズ奨学生で、難しい言葉ばかり使う。話の内容を理解するには、辞書を持ち歩かなければならないような気がした。

ハリソン・スタンディッシュは先週の月曜に、キヤ姫とその遺物をたずさえてエジプトから戻ってきたが、最初からキャシーにはむっつりと陰気そうな顔を見せていた。二年前、王家の谷でラムセス四世の長女を掘り出して以来、その永遠の恋人ソレンを熱心に探していたらしい。

ところが、アダム・グレイフィールド博士に先を越されてしまった。ハリソンには、グレイフィールド博士のクーデターがさぞかし不愉快だったに違いない。それできっと、あんなに不機嫌そうな顔をしているのだ。

キャシーはハリソンのことを、実際の年齢よりも年上だと思っていた。確かに顔立ちは若々しくて三〇代前半に見えるのだが、雰囲気がどこか老けているのだ。やぼったくて、堅苦しい感じがする。

だけど、キャシーはこの男から逃れられない立場にあった。

エジプト政府がアメリカ国内での展示を許可してくれたのは、ハリソンのおかげだった。展示場所に運よくキンベルが選ばれたのも、フォートワース出身のハリソンが、自分の故郷で展示を行うことを希望したからだ。

この頑固なエジプト学者とは、悲劇の恋人展の宣伝のことで何度も激しくぶつかっていた。キャシーはそのたびに、経済学の原理を説いてやらなければならなかった。発掘のための助成金がもっと欲しいのなら、好き嫌いに関係なく、メディアとも美術館の善意の後援者たちとも仲よくやるしかないのだと。長い間考古学の世界で生きてきたのなら、そのくらい分かっていてもよさそうなものなのに。

そのうえ、ハリソンはパーティで仮装するのもいやだと言った。

しらける男だ。

宣伝の件ではキャシーが勝ったが、仮装に関してはハリソンの勝ちだった。彼はいつもどおり、くしの代わりに音叉でも使ったのかというような、ぼさぼさの髪をしている。服装も、いかにもオタク教授という感じだ。しわくちゃのオレンジと白のストライプのシャツに、すり切れた革のひじ当てがついた悪趣味な紫のツイードジャケットをはおっている。そして、目を覆いたくなるような黄緑色の蝶ネクタイをしめ、ポケットが五つついたタック入りのぶかぶかのカーキ色のチノパンをはいていた。タック入りのズボンはとっくの昔に流行遅れになっているんだと、誰か教えてやればいいのに。

それに、何あれ！

ハリソンが履いているタッセルローファーは、片方が茶色で片方が黒だった。この救いようのない男は色の区別がつかないか、致命的なほどに流行に疎いのだ。

あるいは、その両方か。

なんてダサい男なんだろう。

キャシーはうんざりしながら、あの靴に誰も気づきませんようにと祈った。彼のせいで、一生懸命再現したはずの古代エジプトのエキゾティックな雰囲気が台なしになってしまう。

ハリソンの視線がキャシーの目をとらえ、キャシーはその目をにらみ返した。理由はよく分からないが、この男を見るといらいらする。いつもあのおもちゃをもてあそんでいるせいかもしれないし、キャシーの魅力に気づいていないように見えるからかもしれない。まつげをぱちぱちさせて気を引くだけで、たいていの男はとりこになるというのに。

なのに、この男は違った。しかめっ面で、あのくだらない遺物のレプリカを手の中で動かしている。

にらめっこでもするつもり？　何のために？　もしそうなら、相手が悪かったわね。キャシーはにらめっこの名人だった。彼女に勝てるのはマディーくらいだ。

やれるもんならやってみなさいよ、ガリ勉くん。キャシーは目を細めると、腰に手を当てた。

ハリソンはまばたきをしない。

キャシーもまばたきをしない。

ハリソンが考古学業界で「ポーカーフェイス」と呼ばれていることは知っていたが、キャシーはひるまなかった。勝負は始まっている。

ハリソンは目を細めた。

キャシーも目を細めた。

一分が過ぎた。

二分。

三分。

いいわ、じゃあこのプレッシャーの中でどんなふうに反応するか試してやる。キャシーは舌を突き出した。

ガキめ。ハリソンは目でそう訴えただけで、にこりともしなかった。キャシーに舌を見せられたからといって、ひるむ様子はまったくない。

キャシーは笑って、ストレートのかつらの黒髪を肩の上で払い、ブロンドの地毛をちらりと見せた。もちろんわざとだ。すると、ハリソンは考えてはいけないことを考えていたかのように、顔をぱっと赤らめた。

「えへん」フィリス・ランバートが咳払いをした。この中年のキュレーターもクレオパトラの扮装をしていたが、もともと華がないのでまったく似合っていない。

「はい？」キャシーは上司のほうを見ずに返事をした。ハリソンから目をそらせば、勝負を放棄することになってしまう。

「キャサンドラ、スタンディッシュ博士と意味深な視線を交わすのが終わったら、あなたに話があるんだけど」

意味深な視線？　まさか！

まず、アインシュタイン・ガリ勉・スタンドオフィッシュ氏のようなインテリ男といちゃつくくらいなら、死んだほうがましだ。次に、仮にキャシーのほうはこの男といちゃつくことができたとしても、向こうはぶ厚い『サルでも分かるいちゃつき講座』を最初から最後まで読まなければならないだろう。

それも、二回。

キャシーが見たところ、ハリソンには社交性というものがほとんどないし、色気はゼロに等しかった。

「キャサンドラ」フィリスは繰り返した。

キャシーを本名で呼ぶのは、このうっとうしいキュレーターくらいだ。母親が説教をするときでさえ、この呼び方はしない。

キャシーはポテトチップのように痩せ細った女上司を見た。メイクは濃すぎるし、服は薄すぎる。パウダーファンデーションが、不満そうにゆがめた口元の無数のしわに入り込んでいる。エアコンの温度が低すぎるせいで、薄っぺらい白のドレスの下がノーブラであることがはっきり分かった。

女らしさを強調するのはけっこうだが、これは格式の高いイベントなのだ。せめて、必要な箇所にはバンドエイドくらい貼っておいてほしかった。

だめ、お行儀よくするのよ。フィリスはあなたの夢をかなえる力を持っているんだから。

夢を粉々にする力も。

キャシーは無理やり笑顔を浮かべ、スタンディッシュ博士と意味深な視線を交わしているというフィリスの言葉も、その無防備な胸のことも忘れたふりをした。

「何でしょうか?」

フィリスは口をすぼめ、腕時計の盤面をこつこつとたたいた。「プレゼンテーションは午後八時から始まるわ。あと一五分しかないのに、グレイフィールド博士がまだなの。あなたのところに連絡はなかった?」

もう七時四五分だなんて! 本当に? 謎のミイラにつきまとわれていると、時間は信じられないほど早く過ぎる。

キャシーは眉をひそめた。アダムはどこ?

昨日の午後、ニューヨークから電話してきたときは、再会のセレモニーが始まるまでに充分余裕をもって、ソレンとともにキンベルに行くと言っていたのに。もし今すぐ現れたとしても、一五分ではとてもセレモニーの準備には間に合わない。

キャシーはダラス・フォートワース国際空港に迎えの車と助手をやって、棺を下ろすのを手伝わせると言ったのだが、アダムは断った。秘密が漏れるといけないから、こまごました作業も全部自分でやるというのだ。芝居がかった物言いが好きなキャシーは、その頼みを聞き入れてしまった。今考えると、あまりいい判断ではなかったようだ。

アダムに何かあったのかしら？　強盗に遭った？　誰かに連れていかれた？　もっと悪いこと？

キャシーは不安になったが、息を吐き出し、心配を払いのけた。心配はキャシーではなく、双子の姉のマディーの専売特許だ。

何もかもうまくいく。

アダムもそのうち来る。きっと華々しい登場シーンを演出するつもりなのだ。そんなことを考えるのも無理はない。実際にすごいサプライズが用意されているのだから。アダムはキャの恋人ソレンの失われた墓を発見しただけでなく、古代ミノア文明の象形文字の解読に世界で初めて成功したのだ。

光栄にも、アダムから象形文字のことを知らされているのはキャシーだけだった。彼女はパーティの責任者なので、プログラムに追加があることをあらかじめ知らせておくが、それ以外の人にはまだ極秘ということらしい。絶対に誰にも言わないよう念を押されている。そんなことはおやすいご用だ。キャシーは秘密が大好きだった。

フィリスの肩越しに、キャシーはもう一度ミイラを盗み見た。ミイラは手を振って彼女の注意を引こうとしている。キャシーがその謎めいた黒っぽい目を見つめ返すと、ミイラは中庭に続く出入口のほうに顔を向けた。外で会おうという意味だろうか？

突然、ある考えが浮かんだ。アダム・グレイフィールドがミイラなのかもしれない。そういえば、何か特別な衣装を着ると言っていた。アダムはキャシーを口説くつもりなのだろうか？　それとも、何か緊急のメッセージでも？

「どうなの？」フィリスが言った。

「え？」

「グレイフィールド博士から連絡はあったのかって聞いてるの」

　これから面白いことが起こるというのに、フィリスを怒らせている場合ではない。「アダムから連絡はありました」昨日の晩だけど、と心の中でつけ加える。「すべて予定どおりだそうです」

「八時にはここにいてくれないと」フィリスはもう一度腕時計をたたいた。「もし今夜、何か手違いがあったら……」

「大丈夫です」キャシーはフィリスをさえぎった。「手違いなんてありません」

「じゃあ、言うとおりにして、わたしを安心させてちょうだい。今すぐグレイフィールド博士を連れてきて」

「はい、分かりました」

　まったく、ちょっとは落ち着いてほしい。

「急いで」フィリスは追い払うような仕草をした。

「はいはい」

　キャシーはアドレス帳を入れてあるバッグのほうに向かった。でも、二歩ほど歩いたところで、フィリスが核爆弾を落としてきた。

「ちょっと、キャサンドラ」後ろから呼びかける。

キャシーはため息をつかないようぐっとこらえた。すました顔で振り向き、笑顔を貼りつける。「何ですか?」

「グレイフィールド博士と展示品の残りが揃わなければ、スミソニアンへの推薦状とは永遠にお別れですからね」

2

ハリソン・スタンディッシュ博士はパーティが嫌いだった。

いや、「嫌い」どころではない。パーティを憎み、軽蔑し、まっぴらごめんだと思っていた。こんなばかみたいに金のかかったご機嫌取りの文化交流に参加するくらいなら、歯の根管治療でも、税務監査でも、前立腺検査でも喜んで受けてやる。何なら、同じ日の午前中に全部まとめてくれたって構わない。

出口は一つ残らずチェックしてあるから、いざとなればすみやかに、とっとと逃げ出すことができる。ハリソンはどこへ行ったときも、まずは避難経路を調べ上げた。

しかも、これは仮装パーティなのだ。なんと悲惨な光景なのだろう。いい年をした大人たちが、歴史や文学のキャラクターのくだらない扮装をして集まっている。そして、ケーキのアイシングのように展示室の真ん中で注目を集めているのが、ゴージャスなキャシー・クーパーだった。世界は自分のものだと言わんばかりの顔で、クレオパトラの衣装に堂々と身を包み、アイラインを黒々と引いて、ふさふさした黒髪のかつらをかぶっている。コール墨のおかげで、ただでさえぱっちりした目がさらに大きく見え、無邪気さと色気を兼ね備えた魅力をいやでも引き立てていた。

ハリソンは自分にいらだっていた。彼女が優雅に動くたびに、頭から理性的な思考がすべて吹き飛んで、クロマニヨン人並みにたどたどしい声が響く。

あのおんな、ほしい。

こんなのまったく自分らしくない。でも、キャシーの姿を見るたびに、妄想をふくらませずにはいられなかった。彼はそんな自分の思いがけない弱さを、このパーティと同じくらい憎んでいた。

あの女のことを考えるのはやめたほうがいい。正直言って、今まで出会った女性の中で一番と言っていいほど魅力的だったが、同じくらい腹の立つ女性でもあったのだ。ハリソンには女性にうつつを抜かしている暇はない。そのうえ、真っ白な肌と透き通るような目、むっちりとした体つきなど、男の心をかき乱す容貌を揃えた女とあればなおさらだ。

キャシーの思考には何の脈絡もなく、まったく筋が通っていなかった。やっと考えを理解できたと思った瞬間、突拍子もない行動に出る。もしかすると、注意欠陥障害のような深刻な問題でも抱えているのかもしれない。

彼女はリズムに合わせてお尻を振りながら、展示室の中を歩いている。その見事なお尻が揺れるたびに、ハリソンの頭の中で金属のブラシがそっと真鍮のシンバルをこする音が聞こえた。シャラン、シャラン、シャラン。

あの女を見ているだけで、むち打ちになってしまいそうだ。

移り気な女だ。見ていれば分かる。王様蝶《モナーク》のように、華やかで、カラフルで、花から花へと飛び回っている。あちらにもこちらにも、どこにでも。一カ所に留まることはなく、つねに動き続けているのだ。

一緒に仕事をしたこの九日間は、いらいらしっぱなしだった。キャシーは自分の意見を通そうとするとき、女であることを惜しみなく利用する。色目を使い、思わせぶりなことを言い、甘える。

ハリソンはキャシーの魅力には動じないふりをしていたが、実際はぎこちない動きで展覧会の準備を手伝う男子大学生たちと同じくらい、ぼうっとなっていた。でも、自分がキャシーのとりこになっていることを、本人に悟られるわけにはいかない。欲望が信用ならないものであることは、身をもって学んでいた。

スタンディッシュ、よく考えてみろ。最後にセックスをしたのはいつだ？

つまり、これは禁欲生活のツケが回ってきただけなのだ。ハリソンとキャシーはとにかく何もかもが正反対だった。キャシーは浮ついた楽観主義者で、ハリソンは底なしの悲観主義者。キャシーは体で考えるが、ハリソンは頭で考える。キャシーはロマンティックで、ハリソンはシニカル。キャシーは鷹揚で開けっぴろげだが、ハリソンはいつもぴりぴりしている。キャシーが物事のよい面を探している間、ハリソンは悪いことが起きるのをじっと待っている。それに、キャシーの目を見れば、自分のことをどう思っているかは、はっきりと分かった。

オタク。ダサい。キモい。

キャシーが自分で言ったわけではないが、男の好みは見当がついた。気さくで、にこやかで、愛想を振りまいているような男。高いスポーツカーに乗って、派手な服を着て、歯磨き粉のCMのような顔で笑う男。

つまり、あの憎たらしい異父弟、アダムのような男だ。アダムはことあるごとに、ハリソンを出し抜いてきた。キャシーがこの一週間ずっと、グレイフィールド博士がキンベル美術館にやってくるのが楽しみでたまらないと言い続けていたのも我慢ならなかった。目の前にいるぼくは何なんだ？　野菜炒めか？　キャシーがあからさまにアダムをほめるものだから、自分たちが兄弟だということさえ言い出せなかった。

ハリソンは歯ぎしりした。こんなことでがっかりしている場合じゃない。もっと大きな人間になるんだ。キャシーがアダムに夢中だから何だというんだ？　アダムが自分より先にソレンを発見したからどうなんだ？　たいしたことじゃない。アダムは社交的な性格のおかげで資金援助を受けられたけど、内向的な自分には無理だったというだけのことだ。

ぼくの人生なんてこんなもんだ。

でも、アダムの金の出所にはうさんくさいものを感じていた。アダムの父親、駐ギリシャアメリカ大使のトム・グレイフィールドは裕福だが、アダムは父親とは折り合いが悪く、自分で資金を調達している。以前は誰かれ構わず金を借りていたため、高利貸しやその他の怪しげな連中としょっちゅういざこざを起こしていた。

これ以上、弟がトラブルに巻き込まれるのは見たくなかった。二人は確かに気が合わなかったけれど、同時に固い絆で結ばれてもいた。子供時代、ともにダイアナ・スタンディッシュとの放浪生活を生き抜いた仲なのだから。

それに、ハリソンがソレンを探していたのは、名声を得るためではない。発見そのものが重要なのだ。兄弟間の争いなど取るに足りないことだった。

それはそうと、アダムはどこにいるんだろう？

ハリソンは展示室の中を見回した。そろそろアダムが派手に登場してもおかしくない時間だ。派手な登場も派手な身ぶりもアダムの十八番だった。つかのま燃え上がるだけで長続きしない、派手なロマンスも。

格好だけで中身がない。そう考えてみると、アダムはまさに男版キャシー・クーパーだ。

ハリソンは鼻を鳴らした。二人が並べばさぞかしお似合いだろう。

きらびやかな男ときらびやかな女。アダムとキャシーが恋人同士になれば、春休みと大晦日とカーニバルが一度に来るようなものだ。もちろん、現実が顔をのぞかせた瞬間、燃えるような恋は終わる。二人とも、パーティの後片づけができるほどの持久力は持ち合わせていない。

「ちょっと、お兄さん」イシスの頭飾りをつけた年配の女性が声をかけてきた。キヤの墓で発見された古代エジプトの電池の展示を見ている。「これが何だかご存じ？」

「〝テト〟あるいは〝ジェド〟と呼ばれるものです」ハリソンは展示物の上の表示板につけ

られたラベルを指さした。「無線の電池ですよ」

「古代エジプトに電池があったの？」

「ええ、そうなんです」

「何に使っていたのかしら？」

「はっきりとは分からないんですが、さまざまな説があります。宗教的な儀式に使われていたと考える人もいれば、何かの治療に使われていたと言う人もいますね」

「まあ、そうなの？」

ハリソン自身の説は、古代エジプト人がジェドを電磁波の発信器として使っていたというものだった。キヤの墓でこれを見つけたときはとても興奮し、自分の理論を検証するためにミニチュアのレプリカまで作ったほどだ。「レプリカをごらんになりますか？」

「ええ、お願い」興味深そうな顔で自分を見る年老いたイシスの手に、ハリソンは手作りのジェドを置いてやった。

「大人のおもちゃみたいな形をしているのね」イシスは筒状の物体を手でなでた。

「まあ、そうですね」

イシスはハリソンにジェドを返し、ウィンクした。「とっても面白いわ」

ハリソンはジェドをポケットにしまうと、それ以上の質問を避けるため、その場を離れることにした。中央の展示の前に歩いていって、キヤの石棺とお守りに目をやる。前エジプト首相の息子で、考古庁の高官を務めるイアフメス・アクヴァルが隣にやってきた。

イアフメスはハリソンと年が近く、同じようなオリーブ色がかった肌をしていて、身長も体型も似ている。でも、それ以外の共通点は何もなかった。このエジプト人の顔立ちはハリソンに比べるとずっと高貴で、身につけているのもあつらえのシルクのスーツと高価なイタリア製の靴だ。イアフメスが来ているのは、キヤの無事を見守るためだった。ここ何年も王家の谷から出た貴重な遺物が大量に盗まれているため、考古庁は遺物の扱いに目を光らせていた。

イアフメスは首を振った。「スタンディッシュ博士、このセキュリティの甘さは心配ですね」

「甘いですか？　出入口にはすべて武装した警備員が配置されていますよ」

「ええ。でも、お守りがむき出しで展示されているとは思わなかった。鍵のついたケースに入れるべきでしょう」

ハリソンも展示については同じ意見だったが、キャシーがこのイベントに参加する客は高い金を払っているのだから、鍵つきのケースなしでお守りを見たがるはずだと主張したのだ。よくないことだと分かっていながら、その意見を聞き入れてしまった。ただ、キャシーが唇をとがらせるのを見たくなかったのだ。あのぷっくり突き出された唇を見るたび、理性が吹っ飛んでしまう。

ああ、何という愚か者だ。

「ご存じのとおり」イアフメスが言った。「わたしは悲劇の恋人たちの再会には反対でした。

もし不測の事態が起きたらどうするんです？」イアフメスは流暢な英語を話した。ハーバードを卒業し、オックスフォードで修士号を取っている。

「ご心配なく。あれはただの伝説です。魔法だのお守りだの呪いだの、そんなものは存在しません。怖れることはありませんよ」

イアフメスはキヤの石棺を見ながら、すべすべした額に刻まれたしわをいっそう深くした。

「この世には人間の理解を超えたものも存在するのですよ」

なんと、あのばかげた悲劇の恋人伝説の愚かな信者が、ここにもいたとは。「イアフメス、あなたがそんなにセンチメンタルな方だとは知りませんでした」

「スタンディッシュ博士、あなたはわたしのすべてを知っているわけではないでしょう」

確かに。ハリソンは今まで、イアフメスのことを科学的な人間だと思っていた。それが、実はそのへんにいる人々と同じように、くだらないおとぎ話を真に受ける人間だったとは。

「心配ありませんよ」ハリソンは言った。「すべて予定どおりに進んでいますから」

といっても、再会セレモニーに使うソレンの片割れを持ったアダムは、まだ会場に姿を現していないのだが。アダムはいったい何をしているのだろう？

イアフメスはうなるように言った。「あなたのためにもそう願いたいですけどね、スタンディッシュ博士」

「何だか脅しのように聞こえますが。わたしを脅すつもりですか？」ハリソンは肩をいからせた。

「脅しではありません。通告ですよ。もしお守りやジェド、その他のキヤの遺物に何かあれば、あなたのビザは無効になり、二度とエジプトに足を踏み入れることはできなくなるでしょうね」

ハリソンはぎょっとした。まさか、本気でそんなことが起こると思っているのだろうか？

「大丈夫ですよ」ハリソンは請け合った。

イアフメスはいったいどうしてしまったのだろう？　普段はこのような大げさな物言いをする男ではない。むしろ、かなり冷静なほうだ。イアフメスの不気味な態度が伝染したかのように、まわりの客もざわつき始めた。腕時計を見てぶつぶつ言っている。

「スタンディッシュ博士？」

振り向くと、この一週間、展示会の準備でハリソンとキャシーを手伝ってくれていた若い大学生が立っていた。ガブリエル・マルティネスという名のひょろりとした若者で、考古学に並外れた熱意を持っている。ハリソンは次の発掘に参加してもらおうと考えていた。

「何だ？」

「男の人がこれを渡してほしいと」ガブリエルは、ブロック体でハリソンの名前が書かれた白いビジネスサイズの封筒を手渡した。アダムの字のように見える。

「どんな男だった？」

「あそこにいる人です」ガブリエルは指さした。

「どこだ？」ハリソンは人込みに目をこらした。

「インディ・ジョーンズの帽子をかぶっている人です」

インディハットはエジプト風の頭飾りの群れの中で、ひときわ目立っていた。ハリソンはすぐに帽子の主が分かった。ロンドンに行ったとき、アダムがその帽子を買っているのをそばで見ていたのだ。

ところが、アダムは会場に留まるつもりはないようだ。早足で出入口のほうに向かっている。

どこに行くつもりだ？

ハリソンはガブリエルに渡された封筒を握りしめ、人込みに突進していった。大きな声を出して余計な注目を集めたくはないが、アダムを見失うわけにもいかない。

「すみません」誰かにぶつかりそうになって謝ると、目の前でイシスの大きすぎる頭飾りがふらふらと揺れていた。インディハットしか見ていなかったため、イシスが自分の前に出てきたことに気づかなかったようだ。ハリソンがイシスをよけて進んでいる間に、インディハットはロビーにたどり着いた。

ロビーは展示室のメイン部分よりもずっとせまいため、さらに混雑していた。急がなければ、アダムは出ていってしまう。いくら注目を集めるのが嫌いでも、今は仕方がなかった。

「アダム！」ハリソンは叫んだ。

人々は振り返った。ハリソンはまわりの視線には気づかないふりをした。もともと注目を浴びるような人間ではないため、人に見られていると思うと落ち着かなくなる。

正面のドアが開いた。

「待てよ！」

帽子は消え、ドアはガチャリと閉まった。

ドアまではまだ六メートルほどあり、間に二〇人くらいの人がいる。アダムはゲームでもしているつもりなのだろうか？　アダムは子供の頃から、海賊の宝の地図やスパイの暗号、ごっこ遊びなどが大好きだった。

妙な悪ふざけや企てを好む癖は大人になっても続き、そのせいでアダムのまわりにはトラブルが絶えなかった。二人が大学生のとき、ペルーの発掘現場にいたことがあったが、アダムはそこである有名な宗教的遺物の偽物を作った。最初は冗談のつもりで、まさかそれを本気で信じる人がいるとは思っていなかった。

ところが、それから数日間、マスコミはアダムをもてはやした。彼はたちまち有名人になり、自分でも本物の遺物を発見したような気になっていた。自分が吹いたほらを自分で信じるようなところがあるのだ。やがてそれが偽物であることがばれ、法的措置を取られそうになると、トム・グレイフィールドが間に入り、金をばらまいてすべてを収めた。

アダムはあとでハリソンに、短期間でもあれだけ有名になれたのだから、父親にしぼられるくらいどうってことはないと言っていた。

今回もアダムのいたずら癖が出たのだろうか？　ソレンの発見も偽物なのか？　いや、それは考えられない。ソレンの墓は、高度な知識を持つ専門家たちに本物だと認定されている。

ハリソンもよく知っていて、信頼を寄せている専門家ばかりだ。それでも、アダムなら何かとんでもないスタンドプレーをやりかねないという気はした。

ハリソンはドアを通り、外に出て、気づくとキンベルの正面入口の前の歩道まで来ていた。

街灯の光が薄汚れためがねのレンズに当たり、反射で前が見えなくなる。すばやくめがねを外し、シャツのすそでレンズを拭いた。いずれはレーシック手術を受けて、このうっとうしいめがねとおさらばするつもりだ。アダムはずっと前から、ハリソンにしつこく手術を勧めていた。「めがねをかけてる男はモテないぞ」と口癖のように言っている。

ハリソンはレンズを磨きながら、暗闇に目をこらした。あたりには誰もいない。通りはひっそりとしていて、よくある白の配達用バンが角に停めてあるだけだ。ほかには何も見えなかった。

アダムは消えてしまった。

どこへ行ったんだ？

そのとき、バイクのエンジンの轟音が聞こえ、クロムメッキや特殊タイヤなど派手に手を加えた改造ハーレーが、通りの角から勢いよく現れた。いかついバイクはブンブンと音を立てながら、ハリソンの前を通り過ぎていく。ハンドルを握っていたのは、インディハットだった。

ハリソンはあわててめがねをかけ、大きく手を振った。「アダム！」

アダムは振り返らなかった。

うららかな四月の夜の空気がキャシーを迎えてくれた。二重ガラスのドアを閉めると、美術館の中から聞こえる笑い声や話し声がぴたりとやんだ。キャシーは突然、とても遠くに来たような気がした。

誰もいない。一人ぼっち。

背筋がぞくりとした。

息づかいが荒くなってくる。期待で胸が高鳴った。右を見て、左を見る。ミイラはどこに行ったのだろう？

もしかして、勘違いだったのだろうか？ ミイラが合図していたのは、ほかの人だったのかもしれない。いや、それはない。自分が男の合図を読み間違えるはずがない。それに、ミイラの合図は分かりやすかった。いったい何者だろう？ 昔のボーイフレンド？ 最近できたボーイフレンド？ 友達？ 恋人？ 敵？ アダム・グレイフィールド？

この中途半端な状態がたまらなくじれったく、また魅力的でもあった。

昔風の低電圧の街灯の光が、中庭を照らしている。きれいに刈り込まれた木々や低木の茂みが、小道に暗い影を落としていた。

「やっほー」キャシーは迷路のように植えられた胸の高さの茂みの中を歩いた。「誰かいる？」

聞こえるのは、自分のサンダルのヒールが敷石に当たって響く音だけだ。

もし、本当にアダムがミイラだったら？　展示に関して何か大事なことを伝えようとしていたら？　誰かにあとをつけられていて、正体がばれないよう、ハマー・フィルム社のホラー映画のエキストラのような変装をしていたのだとしたら？

「ばかなことを考えないの」キャシーは小声でつぶやき、石のベンチにどさりと腰を下ろした。きっとミイラは自分の気を引くために、ちょっかいを出して、駆け引きを盛り上げようとしているだけなのだ。「大丈夫よ」

それを確かめるには、アダムに電話をすればいい。キャシーはバッグから、携帯電話とシナモン味の〈アルトイズ〉の缶とアドレス帳を取り出した。アダムの番号を調べてボタンを押し、「ありえないほど強烈なブレスミント」を一つ口に入れる。

呼び出し音が鳴る。一回、二回、三回。

「アダム、出て」キャシーはつぶやいた。「電話に出て。あなたが来ないと、わたしはフィリスにさらし首にされるんだから」

一〇回鳴って留守番電話に切り替わると、キャシーはため息をついて、メッセージを残さずに電話を切った。携帯をバッグに戻し、ひんやりするシナモンミントを歯でかみ砕く。

後ろの茂みが、がさがさと揺れる音がした。胃がぎゅっと縮み上がる。振り向くと、光の中にミイラのシルエットが見えた。

「えっ?」

ミイラはキャシーのほうによろよろと歩いてくる。

「アダム?」キャシーは立ち上がり、石のベンチのそばの地面にバッグを落とした。「アダムなの?」

ミイラはうなずいた。少なくとも、キャシーにはそう見えた。頭をかすかに動かしただけだが、確かにうなずいていた。

「どうしたの? 何かあったの?」

ミイラはがらがら声で何か言った。

キャシーは腰に手を当てた。「いい? こんなことをしてもわたしは喜びませんからね。みんな美術館の中で待ってるのよ」

ミイラは手を伸ばしたまま、キャシーに向かってどすどすと歩いてきた。外国語で何やら意味の分からないことをつぶやいている。キャシーはスペイン語は堪能だが、ミイラが口にしているのはスペイン語ではない。フランス語でもポルトガル語でもなさそうだ。ギリシャ語? ラテン語?

「アダム」キャシーはもう一度言った。「あなたなの?」

キャシーが勘違いしているだけで、これはアダムではないのかもしれない。まだ実際に会ったことはないのだ。

「気をつけて……」ミイラはしゃがれた声でささやくと、咳き込み始めた。

「大丈夫？」キャシーはミイラのほうに一歩踏み出した。「水を飲む？」

「気をつけて……」ミイラは布に包まれた手を喉に当て、また咳き込んだ。

「気をつけるって何に？　ぱさぱさのクラッカーは食べるなって？」

ミイラはまた外国語のフレーズを口にした。

キャシーはその言葉を聞き取ろうとした。目をこらし、ミイラのほうをまっすぐ見つめると、それはこう聞こえた。「気持ちイイこといっぱいして《ワナメイクミーカムアロット》」

「何？」

「ワナメイクミーカムアロット」

「ああ、そう。わたしを口説いてるのね」キャシーはにやりとした。

ここ数週間、展示会の準備のために何度も大西洋をはさんで電話をするうちに、キャシーは何気なく、サプライズやごっこ遊びが好きだということを口にしていた。きっとアダムはそのやり取りから、初めて顔を合わせるチャンスを利用して、キャシーを誘惑することを思いついたのだ。

まあ、面白い。

「当ててみるわ。わたしたちは危険な状況に置かれているのね。悪いやつらに追われてるの。危険が迫れば、男女は性的に惹かれやすくなるから」キャシーは言った。「楽しそうなゲームじゃない。もうちょっとでだまされるところだったわ」

ミイラはまたもがらがら声を出した。気持ち悪い音を立てるのがとてもうまい。

「敵は主席大臣の部下？　わたしたちはキヤとソレンってわけ？　敵に追われてるの？」

「気をつけて……」ミイラはキャシーの目の前でぐらぐらと揺れた。

　この人、酔っ払ってるのかしら？　そうでないといいけれど。酔っぱらいは嫌いだ。

「ちゃんとしゃべってよ。もったいぶらないで。ゲームだってことは分かってるけど、早く次の展開に行ってくれなきゃハマれない。わたし、飽きっぽいの。みんなそう言うわ。で、何に気をつけろって？」

　ミイラは答えなかった。

　ちょっと待って！　何かおかしい。

　キャシーは子供の頃、溺死しそうになって三カ月間の昏睡状態に陥って以来、時々頭の奥底がカッと熱くなる奇妙な感覚に襲われるようになった。そうなると、必ずと言っていいほど、直後に思いがけない出来事が起きる。今、キャシーの延髄はフライパンの上のベーコンみたいにじゅうじゅうと音を立てていた。

　うなじから耳の先にかけて、神経の末端が焼け焦げていくようだ。熱く燃え上がり、刺すような刺激を感じる。

　逃げるのよ。この場から離れるの。

　突然、ミイラが前に倒れてきた。キャシーは手を伸ばし、ミイラが石敷きの歩道に顔を打ちつける前に、体を支えようとした。

　ミイラの背中には、不気味な黒い柄の小型ナイフが突き刺さっていた。

3

ハリソンはいやな予感に襲われた。おかしなことが起こっているのは確かだが、何がどうなっているのかさっぱり分からない。

落ち着け、冷静になれ、感情を切り離せ。彼は定番の呪文を唱え、ゆっくり息を吸い込んだ。不安が徐々に引いていく。

そのとき、ガブリエルがくれた封筒を握りしめていることに気づいた。封を破って開け、中身を手のひらに出す。なぜだか分からないが、ソレンのほうのお守りが出てくる気がしていた。ところが、出てきたのは空港の荷物引換証だった。ハリソンはあっけに取られた。

はあ？

アダムはいったい何を伝えようとしているのだ？　どうして封筒を自分で持ってこず、ガブリエルに預けたのだろう？　この引換証は何だ？　ダラス・フォートワース国際空港の荷物受取所に、ソレンとその遺物を置いたままということか？

でも、なぜ？

注目を浴びたがるアダムの性格を考えれば、再会セレモニーを盛り上げるために何か企んでいてもおかしくはない。ハリソンはぴんときた。アダムは心から悲劇の恋人たちの伝説を信じていると言っているが、内心では何も起こらずに赤っ恥をかくはめになることを怖れているのだろう。だとしたら、こんなことをする理由も納得できる。二つのお守りが合わさったとき、とにかく何かが起きるようにしておきたいのだ。

ハリソンは携帯電話を取り出した。アダムに電話をするのは久しぶりだったので、番号を思い出すまでに少し時間がかかった。でも、出たのは留守電だったため、至急電話をくれとメッセージを残した。

キャシーが最後にアダムと連絡を取ったのはいつだろう？　本人に確かめてみなければ。中庭に向かいながら、引換証をジャケットのポケットに入れる。紀元前一一〇〇年のミノアの帆船のレプリカの陰で、ネフェルティティとキスをするツタンカーメンの肩先をかすめ、横手の出入口へと向かった。

ドアに手をかけたところで、動きが止まった。このまま庭に出ていって、キャシーがミイラとことの真っ最中だったらどうする？

ハリソンはプルトニウムにでも触ったかのように、すばやくドアの取っ手から手を離し、後ずさりした。

展示室は時が経つにつれ、暑さを増すようだった。パーティの喧噪は息苦しくなってきた。誰もいないところに行きたい。今は何よりも図書館で一人になって、古代エジプトの伝説の研究がしたかった。新たな発掘現場でひざまで砂に埋もれるのもいい。

落ち着け。人込みにのまれるな。

呼吸が何とか落ち着いてきたとき、中庭で女性の悲鳴があがり、美術館の照明がいっせいに消えた。

あたりは大混乱に陥った。

キャシーはパニックに襲われ、後ずさった。負傷したミイラは地面に倒れ込んだ。彼女は向きを変え、全速力で美術館のほうに駆けだした。肩はミイラの体の重みでずきずきと痛み、鼻には血のにおいが残っている。何しろ、キャシーが定期的にやっているまともな運動といえば、髪をまっすぐにブローすることくらいなのだ。でも、あまりの恐怖に頭がどうにかなりそうで、すぐにでもここから逃げ出したかった。

全力疾走は難しかった。

一刻も早く。

ドアにたどり着いた瞬間、照明が消えた。一瞬のうちに建物全体が暗闇に包まれる。ドアの内側に飛び込んだところで、誰かの胸にぶつかった。誰かは分からないが、男性であることは間違いない。

男の腕が力強くキャシーを抱き留めた。

助かった。

キャシーには何も見えなかった。展示室は真っ暗だ。人々は息をのんだあと、いっせいに恐怖と不安に満ちた声をあげた。誰もが動揺している。

でも、キャシーは安心だった。手の下に鍛えられた男性の硬い胸を感じ、体がぶるっと震えた。恐怖ではなく、何かもっと本能的な反応だった。

「大丈夫だ」男性は言った。

キャシーの頭の中に男性がいて、その意識に包み込まれているようだ。二人の心臓は同じリズムを刻み、息が一つに混じり合っているような気がした。

不思議だった。

男性の中の何かに吸い寄せられた。嵐にも動じないような彼の落ち着きに、強烈な懐かしさを感じる。これまで生きてきて、男性にこれほど強い内面の結びつきを感じたのは初めてだった。そんな絆が存在することさえ知らなかった。でもそれは、確かに今ここにある。キャシーの奥深くで、何かとてつもなく大きなものが動いていた。長い間忘れ去られていた何か。心の底では願い、夢見ていたのに、口に出しては言えなかった何か。

運命の恋人。

これまでキャシーの人生を形作ってきた、浮ついた考えやあとさき考えない態度がすっかり消えた。生まれて初めて、酔いがさめた気分だ。

たわむれの恋ではない。欲望が刺激されただけでもない。普通の男女間の反応とはまったく違う。

温かい息に頬の産毛をなでられ、肌に刺激が走った。心臓が狂ったように音を立てる。がさがさしたジャケットの生地が、むき出しの腕を軽くこすった。砂と石鹼、古い羊皮紙のにおいが混ざったような、少し風変わりだが心地よい香りをかいでいると、心が落ち着くのを感じた。

その香りはどこか懐かしく、大学時代に交換留学生として勉強に励んだ、マドリードのプラド美術館の匂いを思わせた。堅苦しくて、古めかしくて、落ち着いた匂い。キャシーが柔らかくてしなやかなのに対し、男性は硬くて頑丈だった。彼はしっかりとキャシーの肩をつかみ直し、優しく力を込めた。

キャシーの体はますます震え始めた。

「キャシー」彼はささやいた。「心配するな。ぼくがついてるから。大丈夫だよ」

深みのある、素朴な声だった。どこかキノコの味を思わせるようなその声を聞きながら、キャシーはぼんやりと考えをめぐらせた。椎茸、クレミニ、えのき、ポルトベロ、アンズタケ……。でも、雨が降ったあとににょきにょき生えてくるキノコとは違って、男性の言葉数は少ない。ほかの人々がまわりの物にぶつかって、悪態をついたり不満を漏らしたりしている中、彼はそれ以上何も言わなかった。

岩のようだ。難攻不落の要塞だ。地球を支えるアトラスだ。

強くて、存在感があって、びくともしない。

フィリス・ランバートが皆に落ち着くよう呼びかけているのが聞こえた。パニックに陥っている人々に向かって、もうすぐ予備の発電機が作動すると言っている。でも、キャシーの耳にフィリスの声は入ってこなかった。もっとこの男性の声を聞いていたい。

キャシーは男性の手首をつかんでささやいた。「怖いわ」

「何も怖くなんかないよ」その声は低く、ゆったりと落ち着いていた。「ぼくがついてるから」

静かに、慎重に発せられる言葉に、キャシーはぞくぞくした。今すぐそのていねいな言葉づかいをやめて、何も考えず、心のおもむくままに思いきりしゃべってほしい。もっと饒舌に話すところが聞きたい。とうもろこしの粒が、ブリキのじょうごにばらばらと降り注ぐように絶えることなく。

もっと話して。わたしに。わたしの耳をあなたの声で満たして。

双子の姉のマディーは、キャシーは何でもかんでも食べ物にたとえると言って笑う。でも、体で感じたことを表現しているだけなのだ。男性の力強いバリトンを、みずみずしく立派なおいしいキノコと結びつけるのはごく自然なことだと思う。

キャシーは何でも味わい、においをかいでみるのが好きだった。なめて、吸って、食べてみたかった。服のサイズが九ではなく一四なのもそのせいだろう。でも、それが悪いとは思わない。痩せすぎた体にはすぐに自分が飽きてしまう気がする。それに、今まで言い寄ってきた男性は一人残らず、キャシーの柔らかくふっくらした体に満足しているようだった。

男の手の温かさをウエストに、腰の重みを骨盤の上に感じる。キャシーは混乱し、何が何だか分からなくなっていた。体中の感覚が乱れている。目の前が見えないことで、すっかりバランスが崩れてしまった。

だから、こんなにもおかしな気持ちになるのだ。それ以外に考えられない。

いや、考えられるだろうか？

まわりの音は遠いようでも近いようでもあり、においは強烈なようにもかすかなようにも思えた。舌に残るシナモンの味は直接的で、生々しかった。手の下にある男のジャケットのでこぼこした感触はリアルすぎて、逆にひどく現実離れしているように思えた。

頭の中がめちゃくちゃだった。

しばらくの間、キャシーはミイラが背中にナイフを突き立てられたまま、中庭に倒れていることを忘れていた。パーティが台なしになったことも、有名なゲストが来ていないことも、殺気立った人々にまわりを取り囲まれていることも。頭にあるのはただ、自分を抱く見知らぬ男性のたくましい腕と、耳に残るセクシーな声の余韻だけだった。

キャシーはこの時間、この瞬間に、この暗闇に取り残されていた。こんな衝動に襲われたのは久しぶりだ。見知らぬ男性を相手に、どうしようもなく高ぶってしまうなんて。

ん？　ちょっと待って。

さっき、男性は自分のことを名前で呼んだ。見知らぬ人ではないということだ。自分のことを知っている。この人は誰？　わたしを守ってくれる、この謎めいた男性は？

首の脈がびくんと跳ね上がった。

その瞬間、照明がついて、キャシーは自分がハリソン・スタンディッシュの腕に抱かれていることを知った。

ちょっと！

キャシーはハリソンをじっと見た。

いやいや、ありえない。こんな変な服を着たオタクのインテリ男に、あんなにも強烈な感情を抱くはずがない。どこかで、何かとんでもない行き違いがあったに違いない。

ハリソンは黒縁めがねのレンズ越しに、発掘したばかりの興味深い化石でも見るように、物珍しそうなまなざしでキャシーをじっと見た。

「あなただったの」キャシーは小声で言った。

その瞬間、二人は同時に電気ショックでも受けたかのように、ぱっと体を離した。大蛇とキスをしていたと知っても、キャシーはこんなにも取り乱さなかっただろう。

ハリソンは天井を見て、床を見て、中庭に続くガラスのドアを見た。あちこちに視線を動かしたが、キャシーの目だけは見なかった。

誰もが突然ついた明かりに驚いているようだった。まわりに立っている人々は、ぱちぱちとまばたきし、目をこすったり、頭を振ったりしている。

そのときようやく、キャシーは自分が叫び声をあげながら美術館に駆け込んできた理由を思い出した。

ミイラ。意味不明のメッセージ。ナイフ。

「殺人よ」キャシーはかすれた声で言った。「中庭で。殺人があったの」

ミイラは虫の息で中庭に倒れていた。手には五〇セント硬貨ほどの大きさの銅のリングを握りしめている。美術館に展示してあるリングにぴったりはまる大きさだ。

このお守りを隠さなければならない。それができなければ、とんでもないことになる。なぜなら、やつらに追われているからだ。やつらは何があろうとあきらめない。じゃまする者は容赦なく殺すだろう。

痛みは気が狂いそうなほど激しく、目の前もぼやけていたが、お守りを持ったまま捕まるわけにはいかない。ミイラは必死に顔を上げ、どこか隠す場所はないかとあたりを見回した。

鮮やかな赤のハンドバッグが、石のベンチの足もとに見える。

あれだ。ちょうどいい。

時間がない。急がなくては。

ところが、少しでも動くたびに背中に激痛が走った。ずきずきと焼けつくような痛みが全身を駆け抜ける。息をすることもままならず、肺が悲鳴をあげた。

頑張れ。しくじるわけにはいかない。

ミイラは歯を食いしばり、ひじをついて体を起こすと、丸石敷きの小道を進み始めた。一センチずつ、必死に体を前に押し出していく。

そのとき、いきなり目の前が真っ暗になった。街灯がいっせいに消えたのか、自分の目が突然見えなくなったのかは分からない。

下唇をかんで、とにかく前に進もうとする。早く、早く。

遠くのほうで、ざわめきと誰かの大声、何かがぶつかる音が聞こえた。でも、ミイラは気に留めなかった。胸に抱く思いはただ一つ。

お守りを隠すんだ。

痛みが激しすぎるせいで、それから一分経ったのか一〇〇〇年経ったのかも分からなかったが、ようやくミイラは手を伸ばして、柔らかい革のハンドバッグをつかむことができた。中を探る。

ミトンのように布が巻きついた手は動かしにくく、そのうえ刺されたショックで冷たくなっている。でも、ごそごそしているうちにチャックのついた内ポケットが見つかった。隠し場所を開けて、お守りのリングを中に入れる。チャックを閉めると、近くの茂みのできるだけ奥深くにバッグを突っ込んだ。

あとで取りに来ればいい。

もし、来られればの話だが。

ミイラは横たわってあえぎながら、敵を出し抜くことができますようにと願った。顔から汗がしたたり、目にしみた。目が見えないまま、まばたきをする。

そのとき、四本の手が伸びてきてミイラの上腕を荒々しくつかみ、暗闇の中に連れ去っていった。

展示室にいた人々は全員、中庭に飛び出した。

オシリス、ホルス、ネフェルティティが二人、ツタンカーメンが三人。アヌビス、セト、イシス、ラー。ハリソンは途中で数えるのをやめてしまったが、中庭は一〇〇人もの物見高い客でいっぱいになった。古代エジプトのあらゆる神と女神が、テキサス州フォートワースに集結している。

その端に本物のエジプトの王族、イアフメスがひっそりと立っていた。

ハリソンは一行についていきながらも、頭の中は暗闇の中で震えるキャシーを胸に抱いていたときのことでいっぱいだった。彼女が演技ではなく、心の底から怯えていたことは確かだった。でも、全面的に信用するわけにはいかない。

ただ、あの甘く繊細な香りは忘れがたく、服にまでしみついている。キャシーの香りは庭や花束、春のイベントを思い起こさせた。何か甘くておいしい果物の花が、満開になっているようだ。

例えば、桜とか？

思いがけず、遠い昔の王家の谷の記憶がよみがえってきた。ジェシカとアダムがキスをしているのを見てしまった晩のことだ。おかげで、自分が中庭に向かっていた理由も思い出した。

アダムのことを、キャシーにたずねに行くつもりだったのだ。

でも、その前に暗闇の中でキャシーを腕に抱くはめになってしまった。照明がついて、自うに見えた。
分を抱いていたのがハリソンだと分かった瞬間、彼女は驚くと同時に、がっかりしているよ

ハリソンのほうは、暗闇の中では別人になったつもりでいた。アダムのような男に。屈託なく笑う、お気楽な男に。おしゃれの仕方を知っていて、女性を口説くのも、グルメな食事に合うワインを選ぶのもお手のもの。色彩センスだってばつぐんのむこうみずな英雄に。

ばかばかしい。

もっと心を強く持たなければ。あの女はハリソンが大事にしているものを、真っ向から否定する存在なのだから。

「で？」フィリス・ランバートがキャシーに言った。「誰が殺されたの？　死体はどこ？」

人々はざわめき、フィリスと同じ疑問を口にした。中庭には何もなかった。

死体も、血痕も、争った形跡も。

ハリソンはめがねを押し上げ、生垣のそばで丸石敷きの小道を見つめているキャシーを見た。わけが分からないという顔をしている。

そして、かわいそうなくらい頼りなげに見えた。

キャシーは下唇をかんで、落ち着かなげに足を動かしている。正しいのは自分で、まわりの人たちは見間違いをしているのだと自分に言い聞かせるように、何度もうなずきながら。「電気が消える前は、ここにいたんです。本当です」キャシーは言った。「ミイラの格好をした男の人がいて、背中にナイフが刺さっていました」

「だから、その謎の男は誰かって聞いてるの」フィリスは腰に手を当てたが、お尻が薄いせいで、手は太ももの外側にすべっていった。

こんなにも困った顔のキャシーを見るのは初めてだった。なぜだか分からないが、二人の間に割って入って、フィリスにいいかげんにしろと言ってやりたくてたまらない。

「分かりません」キャシーは言った。

その声があまりに真剣だったので、ハリソンは一瞬、キャシーが言っていることは本当かもしれないと思った。背中を刺されたミイラは実在して、茂みの中を這い回っていたのだ。

「背中にギンスが刺さった男が、起き上がってどこかに歩いていったって言いたいわけ？」フィリスは足を踏み鳴らした。

「ギンスとは言ってません。ヘンケルスだったかも。そんなに近くで見たわけじゃありませんから」

「ナイフのメーカーはどうでもいいの」フィリスがぴしゃりと言った。「ミイラはどこに行ったのよ？」

キャシーは目を見開いた。「中庭を探してみたらどうでしょう？　茂みの中に倒れて、血を流しながら死にかけているかもしれません」

何人かがミイラを探そうと動いた。

キャシーの提案を聞いて、ハリソンは怪しく思った。どうして客に中庭の捜索をさせようとするんだ？

アダムがサプライズを仕掛けているのか？　キャシーもアダムのスタンドプレーに一枚かんでいるということか？

「バッグがあった」オシリスが茂みから革のハンドバッグを拾い上げた。つま先立ちになって、生垣の裏をのぞき込んでいる。「でも、ミイラの死体は見当たらない」

「それはわたしのです」キャシーはオシリスからバッグを受け取った。「ありがとうございます」

「血はどこ？」フィリスが強い口調で言った。この状況にうんざりしてきているのが分かる。

「どこに血が落ちてるのかしら？」

「血はあまり出ていませんでした。ナイフの刃が出血を止めていたんだと思います」

「信じられないわ」フィリスは目を細めた。「あなた、わたしを何だと思ってるの？　ばかにしてるの？」

「本当なんです。ミイラに会いにここに出てきたら……」

「誰とも分からない男性に会うために外に出てきたの？　あなたはこのパーティの幹事で、あたしにグレイフィールド博士を連れてこいとはっきり指示されていたのに」

「そのミイラが、グレイフィールド博士だと思ったんです」

そんなはずはない。

ハリソンは人差し指と親指であごをなでた。アダムがミイラの仮装をしているはずがないことは、自分が一番よく知っている。インディハットをかぶったアダムが展示室を駆け抜けていってから、まだ一五分も経っていないのだ。あのあとアダムがバイクを停めて、布を体に巻きつけ、中庭に走っていき、背中を刺され、再び姿を消すのは不可能だろう。

「じゃあ、いったいどうしてグレイフィールド博士ほど名の知れた方が、ミイラの格好で中庭をこそこそ歩いたりしていたわけ？」フィリスはたずねた。

キャシーはぱっと顔を赤らめた。「わたしたちはここ数週間、展示の計画について電話で話し合っているうちに、ちょっとそういう雰囲気になっていたんです」

なるほど。ハリソンは心の中で鼻を鳴らした。アダムはたぶん、キャシーの気を引くために何か派手なことをやらかそうとしたのだろう。キャシーのためなら、男がばかなことをしてみせたくなるのも不思議はない。

「あなたの短絡的な行動にはうんざりだわ」フィリスは鼻を鳴らした。「わたしが何を考えているか分かる？」

キャシーは首を横に振った。いつものあふれんばかりの笑顔はすっかり消えていて、なぜだか分からないが、ハリソンは胃のあたりが締めつけられるような気がした。いらいらして、その不快な衝動を脇に押しやる。

人々はフィリスとキャシーを見比べながら、どうなることかとなりゆきを見守った。

「あなたは芝居がかったことが好きだから、自分に注目を集めるために話をでっち上げたんでしょう」

「違います」キャシーの下唇が震えた。

「そもそも、わたしはあなたが去年、美術品泥棒と逃げたあとにＦＢＩにした話も信じていないの。本当は自分も泥棒に協力していたのに、捕まって刑務所に入れられそうになったものだから、正義の側についていたようなふりをしたんでしょう」

ハリソンは相手の過去を蒸し返すような行為は嫌いだったが、自分が矢面に立つのも苦手だった。普段からいさかいとは距離を置くようにしている。でも、時間が経つにつれて、アダムが何らかのスタンドプレーにかかわって姿を消したという思いが強まってきた。

ただ、分からないことが一つあった。キャシーはアダムの計画に加担しているのだろうか？

ずれたクレオパトラのかつらを直そうともせず、ぱっちりした傷つきやすそうな目を見開いているキャシーが、嘘をついているとは思えなかった。アダムはこのややこしい状況を引き起こしておいて、キャシーの目の前から姿を消したのだろうか？　それとも、彼女は全部知っていて、同情を引くために完璧な演技をしているだけなのか？

どちらにしても、アダムは荷物の引換証だけを手がかりとして残し、逃亡したのだ。そのせいでハリソンが困った状況に追いやられてしまったのは間違いない。

もし再会セレモニーが予定どおりに行われなければ、エジプト政府の機嫌を損ねることになる。もしエジプト政府の機嫌を損ねることになれば、ハリソンの発掘を支援している大学は面子をつぶされたと思うだろう。そして、もし大学が面子をつぶされたと思えば、資金援助は、はい、さようならだ。

くそっ、アダムめ。またしてもじゃまをしてくれたな。

「わたしはあなたがこの職に就いたときから、クビにしたかったの」フィリスの熱弁は続いた。「ただ、理事会が許してくれなかったのよ。でも、今回はやりすぎたようね。あなたはクビよ、クーパー」

キャシーは息を飲んだ。「ミズ・ランバート、そんなこと言わないで。あなたは事情をご存じないんです。説明させてください」

「聞きたくないわ」フィリスはキャシーの言葉をさえぎるように、手を挙げた。

ここでキャシーを解雇させるわけにはいかない。たとえ後悔したとしても、今は彼女を助けなければ。今のうちに恩を売っておくのだ。そうすれば、アダムの計画に彼女がどれぐらい加担しているかたずねたとき、答えないわけにはいかないだろう。

「ミズ・ランバート、ちょっといいですか？」ハリソンは咳払いをし、蝶ネクタイを直した。

自分が何を言おうとしているのか、さっぱり分からない。

「何かしら？　ハリソン」とげとげしかったフィリスの声は、たちまち甘ったるい調子に変わった。

フィリスもハリソンには下手に出ていた。ハリソンがいなければ、キヤも、悲劇の恋人展も存在しなかった。一〇〇人の裕福な客が一人一〇〇〇ドルも払って、展示を見に来てくれることもなかった。

「スタンディッシュ博士と呼んでください」ハリソンは厳しい声で言った。ごますりは嫌い

「もちろん」フィリスは答えた。「あなたがそのほうがいいとおっしゃるなら、スタンディッシュ博士」

「ええ、そのほうがいいです」

客たちは奇妙なくらい静まり返っている。一〇〇人が息を潜めていた。待っているのだ。

何か言え！　機転を利かせてこの女を驚かせてやるんだ。

くそっ。プレッシャーのせいでうまく頭が働かない。

でも、作り話で目くらましをする必要はなくなった。

突然、警備員が建物から走ってきたのだ。人込みをかき分け、息を弾ませながら、手をめちゃくちゃに振り動かしている。「ミズ・ランバート、ミズ・ランバート！」

「何よ？」フィリスはどなった。

「すぐに来てください。キヤのお守りが。盗まれました！」

4

神と女神の一団はぞろぞろと美術館に向かい、その先頭をフィリス・ランバートがむっつりした顔で歩いていた。キャシーは不安げに下唇をかんだまま、後ろをついていった。まったく自分らしくない。キャシーは人の後ろをついて歩く人間ではないし、思い悩むこともめったになかった。気分が落ち込むようなことをわざわざ考えたくはないからだ。それに、唇をかめば、〈ニーマン・マーカス〉で奮発したランコムの口紅が落ちてしまう。一本が二八ドルもするのだから、できるだけ長持ちさせなければならない。

でも、たった今、クビになってしまった。失業してしまったのだ。さようなら、スミソニアン。さようなら、マディー。

胸にこみ上げてくるものをぐっとこらえ、涙を見せちゃだめと自分に言い聞かせる。ここで泣いても、フィリスを喜ばせるだけだ。

人込みにまぎれてすぐ前を歩くハリソンに目をやると、なぜだか胸がどきりとした。好きでもない男なのに、どうしてこんなに鼓動が速くなるの？

ハリソンは後頭部で視線を感じたかのように、振り返ってキャシーをにらみつけた。こっちがハリソンを嫌うのと同じくらい、向こうもこっちを嫌っている。なのに、フィリスにしかられているとき、間に入ってくれた。

いったいどうして?

答えを求めてハリソンの顔を探ったが、何も分からなかった。ハリソンは感情を隠すのがとてもうまい。こういう状況では、きっと都合がいいだろう。

人々は空っぽになったキヤの陳列ケースの前で立ち止まった。フィリスはケースをちらりと見ると、目を細め、さっと振り返った。

「クーパー!」どなり声が響いた。

キャシーは大きく息を吸って勇気を振りしぼり、前に進み出た。これ以上ひどいことってあるのだろうか? すでにクビは言い渡されている。この不機嫌なキュレーターは、この上何をするつもりなのだろう?

「何ですか?」できるだけ軽く、何気ない落ち着いた口調で言いながら、フィリスのそばに寄った。

「やっとあなたの企みが分かったわ」フィリスはキャシーの顔に指を突きつけた。「中庭で殺人があったと大声で騒ぐ。わたしたちを外に誘い出して、注意をそらしている間に、共犯者が電源を切って警報装置が作動しないようにして、お守りを盗んだのね」

人々は驚いていっせいに息をのんだ。キャシーは一〇〇組の目が自分を見ているのを感じた。

「何ですか、それ」キャシーは否定した。「違います。そんなはずないでしょう」

完全に誤解されている。事態は悪いほうに向かっていた。最悪の方向に。

「この人を捕まえておいて」フィリスは警備員に吠えた。「警察に連絡してくるから」

屈強な警備員が動いて、キャシーの腕をがっちりとつかんだ。

「ちょっと待ってください」ハリソンが人込みを押しのけて、二人の前にやってきた。「フィリス、あなたは企画書を受け取ってないみたいですね」

フィリスは意味が分からないという顔をした。「企画書って何の?」

キャシーはわけが分からず、ぽかんとハリソンを見た。いったい何の話? 何がどうなってるの? どうしてこの男がわたしを助けようとするの? わたしのことを嫌っているはずなのに。キャシーは疑い深げに目を細めた。

ハリソンは、ここは話を合わせろ、とでも言うようにキャシーを見た。

キャシーは嘘をつく人間ではない。よっぽどの理由がなければ、事実をごまかしたりはしない。それに、ほかの人が間に入ってきて、責任を肩代わりしようとするのもいやだった。それがスタンディッシュのように、普段は自分に冷たい人間ならなおさらだ。

「フィリス、この人が言ってる企画書というのが何……」キャシーは言いかけたが、ハリソンがそっと、でもはっきりとキャシーのつま先を踏んできた。

黙れ。ハリソンのチョコレート色の目はそう言っていた。

ちょっと、何これ！

キャシーは茶色のタッセルローファーの下からぐいと足を引き抜いた。ハリソンがどうしてこんな柄にもない行動をとるのか、わけが分からない。いったい何のつもり？

「キャシーは、どうしてあなたが企画書を受け取っていないのか分からないと言いたいんです」ハリソンはキャシーの言葉を無理やりさえぎった。「四日前、計画が固まったあとに送ったはずなんですけど」

「クライド、この人たちが言ってる企画書を受け取ってる？」フィリスは髪の薄い、のっぺりした丸顔の五〇代前半の秘書のほうを見た。

クライド・ペタロナスはジャングル・ジョージのように、チーター柄の腰巻きをつけ、首に人工のつる草を巻いていた。気の毒なくらい似合っていない。どちらもブレンダン・フレイザーが出ているからと、『ハムナプトラ』と『ジャングル・ジョージ』を勘違いしたのだろうか？　それとも、地理の知識が乏しすぎて、本気でエジプトにジャングルがあると思っているのか？

「もちろん、企画書は受け取りました」クライドは答えた。

キャシーは驚いた。

どうしてクライドが嘘をつくのだろう？　確かに、彼はキャシーのことは気に入ってくれているし、フィリスのことは嫌っている。この女上司には、クライドが従業員食堂で食事を始めようとしたときに限って「大事な用事」を言いつけるという困った癖があった。しかも、氷の入ったコップにチェリー・ペプシを注いだ瞬間、サンドイッチの包み紙を開いた瞬間、冷凍ランチを電子レンジに入れた瞬間に、急ぎの用事を言いつけるといういやらしさだ。でも、それだけの理由で、クライドが自分の立場を危険にさらすとは思えない。

キャシーがクライドを見ると、彼はすばやく笑顔を向けてきた。まるで、心配しないで、ぼくがかばってあげるから、と言わんばかりだ。でも、そのせいで余計に心配になった。だって、どうしてクライドがわたしをかばうの？

もしかすると、彼はキャシーをかばっているのではなく、自分の身を守ろうとしているのかもしれない。展示会の準備をするスタッフを監督するのは、クライドの役目だ。フィリスがキャシーをお払い箱にしたあと、秘書の責任を追及する可能性はある。

キャシーはクビになるかもしれないし、お守りを盗んだ罪まで問われるかもしれない。でも、自分が無実なことははっきりしている。理由が何であれ、自分のためにクライドとハリソンに嘘の証言をさせるわけにはいかなかった。わたしは何も間違ったことはしていない。フィリスだって濡れ衣を着せることはできないはずだ。

いや、できるのだろうか？

「企画書って何よ！」フィリスの声は一オクターブ上がり、鼻の先がまだらに赤くなった。

「いったい何の話をしているの？　企画書には何が書いてあったのよ？」

「観客参加型の殺人ミステリー劇場です」ハリソンが答えた。その声は冷静で落ち着いていたが、キャシーはハリソンの右目のまぶたがわずかにけいれんしたのに気づいた。緊張しているのだ。

　集まった人々の間に、嬉しそうな笑い声がさざ波のように広がった。

「なんてすてきなアイデアなんでしょう」『フォートワース・スター・テレグラム』紙の文芸部記者、ラションドラ・ジョンソンが言った。ラションドラは去年、キャシーがＦＢＩの美術品泥棒逮捕に協力したときに特集記事を書いた記者だ。

「殺人ミステリー劇場は大好きよ！」イシスの格好をした、名の知れた裕福な美術館のスポンサーが叫んだ。「優勝者には賞品が出るのかしら？」

　あれこれ想像する声が展示室を飛び交い、客たちは意見を交わし、推理を披露し合った。ハリソンの作り話は大成功だった。

「意味が分からないんですが」フィリスはいらいらと足を踏み鳴らした。「ちゃんと説明してくださる？」

「もっと詳しく教えてくれ」ツタンカーメンの一人が言った。「ミイラは誰なんだ？　どうして中庭にいたんだ？　キヤとソレンの伝説とどう関係がある？」

「ちょっと待って」ネフェルティティが言った。「紙とペンがないと、ついていけなくなっちゃう」

「わたしもだ」天空の神、ホルスが声を張り上げた。

「でも、グレイフィールド博士はどうなったんです？」フィリスは疑い深げにたずねた。

「再会セレモニーは？」

「ああ、それは今夜じゃないんですよ」ハリソンは首を横に振った。彼がこの重圧の中、ここまで冷静でいられることにキャシーは感心した。傍目には、完全に落ち着いているように見えるだろう。でもキャシーは、ハリソンが手首の筋肉が盛り上がるくらい、ジェドのレプリカを強く握りしめていることに気づいていた。

「今夜じゃない？」フィリスはハリソンの言葉を繰り返し、顔をしかめた。

今夜じゃない？　キャシーも不思議に思った。

「全部企画書に書いてあったんですけど」ハリソンは〝あーあ、あなたは何も知らないんですね〟とでも言いたげな顔でフィリスを見た。

表情からは、まさかハリソンがたった今、陳列ケースから自分のライフワークを奪われ、ドアの外に持ち去られてしまったとはとても思えない。なんとはったりのうまい男だろう。でも、キャシーには彼が動揺しているのがはっきり分かった。唇は真一文字に結ばれ、額には一粒汗が光っている。

「スタンディッシュ博士、話を整理させて。つまり、本当はお守りは消えたんじゃないということね。誰も盗んではいないと？」フィリスはたずねた。

「そうです」

キャシーはじゃまな頭飾りの位置を直した。お守りはどうなったの？　ハリソンにこっそり視線を送ると、彼は絶望のこもった目でキャシーを見た。つまり、お守りは実際に盗まれていて、それを隠そうとしているのだ。

でも、どうして？

わたしのために？

いや、そんなはずがない。ハリソンはキャシーと親しいわけではないし、今夜までずっと、キャシーのやり方や人格を尊重しているとは思えない行動をとってきたのだ。

このチャンスを利用して、自分でお守りを盗んでしまおうとしているだけなのだろうか？　でも、どうしてそんなことを？　お守りを発見したのはハリソンだ。盗みたいのなら、最初に掘り出したときに盗めばいい。

ハリソンに話を合わせればいいのだろうか？　それとも、本当のことを言ったほうがいい？　彼がこんなことをする理由は？　ミイラを刺したのは誰？　そもそもミイラは誰？　照明を消したのは？　それに何よりも、アダム・グレイフィールドはどこにいるの？　すべてが謎だらけで、時間が経つほどに疑問は深まるばかりだ。

「お守りはどこにあるの？」フィリスは空のケースのほうに顔を向けた。

「銀行の貸金庫に保管されています。展示されていたお守りは模造品で、殺人ミステリー劇場のために作らせたものです。全部企画書に書いてあったんですけどね」

「その企画書が見られればいいんだけど。クライド、文面はまだある？」フィリスは胸の前で腕を組んだ。

「メールを消してしまいました」クライドは言った。

「スタンディッシュ博士、この謎の企画書はもう残っていないみたいだから、明日の朝、わたしを銀行の貸金庫に連れていって、本物のお守りを見せてくださらない?」

「ミズ・ランバート、そうしたいのはやまやまなんですけど、鍵を持っているのはアダム・グレイフィールドなんです。再会セレモニーには、彼がリングを二つとも持ってくることになっています」ハリソンは言った。

「グレイフィールド博士もこの計画をご存じなの?」

「というか、この計画はもともとアダムが提案したものなんです」

アダムもこの茶番に一枚かんでいるのかしら? キャシーは眉をひそめた。いろいろと考えていると、頭が痛くなってきた。物事を深く考えるのは苦手だった。

「ああ、そう。あなたがおっしゃるならそうなんでしょう」どうやらフィリスは、ハリソンたちが自分で自分の首を絞めるのを待つことにしたようだ。「で、次はどうするのかしら?」

「お客さんには自分で謎を解く時間が与えられたあと、それぞれの推理を持ち寄ってもらい、優勝者を表彰して、再会セレモニーを始めます」ハリソンは答えた。

そうか、ハリソンはお守りを盗んだ犯人を探すための時間稼ぎをしているのだ。でも、フィリスが怪しいと気づいて警察を呼ぶ前に、犯人が見つかるだろうか? 彼が誰を、どんな理由でかばっているのかは知らないが、もしキャシーがこの計画に乗れば、ハリソンとともに陰謀に首を突っ込んでしまうことになる。

だけど、こんなに自分に対して攻撃的で、なのに妙に気になるハリソン・スタンディッシュなんかと一緒に、何かに深くかかわってしまうのはまっぴらだった。

何か言わなければ。

でも、何を?

「それで、再会セレモニーはいつ始めるんですか?」フィリスは眉を上げた。

「ショーの第二部が見たい人は、土曜の晩の八時にもう一度ここに集まってもらいます」ハリソンが言った。

「これだけの人が、ここにもう一度集まるための計画は?」フィリスは手をひらひらさせた。

「またパーティを開くのかしら?」

「もちろんです」ハリソンはうなずいた。「それも企画書に書いていました」

土曜にまたパーティを開く? キャシーの手元にはもう一度パーティを開く予算は残っていないし、土曜日まではあと三日しかない。たった七二時間で、アダムとお守りを見つけることができるだろうか?

「でも、わたしは土曜は都合が悪いんだが」ツタンカーメンの一人が悲しそうに言った。

「返金はしてもらえるんだろうか?」

「このイベントは、キンベル美術館の資金集めのチャリティパーティです」ハリソンは言った。「皆さんはフォートワースでそうとうの影響力をお持ちでいらっしゃいます。たとえ二回目のパーティに予定が合わなくても、美術館に貢献したいというお気持ちに変わりはないと思うのですが」

ツタンカーメンは黙ってしまい、それ以上返金を求める人はいなかった。

「スタンディッシュ博士」キャシーは言った。ハリソンのひじを取り、意味ありげにぎゅっと握った。「ミステリー劇場のことで二人きりで話をしてもいいかしら?」

「今?」

「ええ、今すぐに」

「フィリス」ハリソンはしわしわ顔の女上司にほほ笑んだ。「少しお時間をもらってもいいですか?」

「もちろん」フィリスは冷ややかな笑みを返した。彼女がハリソンの計画を認めたくないのは明らかだったが、客がミステリー劇場に盛り上がっている以上、否定するわけにいかないのだろう。

「スタンディッシュ、中庭に出て」キャシーは小声で言った。

ひそひそと話す人々の間をずんずん進んでいく。ハリソンがあとからついてきた。

「どうなってるの?」外に出たとたん、キャシーは言った。「観客参加型の殺人ミステリー劇場って、いったい何のことよ?」

「何とかしてきみを救って、弟の情けない逃亡を隠そうと思ったら、こうなったんだ」

「弟って誰よ?」

「アダム・グレイフィールドだ」

「本当に?」これには驚いた。チャーミングでロマンティックなアダムが、この頑固な皮肉屋と血がつながっている? 話がますますややこしくなった。「でも名字が違うじゃない」

「あいつから聞いてないのか？」

「聞いていたら、あなたたちが兄弟と知ってこんなに驚くはずがないでしょ？」

「異父兄弟だ。母親は同じだが、父親が違う」

「ああそう、分かったわ。でも、これ以上わたしのために何かするのはやめて。わたしはあなたに何も頼んでないんだから。そもそも、どうしてわたしのことを気にかけるのよ？」

　この男は頭がおかしいに違いない。どうしてわたしが助けを求めているなんて、間違った考えに取りつかれたんだろう？　それに、もしわたしが助けを必要としていたとしても、この男に助けてもらう筋合いはない。勇ましい英雄を求めているときに、こんな口うるさい男で妥協したりはしない。

　ハリソンのあごが頑固そうにこわばった。キャシーがこの九日間に何度も見て、怖れてきた表情だ。この男があごを「戦うか死ぬか」みたいな角度に据えたときは、長期戦を覚悟しなくてはならない。

「アダムの企みは想像がつくし、きみがこの一週間アダムに熱を上げてる様子を見て、きみたち二人が手を組んでるんじゃないかと思ったんだ。ぼくの目にはつき合ってるようにも見えたし」

「どうしてわたしとアダムがつき合ってるのよ？　実際に会ったこともないのに、ばかね」

キャシーはぴしゃりと言った。

　ハリソンの頬が赤くなった。自分の言ったことが間違っていたから、恥ずかしくなったの？　それとも、わたしがばかって言ったから怒ったのかしら？　でも、本当はもっとひどい言葉を投げつけてやりたいところだった。

「それに、あなたが何を言ってるのかさっぱり分からないわ」キャシーは言った。

「きみたち二人がぐるになって、ソレンとキヤをだしにしてスタンドプレーをやってるんじゃないかと言ってるんだ。美術館のスポンサーたちにもっとお金を出させて、アダムの今後の発掘の資金にするために」

「心のせまい、疑り深い男ね。自分で分かってる？」少し言いすぎた気もするけど、構うもんですか。キャシーは胸の前で腕を組んで、ハリソンをにらみつけた。さっきほんの〇・一秒間でも、自分が暗闇の中でこの男に性的魅力を感じていたなんて。

まったく信じられない。

「ぼくは心がせまくもないし、疑り深いわけでもない」ハリソンは否定した。「そんな人間じゃない。でも、弟のことはよく分かってる。あいつはペテン師だし、ゲームや宝探しが大好きだ。アダムのとりそうな行動ならはっきり想像がつく。ただ、ミス・クーパー、きみは予測不能《ワイルドカード》なんだ」

「確かにわたしは大胆《ワイルド》なほうかもね」キャシーはうなずいた。「でも、人をだましてお金を出させるために、スタンドプレーをやったりはしないわ。それに、自分の弟のことをそんなふうに悪く思ってるなんて、信じられない」

キャシーは息を荒らげていたが、自分でもその理由が分からなかった。二人は長い間目を合わせ、じっとにらみ合っていた。熱気が高まっていく。

「アダムに電話して、白状させればいいじゃないの」キャシーは挑むように言った。

「そうするよ」ハリソンは携帯電話を取り出し、弟の電話番号を押した。留守電が出たので、電話を切った。

「まだ連絡がつかないの？」

「そうらしい」

「わたしとアダムが共謀してるわけじゃないってことは、信じたほうがいいと思うけど」

ハリソンはその言葉を信じたくなさそうだったが、最終的には折れた。「分かったよ、それは信じる。それに、もしきみを怒らせるようなことをしたんなら、謝るよ」

どうやら、申し訳なさそうな顔をするくらいの礼儀は心得ているらしい。それに、こんなふうに謙虚な顔をしていると、高慢ちきの思い上がった男ではなく、もっとまともな人間に見える。

「許すわ」キャシーは態度をゆるめ、胸の前で組んでいた腕をほどいた。

「ありがとう、根に持たないでくれて」

「調子に乗らないで。まだ執行猶予中ですからね」ハリソンに人差し指を突きつける。

「それはこっちのせりふだ」ハリソンはむっつりと眉間にしわを寄せた。「ぼくもきみを信用していない」

「わたしはあなたのことが好きじゃない」キャシーはあごをこわばらせた。

「ぼくもだ」

「あなたはいばってるし、文句ばっかりだし、けんか腰だわ」

「きみは自分勝手で、とんでもない頑固で、やけっぱちだ」

「気が合わないことははっきりしてるわね」どうしてわたし、こんなに息が切れているんだろう？

「そうらしい」ハリソンは顔をしかめ、首を横に振った。ハリソンも息を切らしているように見える。

「じゃあ、意見が合ったところで、説明してくれない？　アダムはどこにいると思ってるの？　どうやらそこにわたしの人生がかかってるみたいだから」

「アダムは少し前までここにいた」

「美術館で見たの？」

ハリソンはうなずいた。

「話をした？」

「しようとした。でも、外に逃げたんだ」

「どうしてそんなことを？」

ハリソンは肩をすくめた。「分からない。きみなら知ってるんじゃないかと思ったんだけど」

「知らないわ。それで、どうしたの？」

「あとを追ったよ。でもちょうどぼくが通りに出たとき、やつは改造ハーレーで角を曲がって行ってしまった。ガブリエル・マルティネスにこれをぼくに渡せと言って預けて」

ハリソンはポケットから封筒を出し、小さな四角い紙を取り出すと、キャシーの鼻先で振ってみせた。

「アメリカン航空の荷物引換証みたいだけど」キャシーは言った。

「そのとおり」ハリソンはコロンボかエルキュール・ポアロかペリー・メイスンのように、得意げに言った。キャシーの母親はミステリーの大ファンだ。キャシーも深夜に再放送されていたチャーリー・チャンのシリーズから始めて、今ではアガサ・クリスティの全作品のタイトルを出版順に挙げることができる。

「フィリスに嘘をついたのは、時間稼ぎをするためだ。その間にこの引換証の意味を突き止めようと思って」ハリソンは言った。

「それはつまり、アメリカン航空のターミナルから荷物を引き取ってこなきゃいけないっていう意味だと思うけど」それがどうしたっていうの？　この男は超がつくほどの天才じゃなかったのかしら？

「でも、誰の荷物なんだ？　それに、どうしてまだ引き取らずに置いてあるんだ？」

キャシーは肩をすくめた。「さあ」

「この荷物を取ってきたら」ハリソンは続けた。「アダムの居場所が分かるかもしれない。それに、お守りを盗んだ犯人の手がかりも。でも、本当のことを言うのは時間の無駄だ。警察に面倒な手続きをさせられているうちに、どんどん時間が経ってしまう」

「ほかにも聞きたいことがあるわ。あなたはお守りが消えたっていうのに、あんまり動揺してないみたい。アダムが隠したと思ってて、それを表沙汰にしたくないだけって感じがするんだけど」

「いや、ただぼくは平静を装うのがうまいだけだ」

「確かに、わたしもだまされたわ」

「むしろ、アダムが隠していてくれたらどんなにいいかと思ってる。もしこれが弟のふざけた企みじゃなくて、本当にお守りがなくなってしまったんなら、ぼくのライフワークは消えてしまったってことだから。ぽん、と煙みたいに」ハリソンは指を鳴らした。「ぼくはエジプト政府に愛想を尽かされるだろう。もしお守りを取り戻せなかったら、資金援助と、エジプト行きのビザまで失ってしまう。これには、ぼくの人生がかかってるんだ」

「つまり、それがあなたが嘘をついた本当の理由ってわけね。自分のキャリアを守るため。弟のことじゃなくて、もっと個人的なことだったんだ」

「まあ、そうだな」ハリソンは認めた。「個人的なことだ。別にいいだろ？　でも、ぼくはきみが思ってるほど自分勝手な男じゃない。確かに、お守りはぼくが心から大事にしていることすべてを象徴するものではあるけど、問題はそこじゃないんだ。一番悲惨なのは、古代エジプト文明に新しい視点を与えてくれる貴重な遺物が失われること。未来を考えるときに何よりも重要なのは、歴史を理解することだから。ぼくはそこに人生を賭けているし、それだ」

キャシーは息を吐き出し、ハリソンの言ったことが理解できるまで待った。

「そろそろきみの上司が怒りだす頃だろう」ハリソンは展示室のほうを目で示した。「だから、もう選択の余地はない。ぼくたちは二人ともこのごたごたに巻き込まれてしまったんだ」

キャシーはハリソンの肩越しに、ガラスのドアの向こう側に立つフィリスを見た。腰に手を当て、不満そうに唇を突き出している。

「嘘をつくのは苦手なの」キャシーは小声で言った。

「ぼくだって嘘をつく人間じゃない。でも、これは大事なことなんだ。さっき説明したとおり。信じてくれ、ぼくは普段、勢いで行動したりはしない。こんなこと、ぼくだってしたくないよ。きみと同じくらい。いや、もっとかもしれない。でも、こうするしかないんだ。ぼくのために、弟のために、エジプトのために、キヤとソレンのために。だけど何より、人類のために！」

「嘘をつくことも」

「嘘をつくことも？」

を守るためなら何でもする」

なんて感動的なスピーチなの！

まさかこの冷淡な外見の裏に、これほどの情熱が潜んでいたなんて。月明かりがハリソンのくっきりした頬骨を照らし出すと、こんなに学者じみためがねをかけているにもかかわらず、驚くほどワルな男に見える。思いがけず、背筋に震えが走った。

「寒いだろ」ハリソンはジャケットを脱いだ。

ハリソンの意図に気づく前に、キャシーの肩には趣味の悪い紫のツイードのジャケットがかけられていた。いらないと言って返したかったが、確かにキャシーは凍えていた。ジャケットは彼のにおいがして、その心地よさに警戒心がゆるんでいく。

ジャケットのポケットに手を入れてみると、筒状のものに触れた。キヤの墓で見つかったジェドの手製のレプリカだ。ハリソンは以前、絶対にジェドの使い道を突き止めてやるのだと言っていた。大きさと形から考えて、キャシーにはエジプト人の大人のおもちゃとしか思えなかった。でも、そんなことを言ったら、ハリソンはぎょっとするに違いない。

「お願いだ」ハリソンは言った。「気が進まないことは分かってるけど、きみにも協力してもらいたい」

「ごめんなさい」キャシーは首を横に振った。「嘘はつけないわ」

「もし」ハリソンは穏やかに続けた。「弟がお守りを盗んでいて、きみが責任を取るはめになったらどうする？　きみたち二人はこのイベントを一緒に計画している。フィリスはきみが一枚かんでないと信じてくれるだろうか？　しかも、ミイラが刺されて消えたなんて話をでっち上げたあとで」

「わたしは何もでっち上げてないわ。ミイラは本当に中庭で刺されてたの」

「どっちにしても、フィリスはきみを目の敵にしている」

「やっぱり？　わたしの被害妄想じゃなくて？」

「あれはどう見ても悪意があるよ。きみが近くを通りかかっただけで歯をむいている」

まあ、ありがたい。少なくとも、フィリスに心底嫌われているというのが自分の思い込みでないことは分かった。

「アダムはわたしに責任をかぶせるつもりかしら？」キャシーは言った。「そんなことをするような人には思えないけど」

「ぼくもあいつがそんなことをするとは思いたくないけど、正直に言って、それは何とも言えない。殺人ミステリー劇場は、今のところ一番いい解決策だと思う。もしアダムが何かスタンドプレーをやろうとしてるんなら、それをあらかじめ阻止することができる。もしそうじゃないなら……」ハリソンは途中で言葉を切ったので、キャシーの豊かな想像力はいやでもかき立てられた。

　興奮の波が押し寄せてきて、胸が高鳴る。去年、美術品泥棒の逮捕で手柄を立てて以来、犯罪の謎を解くことには興味があった。

「ぼくはただ、三日間の猶予が欲しいだけなんだ。弟の居場所を突き止めるために」ハリソンは言った。「そして、このごたごたを解決するために。たぶん、何かちょっとした行き違いがあるだけなんだと思う」

「土曜日になっても、アダムもお守りも見つからなかったらどうするの？」

「警察に届けて、事情を全部説明するよ。ぼくが無理やりきみを巻き込んだんだって言う。

とりあえずきみがクビになることはないし、客は探偵ごっこを楽しんでくれる。全部片づいたら、スミソニアンへの推薦状ももらえるようにするから。アダムの父親のトム・グレイフィールドはギリシャ駐在のアメリカ大使で、ワシントンでは大きな力を持っている。うまく手を回してくれると思うよ」

「どうしよう」

「きみがしたいようにしてくれて構わない。嘘をついてくれても、本当のことを言ってくれてもいい。どっちにしてもすでにトラブルには巻き込まれてるんだから」

そのとおりだ。お守りの盗難にはかかわっていないのに、フィリスは状況証拠だけでキャシーをつるし首にしようとしている。

「どうする?」ハリソンの言い分はもっともだが、彼を信用してしまうのは怖かった。

「できるかどうか分からないわ」

ハリソンは人にものを頼むのがうまいとは言えない。でも、弟と自分の研究のことを心から心配しているのは伝わってきた。心配なのはキャシーも同じだ。共感とはやっかいなもので、女の判断を簡単に狂わせる。

「もし、あなたの読みが全部外れたら?」キャシーはつぶやき、聞きたくない答えが返ってくるのを予想して身構えた。

ハリソンは顔をしかめ、首を振った。「二人とも絶体絶命のピンチに陥るだろうね」

5

絶体絶命、まさにそのとおりだった。

どうしてこんな、最悪の事態に巻き込まれてしまったのだろう？

勢い任せに動いても問題の解決にはならない。むしろ、ややこしくするだけだ。理性的な人間は、頭で考えてからものを言う。今夜のハリソンはとても理性的とは言えない行動をとったせいで、今になってつけを払うはめになっていた。

キヤのお守りが紛失したあと、イアフメス・アクヴァルはハリソンを展示室の隅に連れていって、さっきの警告をもう一度繰り返した。「もしお守りに何かあれば、あなたのビザは無効になり、二度とエジプトに足を踏み入れることはできなくなりますよ」

追放というわけだ。

古代エジプト研究に人生を捧げてきたハリソンにとって、第二の祖国から追放されるなど想像もできないことだった。そのうえ、フィリス・ランバートにもつめ寄られ、やんわりと同じような脅しを受けた。もしハリソンがキャシーをかばっていることが分かれば、彼が非常勤の教授として勤務しているテキサス大学アーリントン校の考古学科長に報告すると耳打ちされたのだ。クビにしてやると言っているようなものだった。いったいなんてことをしてくれたんだ、アダム。お守りを持って逃げるなんて、よっぽどの理由があったんだろうな？　もし今は困ったことになってないんだとしても、ぼくが捕まえてから困った目に遭わせてやるから覚悟しておけ。

客はキャシーの説明を受けて、ようやく美術館をあとにした。即席で作り上げた殺人ミステリーの物語は細かいところまでうまくできていて、ハリソンでさえ聞き入ってしまうほどだった。そのでっち上げの物語は、三分の一が失われた恋人たちの伝説、三分の一が現実で、三分の一がフィクションだった。認めるのはしゃくだが、キャシーがその場の状況に合わせて柔軟に対応できるのは確かだった。

ハリソンにはまったく備わっていない能力だ。

自分がキャシーの助けを必要としていることに、ハリソンはいらだった。できることなら、あんな女性は今すぐ放り出して、一人でアダムを探しに行きたい。

でも、最後にアダムに会ったガブリエル・マルティネスは封筒を受け取っただけだし、その前にまともに会話を交わしているのはキャシーしかいないのだ。それに、キャシーは何も知らないと言っていたが、ハリソンはいまだにその言葉を信用しきれないでいた。

キャシーはアダムをかばうために嘘をついているんじゃないだろうか？　でも、アダムとはつき合っていないと言っていたし、ハリソンも実に愚かな理由から、その言葉を信じたいと思っていた。

いろんなことが一度に起こりすぎている。ミイラが刺され、弟が失踪し、照明が消え、お守りが盗まれた。キャシーは自分では気づいていないのかもしれないが、白状した以上に知っていることがあるに違いない。

「ちょっと、ハリー、元気ないわね？」

建物内に残っているのは、二人のほかには警備員と管理人だけだった。フィリス・ランバートはついさっき、土曜の晩までにお守りを戻さなければどうなるか分かってるでしょうね、と悪意のこもった捨てぜりふを残して出ていった。

「何だって？」ハリソンは顔をしかめた。

キャシーはハリソンのジャケットを着たまま、肩にバッグを引っかけていた。「あなた、奥さんに自分の親友と逃げられたみたいな顔をしてるわよ。しかも、二人の乗ったばかでかい派手なトラックが、門を出る途中であなたがかわいがってた子犬をひき殺したの」

「面白いたとえだ」ハリソンは言った。「ちょっとカントリーミュージック調だけど。でも、ぼくは結婚してないし、子犬も飼ってない」

それに、親友もいない。

ハリソンの友達といえば、同僚くらいだ。仕事以外で人とつき合うことはない。ビリヤードをするのも、ビールを飲むのも、テレビでアメフトの試合を見て野次を飛ばすのも、楽しいとは思えなかった。変わり者だとは思うが、そういう人間なのだから仕方がない。一人で考え事をし、本を読むのが好きだった。時間は貴重だ。それをくだらない遊びで無駄にしたくない。

あるいは、くだらない感情で。

キャシーはあきれたような顔をした。「何言ってんの。冗談なんだから、笑って流してよ。深く考えないで。あなた、何でもそうやって文字どおりに受け取るの？」

「それ以外に世の中を見る方法を知らないから」ハリソンは出口のドアを開けて支え、キャシーが通るのを待った。

「つまり、そのとおりってことね」キャシーはため息をついた。

「ぼくの客観的なところが気に入らないのか？」

「いらいらする。理屈なんて面白くないもの」

「そうかもしれないけど、少なくとも理屈は筋が通ってるからね」

キャシーは横目でちらりとこちらを見た。その色っぽい視線に絡め取られないようハリソンは必死で耐えた。キャシーと個人的な次元でかかわりたくはなかった。絶対に。何があろうと。

「やっぱりあなたって、何の面白みもない人なのね」

ハリソンはその言葉も言った本人も無視した。少なくとも、そう努力はした。キャシーを無視するというのは、自然の大いなる力を無視するくらい難しかった。

二人が外に出ると、警備員がドアをロックした。ハリソンは自分の一〇年もののボルボと、キャシーの最新型のマスタングのコンバーティブルが、駐車場の両端に停めてあるのに気づいた。ハリソンは色には無頓着だったが、キャシーの車が「わたしを見て」と言わんばかりの燃えるような赤であることは覚えていた。

「で、スタン、これからの計画《プラン》は？　ブレンダ、今後の予定《アジェンダ》は？　ルース、追跡《スルース》はどこから始めるの？」キャシーはぴょんぴょん跳ねながら、腕を振り回している。早く出走ゲートから飛び出したくてうずうずしているサラブレッドのようだ。

「きみはいつもそんなにテンションが高いのか？」

「ええ、そうよ」

「じゃあ、砂糖を与えないようにしないと」

「そんなの無理よ。わたしのミドルネームはチョコレートですからね」

「だからそんなに元気なのか」

「ところでカリーム、このあとの作戦《スキーム》は？」

「時間を有効に使うために、今夜のうちに空港に行ってこの荷物を取ってくるつもりだ。それから、何があったのか一緒に考えよう」

　キャシーは親指を立てた。「わたしも行く」

「どっちの車を使う？」

「わたしのはやめといたほうがいいわ。途中でガソリンを入れなきゃいけないから」キャシーは言った。「ちょうど今朝、駐車場に入れたときに、Eのランプが光ってたのよ」

「きみはガソリンメーターが半分になった時点で入れに行かないのか？」

キャシーは目を細め、うさんくさそうにハリソンを見た。「まさか。あなたはそうなの？」

そのとおりだ。でも、こんなふうに二つ目の頭でも生えてきたかのような目で見られながら、それを認めるのはしゃくだ。ハリソンの頭に、キャシーが運転する姿が浮かんだ。高速道路をぶっ飛ばしながら、携帯電話でしゃべり続け、ステレオのスピーカーからはロックミュージックが爆音で流れている。視線はいろんなところに飛ぶが、肝心の道路だけは見ていない。ガソリンメーターがEを指したまま平気で車に乗れる人間は、たいていむちゃな運転をするのだ。

「まあ、いいさ」ハリソンはキャシーのひじを取って、ボルボのほうに向けた。「ぼくの車で行こう」

「まあ、ハリー」キャシーは目をしばたたいた。「あなたがそんな強引な、〝俺についてこい〟タイプだとは思わなかったわ」

「まつげをぱちぱちさせるのはやめろ。ぼくにそんなことをしても無駄だ」

「色目を使うなってこと？」

「ああ」

「やだ、うぬぼれないで。わたしは誰にでもこんな感じよ。あなたにも、スーパーのレジ打ちの男の子にも」

ハリソンは頬を赤らめた。やっぱりこの女は誰にでもこうなのか。「とにかく、ぼくにはやらないでくれ」

「心配しないで。わたし、死んでもあなたとはやらないから」

くそっ。あげ足をとりやがって。

「いいか、ぼくらは仕方なく一緒にいるだけなんだ。頼むから、下ネタは控えてくれ」

「あら、どうしたのよ、ハリー？　虫の居所が悪いのかしら？」

いつのまに、そして何のために、この女はスタンディッシュからハリーに呼び方を変えたんだ？

「ハリーはやめてくれ」ハリソンは抗議した。「その呼び名は好きじゃないんだ」

「ハリソンじゃ堅苦しすぎるんだもの」

「ぼくは堅苦しいのが好きなんだ」

「まあ、それは気づかなかった」

「きみは皮肉も言うんだな」

「そういう気分のときもあるわ」キャシーは考え込むように人差し指と親指であごをなでた。

「じゃあ、ハンクは？　ハンクのほうがいい？」

「ハンクはヘンリーの呼び名だ。ハリソンとは関係ない」

「分かってるわ。でも、わたしがハンクと呼びたければ、そう呼んでもいいと思うんだけど。ここは自由の国なんだから」ハリソンは陽気に手を振った。

「ハリーもハンクもやめてくれ」ハリソンは歯ぎしりした。「ハリソンだ。ハリソンがいい」

「分かったわ、ハリーの息子《ハリーズ・サン》」キャシーは肩をすくめると、いたずらっぽく笑った。「おおせのとおりに」

ハリソンは不満げにうなると、ポケットに手を突っ込み、キーを取り出してキャシーのために助手席のドアを開けた。この女の首を絞めてはいけない。首を絞めてはいけない。首を絞めてはいけない。

こんな女のために殺人犯になるなんて割が合わない。それだけは確かだ。ハリソンは普段はあまり腹を立てないほうだが、どうもこの女には神経を逆なでされる。

ところが、ハリソンの男性ホルモンはこう叫んでいた。「逆さだろうが正しい向きだろうが、どっちでもいいじゃないか。この女がなでてくれるんなら」

キャシーが乗り込むと、ハリソンはドアをばたんと閉めた。一瞬目を閉じて、ぐっとつばを飲み込む。

落ち着け、冷静になれ、感情を切り離せ。

そう呪文を唱えると、炭水化物中毒の人がチョコチップクッキーを食べたときのように、心が落ち着くのを感じた。今この瞬間から心を切り離すことで、怒りを昇華させるのだ。ハリソンは心の目で冷静に、自分が運転席側に回りハンドルの前にゆったりと腰かけるさまを眺めた。

よし、これでいい。思考をさまたげる面倒な怒りは収まった。

「ねえ、ハリー」キャシーがかすれた声で言った。その声がベルベットのように耳をなでるのを感じながら、ハリソンはエンジンをかけた。

「ハリソンだ」不愉快な呼び名に歯を食いしばりそうになったが、必死でこらえる。歯を食いしばるということは、いらだっているということだ。でも、ぼくはいらだってなんかいない。そんな野蛮な感情にはとらわれない、超然とした人間なのだ。こんな浮ついた女に心を乱されるはずがない。

「怒った顔がキュートねって言われたことない？」

「ぼくは怒ってなんかない」ハリソンは言い返した。えりの下に汗が吹き出ているけど、それはキャシーにあからさまにからかわれていることとはいっさい関係がない、そう自分に言い聞かせた。

「嘘ばっかり」キャシーは軽い口調で言った。「あ、そうだ、途中でわたしのマンションに寄ってね」

「おいおい、何でだよ？」ハリソンはついうっかりと、彼女のほうを見てしまった。

キャシーはピンヒールのサンダルを脱いで、脚を伸ばしていた。ダッシュボードに素足を載せているのは気に食わないが、爪を薄いパールに塗ったきゃしゃな足が、車内灯の下でうごめいている光景は悪くない。

「こんな格好じゃ空港に行けないもの」キャシーは露出度の高いクレオパトラの衣装をさっとなでた。座っているのでスカートのすそが上がり、女らしいふくよかな太ももがあらわになっている。

ハリソンはごくりとつばを飲み込んだ。「今は緊急事態なんだ。弟を見つけてこの謎を解くまで、あと七二時間もない」

「でも、家に帰って着替えなきゃ。七丁目を左に曲がって。マンションは隣の通りだから」

確かに、こんなすけすけのクレオパトラの衣装で、人前をうろつくのはよくないかもしれない。

「弟は行方不明だし」ハリソンは言った。「キヤのお守りは盗まれて、ぼくの人生は今にも台なしになろうとしているんだ」

そのうえ、とハリソンは心の中でつけ加えた。自由奔放な、イカれた女とかかわってしまった。

「一〇分もかからないから」

ハリソンは絶対にだめだと言いたかったが、期待のこもったキャシーの生意気そうな笑顔と、どこか憎めない態度には逆らえず、結局言うことを聞くはめになった。

五分後、二人はキャシーのマンションに着いた。

「時間を無駄にしたくないから、ぼくは車の中で待ってるよ」

「こんな真っ暗な中で、一人ぼっちで座ってるの？」キャシーはハリソンを指でつついた。

ハリソンはカーステレオをたたいた。「ラジオを聴くからいい」

「何でよ、ハリー。愛想がないだけ？　それとも、わたしと二人になるのが怖いの？」

「急いでるだけだ」

「じゃあ、わたしが怖いんじゃないって証明してよ。一緒にマンションに来て」

ハリソンは歯を食いしばった。くそっ、禅僧だってこの女には激怒するだろう。キャシーが間違っていることを証明するには、エンジンを切って、彼女について二階に上がるしかなかった。

女性の家で二人きりになるなんて、久しぶりのことだった。しかも、こんなにセクシーな女性と。確かに、自分は緊張している。でも、それを悟られたくはない。ハリソンはできるだけ冷静な、何気ない態度をとろうとしたが、キャシーの揺れるお尻に気を取られすぎていたせいで、戸口でつまずいてしまった。

キャシーは手を伸ばして、前に倒れそうになったハリソンを支えた。「大丈夫?」

ハリソンはうなずいたが、高校生に戻ったような気がしていた。学校のロッカーの前で、ゴージャスなプロムクイーンと隣り合って立っているみたいだ。ことあるごとにハリソンをいじめているアメフト部の花形選手とつき合っている女の子。

いつまでたっても、女性のことになると情けないオタク少年に戻ってしまうのだろうか?きっとそうだろう。特にキャシーのように、どんな男でもモノにしてしまう女が相手では。

キャシーはハリソンの上腕をつかむと、驚いたように目を見開いた。「まあ、ハリソン、あなた鍛えてるじゃない」

ハリソンは肩をすくめ、めがねを押し上げた。冷やかす声に感心するような響きがあるのに気づいて、どきりとする。「時々ね」

「時々鍛えるくらいじゃ、こんな筋肉はつかないわ」キャシーはハリソンの腕をぎゅっと握った。「一週間に三回はウェイトトレーニングをしてるはずよ。わたしには分かるの。双子の姉はオリンピック選手で、岩みたいに硬いんだから」

「きみが双子だなんて知らなかった」ハリソンは話題を変えるために言ったが、その話に興味を引かれてもいた。こんな女が二人もいるのか？

「でもマディーとわたしは全然似てないの。マディーはつい最近、陸上競技の大会で優勝したんだけど、わたしはここから郵便受けまで全力疾走するくらいなら、濡れたヌードルで四〇回顔をたたかれたほうがましって感じだもの」

そうか、それはよかった。この世界で、キャシーみたいな女が二人も暴れ回っているなんて考えたくもない。

「座ってて」キャシーは言った。「着替えてくる」

「座る必要はない。二分くらいで終わるって言ってただろ？」

「じゃ、好きにして」キャシーは手を振ると、廊下をぶらぶら歩き始めた。

「急いでくれよ。次があるんだから」ハリソンは咳払いをし、何とか落ち着こうとした。いくら想像しないようにしても、キャシーがあの白いつるつるした女神のトーガもどきの服を脱いでいる様子が頭に浮かんでくる。

「よかったらテレビでも見てて」

「そんなに長居はしないよ」ハリソンは寝室に向かうキャシーに向かって叫んだ。

結局、ソファに座ることにした。ほかにやることが思いつかなかったのだ。キャシーのマンションは、本人と同じくらい雑然としていた。ごちゃごちゃと飾りつけられた部屋は、モノクロで統一されたハリソンの簡素な部屋とは大違いだ。彼のマンションには、仕事部屋に整然と並べられた遺物以外、余計なものはいっさいない。

間違いない。こんなカオスの中で暮らすはめになったら、きっと発狂してしまう。ハリソンは思わず、立ち上がって掃除を始めたくなった。

飾り棚には、隙間がないくらい小物がぎっしりつまっている。壁に取りつけられた棚には、磁器の子猫が並んでいた。伸びすぎたツタがプラントスタンドからはみ出して、窓の下枠に絡みついている。隅には傘が三本立てかけてあって、そのうちの一本は開いていた。リビングとキッチンを仕切るカウンターの上には本が散乱していて、三枚重ねのトイレットペーパーの未開封のロールが、ヘアスプレーのボトルにもたせかけてある。

キャシーはきっと「すべての物には置き場がある」という言葉を知らないのだ。

コーヒーテーブルには半分まで終えたジグソーパズルと、四分の三まで飲んだチョコレートミルクのグラスが置いてあった。ソファの脇のトートバッグをちらりと見ると、編みかけのアフガンが入っている。炉棚にはちかちか光る電飾が取りつけられていたが、クリスマスの飾りが残っているのか、単にキャシーのでたらめな室内装飾の一部なのかは謎だ。

部屋を見ていて、一つ分かってきた。キャシーは一度始めたことを最後までやりとおすのが苦手なのだ。

腕時計を見る。一〇時四〇分。時間がかかりすぎだ。キャシーはいったい何をしているのだろう？

「急いで」ハリソンは叫んだが、答えが返ってこないので、携帯を出してアダムに電話をかけてみた。また留守電だ。もう一度メッセージを吹き込んでおく。

「ハリー？」寝室からキャシーの声が聞こえた。

ハリソンは悪いことでもしていたかのように、ぎくりとした。携帯電話を閉じる。「何？」

「ねえ……」キャシーは言いよどんだ。「ちょっとこっちに来てくれない？　手を貸してほしいの」

寝室でぼくの助けが必要だと？　いったいどういう意味だ？

頭の中で、Ｂ級官能映画のＢＧＭが流れ始めた。深夜にテレビでやっているようなやつだ。

ハリソンが見ているというわけではない。そんなにしょっちゅうは。

ダウ、シッカ、ダウ、ナウ……。

「ハリー？」

「えっ……あっ……」まずい、汗が出てきた。ハリソンはめがねをかけ直し、ソファの上でもぞもぞと体を動かした。

「お願い」キャシーは男をとろけさせる、あのかすれ声でねだった。「ちょっと困ったことになっちゃって」

ダウ、シッカ、ダウ、ナウ……。

この展開はますます安っぽい成人映画のようではないか。どうして心臓がポンコツ車のエンジンみたいな音を立てているんだ？　自分の倫理観に反することは何もやっていないのに。

確かに、いやらしい妄想はふくらませているけど。

「早く来て……」キャシーが甘ったるい声で言う。

本能は、今すぐドアを出ていけとせっついていた。もしキャシーの頭がどうかしていて、ハリソンを誘惑しようとしているのなら、抵抗などできるはずがない。でも、どうしてわざわざこんなタイミングで？　しかも、好きでもない男を相手に。

いや、イカれた女が何を考えているかなんて、想像するだけ無駄だ。

「ハリー」キャシーの声が誘ってくる。

ハリソンはふらふらとソファから立ち上がると、廊下に出た。

戦場に出ていく兵士のような心境で、わずかに開いた寝室のドアに向かう。もしキャシーが裸でベッドに横たわって誘うような顔をしていたら、ただちに撤退しなければ。

いやあ、どうかな。うーん。

って、何を考えてるんだ！

でも、今までセクシーな女がおまえの前に体を投げ出したことなんてあったか？　ああ、初めてだよな。考えてもみろ。もし本当にキャシーが素っ裸でベッドに横たわって、欲望で目をぎらぎらさせているのを見たら、しっぽを巻いて逃げ出すなんて無理だろう？

ハリソンはドアの前まで来ると、ためらった。

「お願い、急いで。わたし、恥ずかしい格好してるんだから」

ちょっと待て、本気で誘惑しようとしているのか。

腕の毛が逆立った。パニックとスリルが同時に押し寄せてくる。あわててその感覚を抑えつけようとしたが、抑えつけられるものではなかった。

おいおい、ハリー、それでも男か？

ああ、キャシーのせいで、自分でもこの不愉快な呼び名を使ってしまったじゃないか。ハリソンはすっかり混乱して、その場に立ちつくした。

寝室のほうから、どしんという音が聞こえてきた。

「帰っちゃったの？」キャシーの声は遠く、少し震えていた。悲しんでいるような、困っているような、あるいはその両方のような声だ。

ハリソンは胸を突かれた。途方に暮れた少女のような声と、彼女が自分を必要としているという事実に。

意を決して寝室に入っていく。

ところが、キャシーはどこにもいなかった。

ハリソンは薄手の素材の天蓋がついた、乱れた四柱式ベッドのまわりを見回した。床には靴が一〇足以上と、ブラウスが二枚ほど落ちている。隅に柳細工のドレッサーがあり、上に置かれたテレビセットの上に、格子縞のミニスカートが放り出されていた。

これではまるで、男の妄想にありがちなミッションスクールの女生徒の部屋ではないか。

顔をそむけ、もっと刺激の弱いものに目を向けようとした。北側の壁には陳列棚が三つ置かれていて、さまざまな香りのアロマキャンドルがずらりと並んでいる。火は灯されていなかったが、でたらめに混ざり合った香りが漂ってきて鼻孔を刺した。ピーチパフェ、洗い立てのリネン、ヘーゼルナッツコーヒー、パイナップルとココナッツ、夏のローズガーデン。誰もこの女に、香りをごちゃ混ぜにしてはいけないと教えてやらなかったのか？　この部屋の香りは甘すぎて、きつすぎて、半端じゃない。

まるでキャシー本人のようだ。

ハリソンは視力が悪い代わりに、嗅覚はとても鋭かった。彼の鼻には、キャシーの部屋は、三〇人編成の楽団が全員でいっせいに違う曲を演奏しているように感じられた。においの大騒乱だ。

よく見ると、それぞれのキャンドルの後ろの壁に、小さなコラージュが立てかけてあった。母親にいずれ命取りになると言われている病的な好奇心がうずき、ハリソンはキャンドルが並ぶ壁に近寄りまじまじと観察した。

コラージュはインチ判（約二五×二〇センチ）の立体的な額縁に入っている。コラージュの中心にあるのは、キャシーがそれぞれ別の男性と写った写真だ。そのまわりをさまざまな記念品が取り巻いている。映画のチケットや、スポーツチームのペナント、飾りピン、チャーム、スクラップブック用の飾り文字、シール、布きれ。当時のヒット曲ベスト四〇のリストまであった。

ハリソンはキャンドルと額縁に入った記念品を数えた。一八組。一つの棚に六組ずつ置いてある。

いったいこれは何なんだ？

そのとき、目の前にあるものの正体が急に分かった。これは神殿なのだ。キャシーがつき合った男たちを祭った神殿。ハリソンはぎょっとして飛びのき、床に落ちていたシルクの枕に足を取られた。体がよろめき、ドレッサーにぶつかって、はずみで電気スタンドが倒れる。

「ハリー、まだいるの？　困ってるわたしを置いて逃げたんだと思ってたわ。大丈夫？」

「ああ、大丈夫だよ。でも、きみはどこにいるんだ？」ハリソンは電気スタンドを元に戻し、髪をかき上げて、キャンドルの壁のことは深く考えないようにした。

「バスルームよ」

最悪だ。まったくもって最悪だ。

「バスルーム？」ハリソンはおうむ返しに言った。何と言っていいか分からなかった。たちの悪いはしかにでもかかったように、腕に鳥肌が立つ。

頭の中で再び、音楽が鳴り始めた。ダウ、シッカ、ダウ、ナウ……。

「そう」

「どうしてバスルームに隠れてるんだ？」ハリソンはたずねた。でも、答えは知りたくない。

「だって、恥ずかしいんだもの」

「恥ずかしい？」ハリソンは繰り返した。

「あなたが入ってくる前に、確かめておきたいことがあるの。あなた、動揺しやすいほう？何となくそんな気がするんだけど、あんまり動揺しやすい人には頼めないのよ」

「ぼくはそんな簡単に動揺しないよ」おいおい、いったいどういうことだ？

「本当に？」

「お願いだから、何がどうなってるのか教えてくれ。このままじゃ、自分の想像に動揺してしまいそうだから」

キャシーの声はまたからかうような調子になった。「ハリー、あなた何を想像してるの？」

もったいぶるのもいいかげんにしろ。

ハリソンは気を引き締め、どんなに思いがけない光景が待ち受けていようと直視する覚悟を決めた。バスルームのドアノブに手をかけ、ゆっくりと回し、ドアを開ける。

キャシーは洗面台の横でこちらに背を向け、肩を落として立っていた。クレオパトラの衣装から、ローライズジーンズと長袖のTシャツに着替えている。タイトなジーンズがふくよかなヒップにぴたりと張りつき、尻ポケットが派手なキャデラックのエンブレムで飾られているのが見えた。

なるほど。乗り心地は最高よ、というわけか。

アダムなら「いいケツしてる《ブーティイリシャス》」と言うだろう。

どう頑張っても、そのすばらしいお尻から目をそらすことができなかった。画家のルーベンスも、これほどすてきなお尻をキャンバスに描けるとなれば、よだれを垂らしたことだろう。ハリソンの口にもつばがたまってきた。

「キャシー?」

キャシーは動かなかった。「わたしがそっちを向く前に、一つ約束して」

「何?」

「笑わないって」

「絶対に笑わないよ。だからこっちを向いて、何をそんなに困ってるのか教えてくれ」

キャシーはゆっくりと振り返った。

ハリソンはキャシーの顔に見とれた。恥ずかしさと悔しさ、ばつの悪さがないまぜになった表情には、どこか胸に迫るものがある。顔ばかり見ていたので、ブルージーンズのチャックが半分しか上がっていないことにはなかなか気づかなかった。

ハリソンの目は最初、腰骨のあたりにある小さなハートのタトゥーにくぎづけになった。彼の親指の爪くらいの大きさしかなく、控えめで趣味がいいが、タトゥーであることに変わりはない。タトゥーを入れるのは奔放な女性だけだ。少なくとも、ハリソンはそういうイメージを持っていた。

エロティックな衝動が、脳から下半身へといっきに駆け抜ける。今までタトゥーをセクシーだと感じたことはなかった。なのに、なぜ?

キャシーがぼくを呼んだのはこのためか? タトゥーを見せるため?

ダウ、シッカ、ダウ、ナウ……。

そのとき、キャシーが困ったように肩をすくめ、チャックの前で手を広げた。そこでようやくハリソンも、小さな黒いパンティのつるつるした布が、チャックの歯にがっちりとはさまっていることに気づいた。

6

「あなたが急げって言うから急いでたら、こんなことになっちゃった」キャシーは言った。

ハリソンはキャシーの前にひざまずき、彼女が洗面台から取り出した爪切りばさみを手に握りしめている。

「切っちゃうのはいやなの」キャシーは言った。「この下着、〈ヴィクトリアズ・シークレット〉で買ったのよ。値段を言いたくないくらい高かったんだから」

「きつくはさまってるから、切らないと無理だよ。それか、腰を揺すってジーンズごと脱いでしまうか」

「そんなのもう試してみたわ。でもチャックがこれ以上下りないから、お尻からズボンが抜けないのよ」

ハリソンが顔を近づけてチャックをつかんだので、キャシーの肌に温かな息がかかった。下を向くと、自分の一番大事な場所の驚くほど近くに、黒っぽい後頭部がある。むき出しの腹をハリソンの髪がかすめ、取り乱しそうになった。

どうしてさっきから、こんなわけの分からない衝動に襲われるの？

下半身に押し寄せてくる熱く湿った感覚に、キャシーは目を伏せた。背後の洗面台についた手に力を込める。急にひざの力が抜けて、倒れてしまいそうになったのだ。

わたし、いったいどうしちゃったの？　何でよりによってハリソン・スタンディッシュなんかのせいで、ひざががくがくするわけ？

「じっとしてて」ハリソンが言った。

「動いてないって」キャシーは言い返した。自分が彼に興奮しているなんて、絶対に悟られたくない。

「ヤシの木みたいにゆらゆらしてる」

「そんなはずないわ」

「別にけんかを売ってるわけじゃないんだ。ただじっとしててくれないと、はさみが突き刺さりそうだから」

ええ、突き刺されるのは大歓迎よ。でも、はさみじゃないものがいい。

って、キャシー！

自分でもびっくりした。何をそんなにむらむらしてるんだろう？　好きでもない男に性的魅力を感じたことなんて、今まで一度もなかったのに。

おかしい。こんなの変だ。

まるで、雷雨の日に野外で愛し合っているみたい。

脳裏に突然、夏の湖にボートを浮かべ、その上で大胆な行為に没頭している自分たちの姿が浮かんだ。ほてった肌に、土砂降りの雨が降り注いで……。

やめなさい。

ボートは揺れている。岸辺の木々の上で、鳥たちがさえずっている。綿菓子のようなピンクのワンピースは腰までたくし上げられ、薄い布に覆われた乳首は固く張りつめ、スタンディッシュ教授が一心に、うずく体を隅々まで探っている……。

現実でも、ハリソンの指が軽く肌に触れ、キャシーははっと息をのんだ。いいわ、もっと。そう、わたしってどうしようもなくふしだらな女なの！

「ごめん」ハリソンはぶっきらぼうに言った。「痛くするつもりはなかったんだ」

ううん、もっと痛くして。大胆な自分がそう言いそうになったが、分別を働かせてぐっとこらえた。それでも、全身がぶるっと震えた。

「大丈夫？」ハリーは顔を上げ、キャシーを見上げた。

「ちょっとぞくっとしただけよ。肌がむき出しだから」

ハリーは首でも絞められたような声を出した。

仕返しのチャンスだ。「大丈夫？」

「咳払いをしただけだよ」

「水でも飲む？」

「いいって」ハリーはくぐもった声で言った。「急いでやってしまわないと」

やだ、急がないで。いたずらな声が聞こえた。わたし、優しくじらされるのが好きなの。

やめなさい。キャシーは自分をしかりつけた。くすぐったいくらいソフトで、鳥肌が立っちゃう彼の指づかいは忘れて、別のことを考えなさい。

でも、何を考えればいいの？　考え事には慣れていない。

そうね……。ハリーの肩幅がこんなに広いなんて気づかなかった。髪型を変え、めがねをコンタクトにしてタキシードを着たら、さぞかし似合うでしょうね。

ほら、またこの男をセクシーな色男みたいに妄想してる。服装はオタクっぽいけど実は美青年だとか思ってるんでしょ。いい？　この男は正真正銘のオタクなんだからね。

分かった分かった。じゃあ、これはどう？　ハリーとアダムの違いを考えるの。アダムとは実際に会ったことはないが、ハリソンの一〇倍くらいよく知っている。

アダムは遊び人で、ギャンブラーだ。キャシーと同じように、派手な車を猛スピードで走らせるのが好き。好物はロブスター。好きな色はアクアマリン。お気に入りのテレビゲームは「グランド・セフト・オート」。高校では『くたばれ！　ヤンキース』の舞台で主役を務めた。大学の成績平均値《GPA》はキャシーとまったく同じ二・七五。『GQ』誌の愛読者で、高性能の最新電子機器を揃えていて、お兄さんがいるなんて一言も言わなかった。

一方、ハリソン・スタンディッシュ博士について知っていることは、口紅一本くらいの量しかない。服の趣味が悪くて、物事が自分の思いどおりにいかないと、ぶつぶつ独り言を言う。白のボルボに乗っていて、どうやらガソリンメーターが半分を指すとすぐにガソリンを入れるらしい。

ふん！　安全な車なんて、面白くも何ともない。あのボルボの中だって清潔すぎる。ドアポケットにファストフードの包み紙が突っ込んであるわけでもなく、バックミラーにはかわいい飾り一つぶら下がっていない。フロントガラスにもつぶれた虫の内臓はこびりついていなかった。

キャシーがあのこぎれいな車を運転するはめになったら、きっと発狂するだろう。

「もういいよ」

「え？」キャシーはきょとんとした。

ハリソンは立ち上がり、妙な目つきでこっちを見ていた。歯にほうれん草がはさまっているとか、キャシーが何かぶざまなことをしでかしたかのように。

「大丈夫だ。下着はチャックから外れてくれたよ」ハリソンは気まずそうな顔で、キャシーに爪切りばさみを返した。

彼の気まずさはよく分かった。キャシーのほうも落ち着かない気分だったのだ。愚かなホルモンが、ハリソンと激しいタンゴを踊りたがっている。気が合うのは弟のアダムのほうだというのに。

バスルームを出ていくハリソンのお尻に、視線がくぎづけになる。ぶかぶかのチノパンをはいているのに、妙にそそられるお尻だ。だめ、こんなわけの分からない衝動にとらわれてる場合じゃない。

少なくとも、あと三日間は。

街のはずれのさびれた倉庫の中で、ミイラの格好をした男は徐々に意識を取り戻していた。背中の痛みは耐えられないほどになっている。ほんの少し体を動かしただけで、背筋を激しい痛みが駆け抜けた。唇はひび割れ、口の中はからからで、つばを飲み込むのさえ一苦労だ。

ミイラは顔をしかめたが、それだけの動きでも強い痛みを感じた。どうやら金属の削りくずの上に、うつぶせに横たわっているようだ。その下はコンクリートの床で、ネズミのフンのにおいがする。手首は背中に回され、ダクトテープが巻かれていた。

これはまずい。

胃がむかむかする。くそっ、今吐くわけにはいかない。なんとしても我慢しなければ。ミイラは金属の削りくずを鼻から吸い込んでしまわないよう、顔をそむけ、憮然として部屋の向こう側を見た。

小さな蛍光灯が一つついているだけで、部屋は薄暗い。波形の大きなブリキ板がそこらじゅうに積み重なっている。ブリキ板の山の向こうに、重そうなシャッターが二枚並んでいるのが見えた。もっと上を見ようとすると、頭に強烈な痛みが走った。体が溶けていくような気がする。

骨がなくなっていくようだ。

干からびてミイラになってしまう。

どろどろに。ふにゃふにゃに。ぐしゃぐしゃに。すりつぶされる。砕かれる。熱い。赤い。

燃えている。

背中に火がついているようだ。何も考えられない。息をするのも苦しい。

だめだ。

あきらめるわけにはいかない。やらなければならないことがある。何かとても大事なことだ。ただ、それが何なのかが思い出せない。

考えるんだ。

でも、頭には何も浮かんでこない。目を閉じる。考えろ、考えろ、考えろ。

ここはどこだ？　どうしてここにいる？　どうして背中が地獄のように痛むんだ？

ミイラは永遠とも思える長い間、そこに横たわっていた。頭の中ではさまざまな考えがごちゃごちゃに絡み合っている。まとまりがなく、まったく意味が通らない。石のベンチのそばに赤いバッグが落ちている光景が浮かんでくるのだが、それが何を意味するのかは分からない。

意識はとぎれとぎれになっていた。最初は体の痛みもはっきり感じていたが、いつのまにかうとうとしていた。それからはっと目が覚め、再び混乱に襲われた。

やがて、さまよう意識の中に、鋭く現実が割り込んできた。

何か聞こえる。

足音。

声。

低く、言い争っているような声だ。ぼやけた視界の外から聞こえてくる。ミイラの知っている言語だったが、母国語ではない。

集中しなければ。

ミイラは耳をすました。

ギリシャ語だ。それは分かった。男たちはギリシャ語を話している。でも、声が遠すぎて、話の内容までは分からない。

おれにはまるでギリシャ語《ちんぷんかんぷん》だ。ミイラはくだらないことを考え、思わず笑いそうになった。

あいつらは敵なのか味方なのか？　でも、ネズミがはびこる金属板置き場で縛られていることを考えれば、飲み仲間ではないことは間違いない。

男たちが近づいてくると、ミイラの首から汗がしたたり落ちた。足音はちょうどドアの外で止まった。

「デミトリ、今度はカッとなるなよ」たちの悪い風邪を引いたウシガエルのような声が、英語で言った。「おまえが刺したせいで、やつはもう少しで死ぬところだったんだから」

「何でそんなにていねいに扱うんだよ」デミトリと呼ばれた男は言い返した。「あいつのせいで何もかも台なしになるかもしれないっていうのに」

二人の声には聞き覚えがあるような気がした。特に、ルイ・アームストロングみたいにしゃがれた声のほうは。でも、誰なのかは見当もつかなかった。もしかしたら、まったく知らない相手なのかもしれない。声に聞き覚えがあるというのも勘違いだろうか。

「こらえろ」ウシガエルが言った。「見習いから出世したければ、もっと我慢することを覚えるんだ」

こいつらはいったい誰だ？　知り合いか？　おれはこいつらを知っているのか？　ミイラはダクトテープから逃れようともがいたが、びくともしなかった。でも、たとえテープがはがれたとしても、ここから逃げ出す時間はない。それに、ガールスカウト一人さえ倒せそうにないこの状態で、大の男二人の相手など絶対に無理だった。

ウィーンという機械音が聞こえ、シャッターが引き上げられた。薄暗い中で目をこらすと、金属板の山の向こうから二組の足が近づいてくるのが見えた。一人は汚れたナイキのスニーカーを履いている。もう一人はウイングチップのエナメル革の靴だ。

ウイングチップは足を止めた。

ミスター・ナイキは近づいてくる。

恐ろしい予感がした。このナイキを履いているほうが、背中を刺した気性の荒いデミトリという男ではないか？　ミイラは目を閉じ、息を殺して、気を失っているふりをした。

怒りのこもったナイキのつま先が、胸に強くめり込んだ。

ミイラはうめき、下唇をかんで痛みをこらえた。あばらだけでなく、背筋にも激痛が走る。男はしゃがんでミイラをじっと見た。傷だらけの険しい顔は、無情な悪党そのものだ。男はにやりと笑い、唇をなめた。

ミイラははっとした。この男が誰かは分からないが、前にもこいつともめたことがあるような気がする。そのときも不快な思いをしたはずだ。

「おい、起きてるんじゃねえか」ナイキは英語で言うと、いきなりミイラの首をつかみ、無理やり立たせた。

ミイラは衝撃と苦痛に悲鳴をあげた。今まで痛みだと思っていたものは、痛みのうちに入らないのだと思い知った。次々に襲いかかる試練に身を削られ、自分がつまようじにでもなってしまったかのような気分だ。

「そこらへんにしておけ、デミトリ」ウシガエルが鳴いた。「また気を失ったら、秘密を聞き出すのに時間がかかるだろう」

ミイラの目が、両側に積み重なった金属板の山と、ドアの間の通路に浮かび上がる男をとらえた。病気のウシガエルのような、低くしゃがれた声をした男だ。男の真っ黒な目には慈悲のかけらも見えない。顔にはいっさい表情がなく、まるで大理石のようだ。

男は近づいてきた。

ウシガエルはずんぐりした樽のような体型だったが、筋肉質だった。黒い髪は何かの油でなでつけられていて、残酷さと知性の混じり合った不気味な口元をしている。

「早く話してくれれば、早く終わるよ」男の英語には強いギリシャ語なまりがあった。ギリシャの料理を食べ、ウイングチップの靴を愛用する、悪い風邪を引いたウシガエルか。「お守りはどこだ？」

ミイラは答えなかった。

お守りって何だ？　お守りのことも男たちのことも思い出せないが、その質問はとても重要なもののようだ。頭がずきずきし、またも胃がむかついてくる。

ナイキがミイラの髪を引っ張った。自然と涙がこみ上げてくる。どうしようもなかった。それほど痛みは激しかった。

「何度も同じ質問をさせないでくれ」ウシガエルはそう言うと、スーツのジャケットのポケットからとがった金属の爪やすりを取り出して、自分の爪の上でゆっくりと引いた。凶暴な男が鋭い金属の爪やすりでやりそうなことを想像し、ミイラはあえいだ。

「し……知らないんだ」ミイラはささやくように言った。足をふんばると、ひざががくがくと震えた。デミトリの熱い息が首にかかる。ミイラは戦う気力もなく、だらりと立ちつくすことしかできない。

ウシガエルがうなずいた。デミトリはミイラのうずく傷に親指を押しつけた。恐ろしい痛みが体中を駆け抜けた。ひざの力が抜ける。ミイラは白目をむいた。

「お守りはどこだ？」

「だから、何の話か分からないんだ」

ウシガエルはため息をつくと、金属の爪やすりをデミトリに渡した。「使い方は分かってるな」

「お願いだ」ミイラは早口で言った。「本当に思い出せないんだ。頭がぼうっとしていて」

「では、デミトリにおまえの記憶を刺激してもらおう。わたしたちはどんな手を使ってでも、お守りを二つとも手にいれる。絶対に」

デミトリはやすりでミイラの頬をなで上げ、目の近くで止めた。「お守りはどこだ？」歯の隙間から吐き出すように言うと、ニンニクくさい息がかかった。

ミイラは情けない声を出した。思い出せるものなら、喜んで教えてやる。でも頭の中は真っ暗で、何かを呼び起こそうとすればするほど、遠ざかっていくのだ。

やすりは目の縁まで来ていた。

「お守りはどこだ？」

神様！　そう思った直後、ミイラは気を失った。もう頭には何も浮かばなかった。自分の名前も。

自分の命を守ることさえ。

7

中央のチケットカウンターにいたアメリカン航空の係員が、キャシーの質問に答えた。はい、アダム・グレイフィールド博士はJFK国際空港発一一時二五分着の便で、一二時間前にダラス・フォートワース空港に到着されています。

「グレイフィールド博士の荷物は?」キャシーがたずねた。

ハリソンはキャシーをにらみつけた。鋭い視線が、黙れ、と言っている。

きっと先に質問をしたから怒っているのだろう。まあ、いいわ。キャシーは肩をすくめた。彼は自分が主導権を握りたいのかもしれないが、そんなの知ったことではない。

「弟の荷物はどうなってます?」ハリソンはチケットカウンターの男性に話しかけた。「無事に到着しました? それとも紛失したんですか?」

ビル・クリントンを少しばかり濃くしたような顔のチケット係は、警戒する表情になった。ふさふさした白髪混じりの髪に、嗅覚の鋭そうな鼻、細長い首をしていて、ウールの赤いカーディガンを着ている。キャシーは男が体をこわばらせたのを見て、自己防衛のスイッチが入ったことに気づいた。肩をいからせ、目を細め、あごを引き締めて、不機嫌そうな顔になる。チケット係というのは一日中、荷物の紛失や損傷のことで客に責められているのだろう。「わたしが知る限り」男性はアラスカの氷河のように冷えきった声で言った。「グレイフィールド博士から苦情はうかがっておりません」

「あいつは荷物を取りに来たんですか？」ハリソンはジャケットのポケットから引換証を取り出した。「引換証はここにあるんですが」

「では、取りに来られていないのでしょう。荷物受取所で聞いてください」

「どこですか？」

「荷物用コンベヤーの近くですが、一〇時に閉まります。今はもう一一時半ですね。申し訳ございませんが、明日の朝に来られたほうがいいと思います」チケット係は申し訳なくも何ともなさそうな顔で言った。

「これは緊急の用事で、明日の朝までは待てない。グレイフィールド博士は今夜の大事な集まりに来なかったんです」ハリソンは言った。

「それはわたしの関知するところではございません」チケット係は答えた。「では、失礼させていただきます。休憩時間ですので」

キャシーは黙っていられなかった。チケット係が行ってしまう。アダムとお守りを見つけるタイムリミットまで、あと七二時間もないというのに。

「すみません」キャシーはカウンターに近づいた。自分が出しゃばればハリソンは怒るかもしれないが、気にしてはいられない。チケット係の名札をちらりと見て、とびきり愛想のいい笑みを浮かべてみせた。「ジェリー」

ジェリーは立ち止まり、キャシーのほうを向いた。「何でしょう?」

「友達を許してあげて。たった一人の弟が行方不明になっちゃって、いらいらしてるの」キャシーはハリソンの身元と、悲劇の恋人展のこと、アダムがイベントに現れなかったいきさつを説明した。

「だからってわたしが責められる筋合いはありません」チケット係は怒った顔でハリソンを見た。

キャシーは同意するようにうなずいた。「まったくそのとおりだわ、ジェリー」

「わたしは自分の仕事をしているだけなんですから」

「もちろんそうよ」キャシーは声を落として、悩ましげに目を伏せた。「コンピューターでグレイフィールド博士が荷物を受け取ったかどうか、調べてくださらないかしら?　彼の居場所を知る手がかりになると思うの」

とどめとして、キャシーは手を伸ばしてジェリーの上腕にそっと触れた。

チケット係の背筋がわずかに伸びた。「あなたのためでしたら、調べてさしあげますよ」

「まあ、ありがとう。お心づかいに感謝するわ」

ジェリーは端末の画面に向き直ると、キーボードをたたいた。「グレイフィールド博士のお荷物はまだ空港にあります。引き取りには来られていません」

「荷物受取所を開けてくださる方はいらっしゃる?　どなたか責任者のような方は」

「聞いてみてもいいですけど、難しいと思いますよ」ジェリーは首をかしげながら言った。

キャシーは唇を最高にセクシーな形に突き出した。パメラ・アンダーソンも真っ青だろう。

「お願い」

「分かりました」チケット係はうなずいた。「責任者に連絡して、荷物を取ってこられるかどうか聞いてみますね」

キャシーは感謝のしるしに最高の笑顔を見せ、上腕をそっと握った。ジェリーのひざから力が抜けるのが、目に見えて分かった。「本当にありがとう」

「どういたしまして、ミス……」

「キャシーと呼んで」

ジェリーの顔ははっきりと赤くなり、額に汗が吹き出した。彼はすばやく内線電話に手を伸ばした。

いい？　ハリソン・スタンディッシュ。人にものを頼むときはこうするのよ。

「人に何かしてもらうのに、グラビアアイドルみたいな顔をする必要はないだろう」チケット係が電話で荷物受取所と話している間に、キャシーの耳元でハリソンが小声で文句を言った。「ぼくは自分のやり方で処理しようとしていたんだ」

「でも、あれじゃうまくいかないわ」

「上司を出せと言おうとしたときに、きみが割り込んできたんだよ」

「あら、そうなの」キャシーは笑顔を崩さなかったが、心の中ではふざけるな、と言いたいところだった。「でも、わたしの方法のほうがてっとりばやいし、ずっと感じいいって分かったでしょ」

「それに、あざといってことも」

「女はやらなきゃいけないことはやるのよ」

「きみは自分の手段を正当化してるだけだ」

「何なのよ、スタンディッシュ？ 色目を使って頼みを聞いてもらったから、どうだっていうの？ それであなただって助かったんだから」

「ポン引きになった気がしたんだ」

「それはあなた個人の問題だと思うけど」キャシーはぷいと顔をそむけた。この男はお城をもらっても、大きすぎるだの隙間風が入るだの文句を言うに違いない。

ジェリーが電話を切った。「キャシー、責任者はすぐにこっちに来るそうですよ。座ってお待ちください。何かお持ちしましょうか？ コーヒーはいかがです？ それともソーダ？」

「けっこうよ、ジェリー。でも、いろいろありがとう。本当に助かったわ」

キャシーとハリソンは黒いビニール張りの椅子に座った。キャシーは責任者を丸め込んで荷物受取所を開けてもらうために、はにかんだ笑顔を浮かべる練習をした。

五分後、背が高くてがっちりした、いかにも活力のみなぎったブルネットの女性が、コンコースの向こう側にある「従業員専用」と記されたドアから現れた。紺色の制服は第二の皮膚といってもいいほど体になじみ、七センチのヒールのパンプスのおかげで、引き締まった脚がさらに長く、細く見える。

キャシーが苦手なタイプの女だ。色目を使って荷物受取所に入れてもらう計画も打ち砕かれた。

女性はハリソンの前に来ると、手を差し出した。「はじめまして」優しげな声で言う。「スパンキー・フレブリゾと申します」

「ハリソン・スタンディッシュ博士です。こちらはキャシー・クーパー」

スパンキーはハリソンの手を握ったが、キャシーのほうはちらりとも見なかった。「スタンディッシュ博士、あなたのことは存じ上げていますわ。わたしは古代エジプトマニアで、悲劇の恋人たちの大ファンなんです。地域教育プログラムを通じて、テキサス大学アーリントン校で行われたあなたの講義を拝聴したこともあるんですよ。ジェリーから有名な考古学者の方がお待ちになっていると聞いたときは、気を失うかと思いました」

まさか、ハリーにも追っかけがいたなんて。スパンキーは今にも油性ペンを取り出して、まぶたに「アイ・ラブ・ユー」とでも書き出しそうな勢いだ。

ハリソンは顔を輝かせた。「古代エジプトに興味をお持ちの方に会えるなんて嬉しいです、スパンキー」

スパンキー、ですって？

そもそも、何なの、この名前？　きっとあだ名だろう。どうしてこの女にそんなあだ名がついたのか、考えるのもおぞましい。

スパンキーはキャシーのほうはいっさい見ず、ハリソンが自分たちの窮状を説明するのに耳を傾けていた。

「荷物受取所にご案内します」スパンキーは言った。「スタンディッシュ博士、あなたのお力になれることでしたら、何でもいたしますわ」スパンキーは振り向き、先に立って歩き始めた。

キャシーはスパンキーの背中に向かって、声を出さずに口を動かした。〝スタンディッシュ博士、あなたのお力になれることでしたら、何でもいたしますわ〟

キャシーとハリソンは並んでスパンキーの一メートルほど後ろを歩いていた。ハリソンはキャシーのほうに体を寄せてささやいた。「どうしたんだ？」

キャシーはハリソンをにらみつけた。

「妬いてるのか？」

まさか！　ハリソン・スタンディッシュに？

どうしてわたしがファッションセンスゼロの偉ぶったオタク教授にやきもちを妬かなきゃいけないの？　確かに体は鍛えてるし、爪切りばさみの扱いは妙にうまいけど。ええ、確かにちょっとくらいは妬いてるかもしれない。でも、それがどうしたのよ。

その瞬間、自分がジェリーに色目を使っているときの彼の気持ちが分かった気がした。なんてこと……。立場が逆になると、こんなにも不愉快なものだったなんて。

「どうぞ」スパンキーは紛失荷物の受付所の鍵を開けて電気をつけ、二人を中に案内した。

「こちらでお待ちいただければ、わたしが荷物を探してまいりますので」

「たぶん重い木箱だと思うんです。一人では持ち上げられないでしょう」

「申し訳ありません。社内規定により、お客様にはカウンターデスクより奥にはお入りいただけないんですよ」スパンキーは改めてハリソンの全身に視線を走らせた。キャシーの目には、彼女が唇をなめるのがはっきり見えた。「でも、今回は特別に、お入りいただいても構わないでしょう」

「ありがとう、スパンキー」ハリソンは言った。

「ただし、お連れ様にはこちらでお待ちいただきます」スパンキーは手ぶりでキャシーを示した。

いやな女。

キャシーは歯ぎしりしながら、スパンキーのあとについていくハリソンをにらみつけた。ハリソンは最後にちらりと振り返り、だってしょうがないだろ、というふうに肩をすくめてみせた。とぼけたふりをしているが、明らかに立場が逆転したことを喜んでいる。

キャシーはベンチにどさりと座った。数分後、迷子の手荷物が高く積み上げられた棚の向こうから、ひそひそ話しながらくすくす笑う声が聞こえてきた。キャシーはあきれたように目を動かし、みぞおちが締めつけられる感覚には気づかないふりをした。

くすくす笑いがやんだ。

少しして、ハリソンが戻ってきた。「スイスアーミーナイフとか持ってないよね？」

「わたしがスイスアーミーナイフを持ち歩く女に見える？　わたしならそうね、カマンベールチーズを切ることになったら、直接スイスアーミーを呼ぶわ」

「スイスアーミーはチーズなんか切ってくれない」

「じゃあ、何を切ってくれるのよ？」

「話にならない」

「よく言われる」キャシーはにやりとした。「で、何にナイフを使うわけ？　まさかスパンキーと二人でカマンベールチーズを切るわけじゃないでしょ？」

ハリソンはこんなにおかしな人間には初めて会ったという顔で、キャシーを見た。どうもユーモアのセンスが合わないらしい。

「木箱に鍵がかかってるんだ」彼は言った。「でも、ぼくは鍵を持ってない。スイスアーミーナイフのようなものがあれば、鍵を開けられると思って。すぐに壊れそうな鍵だから」

「爪やすりなら持ってるけど」

「貸してくれる？」

「条件があるわ」

「けちなこと言うなよ」

「いらないんだったらいいけど」キャシーはバッグからやすりを取り出し、ハリソンの手の届かないところにかかげた。

ハリソンはため息をついた。「条件って?」

「わたしも木箱を開けるところに立ち会いたい」

彼はしばらくキャシーを見つめていた。「ぼくとスパンキーの間には何もないよ」

「ふん」キャシーは手を振った。「そんなことどうでもいいわ。わたしはただ、アダムがどうなったのか知りたいだけよ」

「それはぼくも同じだ」ハリソンはまじめな顔で言った。「じゃあ、おいで。スパンキーが怒ったら、そのときはそのときだ」

「ほんとに?」キャシーは嬉しくなった。

ハリソンはついてくるよう手ぶりで示した。キャシーはうきうきと立ち上がった。

「キャシーが金属の爪やすりを持ってました」スパンキーのところまで行くと、ハリソンは言った。そばの通路には、棺の形をした木箱が置いてある。

スパンキーはキャシーを見て顔をしかめた。「やっぱりやめておきましょう。鍵をこじ開けるのはよくないわ。今は鍵がないのなら、鍵を持ってもう一度来てください」

「荷物引換証は持ってるし、弟の荷物なんです。ぼくには開ける権利がありますよ」

「そうかもしれないけど、空港の敷地内で開けていただくことはできません」

「スパンキー……」ハリソンはこびるような声を出した。

キャシーは思わず笑いそうになった。ハリソンが男の魅力をふりまいてこの困難を乗りきろうとしているなんて、面白すぎる。

「その木箱の中にはたぶん、悲劇の恋人展のソレンの片割れが入ってるんです」ハリソンはスパンキーの機嫌を取るように言った。「考古学者や科学者、大学関係者を除けば、あなたが一番最初に目にすることになりますよ。美術館のスポンサーたちは、それを生で見るために、一人一〇〇〇ドルも払ってキンベルに行ってるんですから」

「本当に？」

「本当です」

「分かったわ」スパンキーは態度をゆるめた。「開けていただいてけっこうよ」

ハリソンは木箱のそばにひざまずくと、爪やすりで鍵をこじ開け始めた。四、五分後、ついに安っぽい鍵がかちりと開いた。

ハリソンは顔を上げ、キャシーの目を見た。二人は視線を交わした。何が入っているんだろう？

ハリソンはゆっくりとふたを開け、息を吸い込んだ。キャシーはハリソンの肩越しに中をのぞき込んだ。

そこに入っているのは、おがくずだけだった。

「あら、大騒ぎした割にはお粗末な結果ね」スパンキーが鼻を鳴らした。

これ以上、責任者の機嫌を取る必要はない。考えなければ。ハリソンは二本の指で眉間をもみながら、空っぽの木箱をじっと見た。

いったいこれは何なんだ？　荷送りに失敗したのか？　アダムがどこかでへまをして、輸送の途中でソレンを紛失したのか？　だから美術館に来なかったのか？　自分の失敗を認めるのが恥ずかしかったから？　確かに、アダムはあまり信頼できる人間とは言えない。

確かにそうだが、それでも、まだ何か大事なことを見落としているような気がした。

「ひどいわ」スパンキーが不満そうに言った。「すごいものを見せてくれるって言ったのに、ただの空っぽの箱じゃない」

「静かにしてくれ」ハリソンはうなった。

「何ですって？」スパンキーの目つきが険しくなった。

「あなたに静かにしろって言ったのよ」キャシーが言った。

「黙りなさい」スパンキーはキャシーに向かって顔をしかめた。「そもそも、あなたにここに入ることを許可した覚えはないわ」

「じゃあ、どうするつもり？」キャシーは胸を張って、挑むように言った。

「警備員を呼ぶわ」

もし二人の言い争いにいらだっていなかったら、ハリソンはキャシーのやきもちをかわいいと思っただろう。口では否定しているが、ハリソンに好意を持ってくれているようだ。でも今は、そんなことを考えている場合ではない。

「二人とも、けんかはやめてくれ」ハリソンはうなり、二人をにらみつけた。「考えてるんだ」

まったく、女ってやつは。ちょっとした嫉妬ですぐにけんかを始める。おかしなことに、自分をめぐって女が争うことなど初めてで、ハリソンは自尊心がくすぐられるのを感じた。ただ残念なことに、いい気になっている暇はない。

「でも……」スパンキーが文句を言おうとした。

「これは深刻な問題なんだ」ハリソンは人差し指を突きつけた。「二人とも、これ以上一言もしゃべるな。いいか？」

キャシーとスパンキーは悪意のこもった視線を交わしたが、ありがたいことに二人とも黙ってくれた。

ハリソンは木箱のまわりをなでた。外側にはラベルがいくつも貼ってある。割れ物注意！取扱注意！　天地無用！　でも、荷箱は安っぽく、鍵はさらに安っぽい。

キヤの遺物のほうはエジプト政府が頑丈な木箱に入れ、イアフメスと武装した警備員が目を光らせた状態で運ばれた。

どうしてアダム、もしくはギリシャ政府は、ソレンも同じように慎重に扱わなかったのだろう？　意味が分からない。

アダムが間違った木箱を送ったとしか考えられない。あるいは、最初からソレンはここに入っていなかったか。

もしそうなら、ソレンとお守りの片割れはいったいどこにある？　それに、もしアダムが荷送りに失敗したのなら、なぜガブリエルに荷物引換証の入った封筒を預けたのか？

何か見落としていることがあるに違いない。

「ハリー」キャシーがささやいた。「怒らせるつもりはないんだけど、このままじゃ時間がもったいないし、残された時間は少ないのよ。そろそろ行きましょう」

「いや、もう少し」

ハリソンには、この木箱の中に何かメッセージが隠されているという予感があった。それに、ハリソン・ジェローム・スタンディッシュから慎重さを取ったら何も残らない。手がかりが見つかるまではここを離れる気はないし、アダムもそのことはよく分かっているはずだ。くそっ、アダムめ。くだらないゲームを仕掛けやがって。もしこれが無駄骨に終わったら、捕まえたときは首をへし折ってやる。

ハリソンは細かいおがくずをかき分けた。きっと小さな遺物か何かが、中に埋もれているのだ。指の間からおがくずをふるい落とす。さらに箱から出して床にまき散らしたが、構っている暇はない。なんとしてでも証拠を探し出さなければ。

「ちょっと！　ちょっと！」スパンキーがいらだった声を出した。

「あとで掃除するから」ハリソンは言った。

「あなたたちをここに入れたのは大失敗だったわ」

「ホルモンの命じるままに行動したらどうなるかよく分かったでしょ？」キャシーが生意気そうに言った。

「まあ、あなたみたいなバカ女に言われたくないわ」

「バカ女はそっちでしょ」

「二人とも！」ハリソンは叫んだ。「やめてくれ」

しばらくして、木箱の中のおがくずのほとんどが床に積み上がると、さすがのハリソンもあきらめかけた。箱は空っぽだ。隠された秘密など何もない。

ハリソンはため息をつき、困り顔で箱から体を起こした。

そのとき、アダムが子供の頃にお気に入りだったおもちゃを思い出した。秘密の隠し場所がついた、上げ底の箱だ。

8

突然、キャシーは頭の奥底に例の予知熱を感じた。この奇妙な感覚に襲われたあとは必ず、何かおかしな出来事が起こるのだ。例えば、ミイラが刺されるとか。でも、この熱を一日に二度も感じるのは初めてだった。その事実だけでも十分に恐ろしい。しかも、いつもなら二、三秒で消えるはずなのに、今回は消えるどころかますます悪化し、不安はつのるばかりだった。

キャシーは首の後ろをたたいて、よろよろと立ち上がった。空港の駐車場にしゃがんで、隣でハリソンが木箱を分解するのを見ているところだった。荷物受取所からはすでに追い出されていた。面倒を起こしすぎてスパンキーを怒らせたらしい。

「ハリー」キャシーは言った。

「ハリソンだ」ハリソンは下を向いたまま訂正した。車のキーを使って、必死で板からくぎを引き抜こうとしている。

「ここから出たほうがいいわ」キャシーは言った。「悪いことが起こりそうなの」

「ああ、そう」

「ハリソン」キャシーは声を荒らげた。「行きましょう」

「キャシー！　見てくれ」ハリソンは興奮して言った。

「何？」もっと気分がいいときだったら一緒に盛り上がれたのに、キャシーは思った。ハリソンがこんなにも何かに熱中しているのを見るのは初めてだった。でも、キャシーの頭は情けないくらい熱くて、氷水の入ったバケツに突っ込みたくて仕方ないのだ。

「思ったとおりだ」ハリソンはにっこりした。「やっぱり上げ底になってたんだ」

「本当にいやな予感がするんだってば」

でも、ハリソンは聞いていない。一枚の板を駐車場に放り投げ、上げ底の下から何かを取り出した。羊皮の包みがひもで縛ってあり、封蠟で閉じられている。封蠟のデザインは、二重のリングの上にミノタウロスが描かれたものだった。

「大事なことなのよ」キャシーの頭は燃えるように熱く、視界はぼやけ、考えもまとまらない。

「こっちも大事だ」ハリソンが慎重に羊皮を開くと、中からパピルスの巻物が出てきた。畏怖に満ちた声は、まるで宗教熱に浮かされているようだった。そう、キャシーの隣にいるのは、遺物という宗教の熱狂的信者なのだ。

「ちょっと、話を聞いてよ！」

「何？」ハリソンはようやく顔を上げて、キャシーの目を見た。

「信じられないかもしれないけど、わたしは九歳のときに溺れ死にそうになって以来、刺激を感じるようになったの」

「刺激？」ハリソンは片手で巻物を揺すりながら、もう片方の手の人差し指でめがねを押し上げた。

「予感よ。脳みそが熱くなるの」

「冗談だろ」ハリソンの目は、赤ん坊のときに母親に頭から何回も落とされたんじゃないのか、とでも言っているようだ。

「いいえ、本気よ。それに、もしこの予感を無視したら、命にかかわることも分かってる。だから、早くここから出なきゃいけないのよ」

「世紀の発見を手にしたっていうのに、そんな予感を気にしろって言うのか？」

「発見したのは弟さんでしょ」キャシーはぴしゃりと言った。なんて融通の利かない男なんだろう。「それに、今すぐ涼しい場所に座らせてくれないと、気絶してアスファルトで頭をかち割ることになるわ」

「分かった、分かった」ハリソンの遺物熱はようやく収まったようだ。「車のロックを開けるよ」

「どうもありがとう」キャシーはゆで上がったハラペーニョのような気分で、助手席に体を沈めた。

もうすぐ収まる。何か楽しいことを考えるの。大好きなものについて考えるのよ。

〈キス・ミー・スカーレット〉の口紅、フジッリ、『セックス・アンド・ザ・シティ』の再放送。コーヒーアイスクリーム、マドリードの街の散策、熱いお風呂にゆっくり入ること。

いやいや、熱いお風呂はまずい。熱いものを考えちゃだめ。

キャシーは深呼吸し、顔の前で手をぱたぱたと動かしてみたが、ちっとも涼しくならなかった。本気で恐ろしくなってくる。こんなにも長い間、脳がほてる不思議な感覚が続くのは初めてだった。クラッシュアイスの上に甘い紅茶が注がれた細長いグラスや、超音速で回る扇風機を想像しても収まらないなんて。

でも、その熱と同じくらいの勢いで、気持ちがせっぱつまってくるのを感じた。「ハリー、車に乗って」キャシーは叫んだ。

ハリソンは木箱を見た。

「木箱は置いてきて。車には入らないわ。探してたものはあったんでしょ。早く」

「分かった」

キャシーの顔は汗だくで、息も切れていた。もしこの男がいずれ結婚して子供を持とうと考えているのなら、女性がこういう声を出したときは本気なのだと知っておいたほうがいい。

「早く！」

ハリソンはパピルスの巻物を羊皮に包み、車に乗り込んだ。キャシーの顔を見ながら、手に入れたばかりの宝物を後部座席に置く。

「本当だったんだね。すごく暑そうだ」

「さっきからそう言ってるでしょ。箱入りのチョコレートが溶けてるみたいよ。エアコンをつけてちょうだい」

エアコンの風力を最大にすると、二人は車でターミナルを離れた。キャシーの頭から、悪夢のような熱が徐々に引いていく。空港の敷地を出るころには、何とか人心地がついた。

「次の出口で降りて」キャシーは言った。「ファストフードのドライブスルーがたくさんあるから。コーラが飲みたい。氷は超多めで」

「その予感ってやつだけど、実際には何がどうなるんだ?」〈ジャック・イン・ザ・ボックス〉のスピーカーに車を寄せながら、ハリソンがたずねた。

「頭の奥が熱くなると、いつも何かおかしなことが起きるの。あ、モンスタータコスとコーラをお願いね。ちょっと待って、タコスはホットソースがかかってるわ。今、ホットなものなんて絶対にいらないし。チキンバーガーとカーリーフライでいいわ」

ハリソンはキャシーの注文を伝え、自分はサラダと水を注文した。

「ちょっと、ハリー、何でサラダなんか食べるの? もっと人生楽しまなきゃ」

「ハリソンだ。それに、脂肪と炭水化物の摂取量には気をつけてる」

「ねえ、さっきの予知熱のすごさを考えると、今日はあなたの人生最後の日かもしれないわ。レタスと水なんてやめなさいって」

「最後の晩餐だとしても十分だ」

キャシーは肩をすくめた。「お好きなように」

ドライブスルーの列で待っている間、キャシーはアダムがメッセージを残していないか確認しようと、自宅の電話にかけてみた。でも、留守電に切り替わらない。きっとセットしてくるのを忘れたのだろう。最悪だ。

二人は注文したものを受け取り、キャシーは袋に手を突っ込んだ。チキンバーガーの紙をはがして、がぶりとかみつく。

「おい、この車は飲食禁止だ」

「見れば分かるでしょ。わたし、お腹がすいて死にそうなの」

「この車でものを食べた人はいない」

「このお車ちゃん、何歳？　一〇歳くらい？　そろそろ汚されてもいいお年頃なんじゃない？　ポテト食べる？」キャシーはハリソンの顔の前にポテトをぶら下げた。

「いや、ポテトはいらない」

「あなたも車を停めてサラダを食べなさいよ。わたしががっついてるんだから、もうこの車は汚れてるわ」

ハリソンは一瞬考えたが、意外にもキャシーの言うとおり、駐車場に車を停めた。あきめたようにため息をつく。「サラダをくれ」

キャシーはサラダを渡すと、ハリソンが慎重に容器を開け、注意深くイタリアンドレッシングの袋をしぼって野菜の上にかけるのを眺めた。数分間、二人は黙って口を動かした。

「頭の調子はどう？」ハリソンは食べながらたずねた。「まだこんがり揚がってる？」

「ばかにしてるの？」キャシーはハリソンを横目で見た。「予感のこと、信じてないのね？」

「ごめん。ぼくは目に見えるものしか信じない人間だから」

「じゃあ教えて、ハリー、あなたが信じてるものって何？」

「ハリソンだ。ぼくは知性を信じている。科学的方法も。理屈と論理と常識も」

「つまり、悲劇の恋人伝説は信じてないのね」

「実際にキヤとソレンが恋人同士だったことは信じてるよ。ラムセス四世の墓で発見された象形文字がそれを裏づけている。でも、二つのお守りが合わさったら、ソレンとキヤが神話で言う死後の世界で再び結ばれるという話は信じていない」

「残念ね」キャシーはつまらなさそうに言った。

「何が？」

「魔法を信じてないなんて」

「きみは信じてるのか？」

「ええ、もちろん信じてるわ。ロマンスも魔法も一目惚れも……」

「二人はいつまでも幸せに暮らしましたとさ、という話も」ハリソンが口をはさんだ。

「あら、違うわ。それは信じてない」

「魔法も悲劇の恋人伝説も信じているのに、男女の永遠の幸せは信じていないのか？」

「幸せになれる人もいるかもしれないけど、わたしには無理」

「どうして？」

「だって、何でも時間が経てば色あせてしまうもの。炎はいつか消えるのよ。情熱がなくなったら、あとはこっちが拾うのをあてにして、バスルームの床に靴下を脱ぎ散らかす同居人がいるってだけ」

「ああ」ハリソンは言った。「なるほどね」

さも分かったふうな言い方に、キャシーはかちんときた。「何がなるほど、なのよ?」

「きみは結婚恐怖症《コミットメントフォビア》なんだ」

「違うわ。ただ、束縛されるのがいやなだけ」

ハリソンは笑った。大声で長々と。「それをコミットメントフォビアっていうんじゃないか。白状しろよ。きみはロマンスのスリルは好きだけど、お互いを尊敬し合う、現実の、本物の成熟した男女関係は怖くてたまらないんだろ」

ああ、なんてこと……。額の真ん中に押しピンを刺されたような気分だ。こんな男に一本とられて、レッテルまで貼られてしまうとは。

「あら、あなたに言われたくないわ。ハリー、最後にデートしたのはいつよ? そもそも、真剣につき合ったことはあるの?」

「忙しくて女性とつき合う暇なんかない」

「忙しい? そんなに? キャヤは二年も前に掘り出してるじゃない」キャシーは最後のフライドポテトを食べ終えると、コーラをごくごくと飲んだ。「それから何をしてたの?」

「ソレンを探してた」

「でも見つからなかった」

「ああ」ハリソンはどこか苦々しげに言った。「見つからなかった。わざわざ思いださせてくれなくてもいいよ。でも、ジェドの研究もしてたんだ。仕組みと用途を突き止めようと思って」

「ああ、あのバイブね」

「バイブじゃない！」

「あの形はそうだと思うけど」

「いや、違う」ハリソンはぴしゃりと言った。「電磁気を用いた変圧器《トランス》の一種だ」

「あら、わたしもバイブを使うとトランスしちゃうわ」

「話にならない」

「よく言われる」

ハリソンは空になったファストフードの容器をまとめ、車から降りて近くのゴミ箱に捨てに行った。戻ってくると、エンジンをかけ、高速道路の入口に向かって黙って車を走らせた。

なるほど。ジェドのことをばかにされたせいで、腹を立てているらしい。

「バイブだなんて言ってごめんなさい」キャシーは言った。「冗談のつもりだったの」

「珍しいかもしれないけど、ぼくは自分の仕事には真剣に取り組んでいるんだ」ハリソンはうなるように言った。

「ところで、あのパピルスは何だったの？」キャシーは後部座席を親指で示した。

「分からない。あの封蠟は知ってるけど、本物の遺物なのか、アダムが作ったものなのか……。巻物の文字はまだじっくり見たわけじゃないけど、ミノアの象形文字のようだった。まだ誰も解読に成功していない文字なんだ」

「アダムは解読したわ」

ハリソンはキャシーのほうに顔を向けた。「何だって？」

「実は、これがサプライズだったの。アダムは再会セレモニーで、この手柄を発表するつもりだったのよ」

「でも、ありえない。ミノア象形文字は解読不可能なんだ」

「アダムには解読できたのよ。すごく興奮してたわ。話の中にはあなたの名前も何度も出てきた。お兄さんだってことは一言も言わなかったけど」

「確かにアダムはミノア象形文字を解読したと言ったんだな？」

「間違いないわ」

「そうなると、すべてが変わってくる。ほかには何を言ってた？」

「アダムはただ、この解読のおかげで歴史が変わると言ってただけよ。でも、あなたなら分かるでしょう？　アダムにはちょっと大げさなところがあると思うの」

「確かにそうだ。でも、このことに関しては、アダムの言うとおりかもしれない。すべてはあの巻物の中身次第だ」

一台の車が、二人のあとをぴったりついてきていた。バックミラーにヘッドライトが反射している。頭の奥底がまた熱くなってきたので、キャシーは刺激をやわらげようと手でもんだ。きっとストレスだわ。ハリーと一緒にいるとストレスがたまるから。これから悪いことが起こるわけじゃない。

「これはアダムのスタンドプレーじゃないような気がしてきた」ハリソンが静かに言った。「あいつは何か重大なトラブルに巻き込まれたんじゃないかな」

「どんなトラブル？」

キャシーは好奇心に駆られてたずねてみたが、息をつめてハリソンの答えを待ったのは、単なる興味以上の気持ちからだった。脊髄のてっぺんでくすぶっている予感は、キャシー自身やハリソンではなく、アダムのことかもしれない。

「羊皮を縛っていたひもの封蠟を見ただろ？」

キャシーはうなずいた。「二重の輪の上にギリシャ文字とミノタウロスがついていたわ」

「あれはギリシャ文字じゃない。ミノア象形文字だ」

「それで？」

「二重の輪の上にミノタウロスというのは、三〇〇〇年前から続くある秘密結社の聖なる紋章なんだ。この秘密結社は、錬金術と気象制御の技術を完成させたと言われている。アダムの父親、トム・グレイフィールドは、この古代結社研究の権威でもあるんだ。確か博士論文もこれをテーマに書いていたはずだよ」

「結社の名前は？」

「ミノアの名前だから、発音にはクレタ語のイントネーションを使うのが一番近い」そう言うと、ハリソンは言葉を発した。それは「気持ちイイことといっぱいして《ワナメイクミーカムアロット》」というふうに聞こえた。

「えっ？」その言葉には聞き覚えがあった。まさか一晩に二度も聞くなんて。

ハリソンはもう一度同じ言葉を繰り返した。

「ハリー、どうしよう」キャシーは手を口に当てて、小さな声で言った。「それとまったく同じ言葉を、ミイラが倒れる前に言っていたわ」

「本当に？」

キャシーは大きく息を吸い込んだ。「ミイラはこのカルトのメンバーに刺されたってことかしら？『気をつけて、ワナメイクミーカムアロットに』って言ったの。そのときはミイラが刺されてることに気づいてなかったから、わたしを口説こうとしてるのかと思ったんだけど」

「キャシー、それはいくら何でも無理があるよ」

「ハリー、ミイラはすごく弱ってたの。ほとんど息をしてなかった。死ぬんじゃないかと思って、すごく怖かったわ」

後ろにぴったりついてくる車のヘッドライトに照らされて、ハリソンの顔がこわばるのが分かった。「きみの思い違いならいいんだけど」

「ねえ、このワナメイクミーカムアロット一味のことをもっと教えて」キャシーは急いで話題を変えた。ハリソンに、弟が死んでいる可能性について深く考えてほしくなかった。動揺するのは、実際に動揺するようなことが起こってからでいい。それがキャシーのモットーだった。不安はできるだけ先延ばしにしていれば、現実にならずにすむかもしれない。

「考古学者の多くが、ソレンはこのカルトの一員だったと考えている。学者の間では、今は〝ミノアン・オーダー〟と呼ばれることが多い。〝ワナメイクミーカムアロット〟じゃ、口にするたび教室で笑いが起きてしまうからね」

「でしょうね」キャシーはくすりと笑った。

後ろの車はさっさと追い越してくれるか、もっと離れてくれればいいのに。ハリーはあのヘッドライトが気にならないのかしら？　でも、自分の話に夢中になっていて、まわりの状況は見えていないようだ。こんなにも集中力のある人は初めて見た。おかげでこっちはむずむずしてしまう。

落ち着かないと。これは大事なことだ。

自分の注意散漫な性質を振り払うように、キャシーはひじをひざに置き、手であごを支え、ハリソンの話にじっくり耳を傾けようとした。

「続けて。笑ってごめんなさい」

「ミノアン・オーダーが最初に結成された頃は、その超自然的な力を善良な目的にだけ使っていたんだ。『害を与えるな』が基本信条だった。秘密の知識を邪悪な目的に使っていることがばれた者は、魔法の力を奪われ、クレタ島から追放された」

「ソレンもそうなったってこと？　だからエジプトに流れ着いたの？　何か悪いことをして

追放されたのかしら?」

「いや。少なくとも、ラムセス四世の墓で発見された象形文字にはそのような記述はない。ただ、ソレンはラムセス四世の書記だったからね。歴史を書き換えた可能性はあるけど」

「詳しく聞かせて。何があったの?」

「今のところ、こういうふうに考えられている。ソレンが住んでいた村ではミノタウロスが大暴れしていて、村一番の強くて賢い戦士もこの怪物には勝てなかった。ソレンは一四歳とまだ若かったが、師匠について超自然的な力を学んでいた。ソレンは魔法のお守りと自らの汚れなき魂から得た力で、ミノタウロスを倒したんだ」

「それから?」

「喜んだ村人たちは、ソレンをたたえ、財宝を与えた。でも、ミノアン・オーダーの若い戦士の中には、ソレンの勝利に嫉妬する者もいたんだ。彼らはある晩、ソレンを待ち伏せして死ぬ寸前まで暴行したが、ソレンは怒りに任せて力を使うことはしなかった。反撃のためでも、結社の掟は破らなかったんだ。ソレンはエジプト行きの船に乗せられ、そのあと奴隷として売られたというわけだ」

「ヨセフといろんな色のコートのお話(旧約聖書の『創世紀』に登場するヨセフの物語。兄たちにねたまれ、エジプトに売られる)みたい」

「ああ、筋は似てるね」

「そこからソレンはラムセスの王室に行き着いて、キヤと恋に落ちるのね」

「それがソレンの運の尽きだった。たった一つだけ、ソレンにミノアン・オーダーの掟を破らせ、悪の行為に走らせるものがあったんだ」

「キヤへの愛ね」キャシーはそうささやくと、肌の敏感な部分に鳥肌が立つのを感じた。

「ソレンは主席大臣のネバムンがキヤに毒を盛ったと知って、攻撃に出た。二人は決闘し、ネバムンはエジプトコブラの毒にひたした短刀でソレンを刺した。ソレンは死の間際に、ネバムンの子孫に永遠の呪いをかけたが、ネバムンはすぐに魔法のお守りをソレンの手から奪い取った」

「それで、呪いは実現しなかったのね」キャシーは深くため息をついて、両手をこすり合わせた。「やっぱりわたし、この悲劇の恋人伝説が好きだわ。すごく悲しくてロマンティックなんだもの」

「きみがこの伝説を好きなのはただ、二人のロマンスが情熱的で派手な終わり方をしたからだ。二人が結婚したら、キヤもそのうちソレンが靴下を床に脱ぎっ放しにすると言って怒り始めたと思うよ」

「もう、何それ」キャシーはふざけてハリソンをぶとうと手を伸ばした。でもその硬い肩に手が触れた瞬間、体に触ったのは大きな間違いだったと気づいた。

　ハリソンは赤信号で車を停めていたが、キャシーの手がシャツに当たると、顔をこちらに向けた。信号の光が反射し、赤く染まっている。その姿はまるで別人のようで、不思議なくらいセクシーに見えた。

　二人は見つめ合った。お互いの間の空気は熱く張りつめ、冗談めかした雰囲気はすっかり消えてしまった。

ハリソンの焦げ茶の目が、学者らしいめがねの奥で謎めいた光を放っている。キャシーはそのとき初めて、右の頬骨の左下に小さな傷があるのに気づいた。思いがけない傷は興味深く、神秘的で、どこか男っぽく思えた。

この人、何者なんだろう?

キャシーはハリソンのことを知らない。本当の意味では。ひどく無防備な気分になる。この人には抗えない。

思わず体が震えそうになった。

オタクっぽいイメージは見せかけだったのだ。自分を守るための防衛機能。ぶ厚いめがねとダサい服とぼさぼさの髪の陰に、本当の自分を隠している。本物のハリソンは、科学的方法と知的な分析と複雑な理論の奥に埋もれている。本当は、知性以外にもたくさんのものを持った人なのだ。

こうしてせまい車内に二人でいると、そのもっと重みのある、生々しく、複雑な人格の中で感情が波打っているのが感じられる。自分の持っている謎めいた力に、ハリソン自身も気づいていないのかもしれない。

未知の領域が渦となってキャシーを吸い寄せ、のみ込んでいく。二人が見つめ合うと、キャシーのまわりで世界がぐるぐる回った。

後ろの車にクラクションを鳴らされ、二人は飛び上がって、現実の世界に引き戻された。

信号が変わったのだ。ハリソンはアクセルを踏み込み、ボルボは交差点に入っていった。

あのひそやかな瞬間、あの深いつながりは煙のように消え、すべてが元どおりになった。二人の間に流れたものについては、どちらも何も言わなかった。でも、キャシーは気まずい沈黙に耐えられなかった。

「で、そのミノアン・オーダーだけど」そわそわと唇をなめ、つばを飲み込む。「それからどうなったの？」

「何でも『スター・ウォーズ』にたとえればいいってものじゃないけど、要はダークサイドが勝ったんだ。ミノアン・オーダーの年長者たちは、若い戦士たちがソレンにやったことを知ると、彼らの力を奪い、故郷から追放した。でも戦士たちは追放先で再び結束し、自分たちを追い出した結社への復讐を企てた。結社のメンバーの寝込みを襲って皆殺しにし、魔術の秘密を盗み出したんだ。でも、新たなミノアン・オーダーはすでに悪に汚れていた。鉄や鉛などの卑金属を黄金に変え、気象を操る力は持っていたけど、その術を使うたびにどんどん弱っていったんだ」

「恐ろしい話ね」

「古代史の研究者の多くは、ソレンがこの集団の錬金術の鍵を握ると考えている。あのお守りに力があるという説もあるんだ」

「ミノアン・オーダーの魔術を使える人は今もいるの？」

「ギリシャ人に一掃されたというのが、一般的な見解だ」

「本当に？」

「今も噂はあるよ。一説では、ヒトラーはこの新ミノアン・オーダーのメンバーだったとされている。でも、それを証明できた者はいない。もし今も結社が存在するとしたら、そういう人目を忍んで活動しているんだろう」ハリソンは頭を振った。「でも、アダムがミノア象形文字を解読したんなら、後ろの席にあるパピルスの巻物は、これらの推論の答えとなるものかもしれないんだ」

「そう考えると、そそられるわね」

「考古学者にとっては、ものすごくそそられる話だ」ハリソンは高速道路を降りた。〈ジャック・イン・ザ・ボックス〉を出てからぴたりと後ろをついてくるライトのまぶしい車も、同じ出口で降りた。

「で、あなた個人は、ミノアン・オーダーはまだ存在すると考えているの？」

「可能性がないとは言えない」

「真実の愛は信じないけど、鉄や鉛を黄金に変えて、竜巻を吹き飛ばそうと駆けずり回るうさんくさい変人集団のことは信じてるんだ？」

「ぼくは皮肉屋だ」ハリソンは笑って肩をすくめた。「でも、頭が固いわけじゃない」

「よかった。あなたも何かを信じることはあるのね」

信号が変わり、ボルボは角を曲がった。これで、キャシーに頭痛を起こさせるためにしつこくヘッドライトを当てていたとしか思えない意地悪なドライバーともお別れできるだろう。

でも、それは甘かった。その車も信号を右に曲がったのだ。

二人はすでにフォートワースに戻っていて、もう少しでキンベル美術館というところまで来ていた。

「わたしの車のところで降ろしてくれたらいいから」キャシーは言った。

「まさか。午前一時にガス欠の車で走らせたりはしないよ。マンションまで送っていって、明日の朝に迎えに行く」

キャシーは抗議しようとして、口をつぐんだ。別にいいか。フォートワースを走って自宅まで送ってもらうことに、不都合があるとは思えない。ハリソンが左に曲がると、例のまぶしい車もぴったりあとをついてきた。

「ハリー」キャシーは目を細めてサイドミラーを見た。

「何?」

「言いたくなかったんだけど、わたしたち、つけられてるみたい」

9

ハリソンもキャシーに言われるずっと前から、バックミラーに映るフォード・フォーカスには気づいていた。ただ、行動を起こす前に、本当につけられているのかどうか確かめようと思っていたのだ。

「また頭が熱くなってきたの」キャシーは言った。「おかしなことを言うと思うかもしれないけど、とにかくこれはまずい状況だわ」

同感だった。ハリソンはブロックをぐるりと回った。

フォーカスもついてきた。

信じられない。これでは「尾行中」というネオンをボンネットの上につけて走っているのと同じじゃないか。

ハリソンはボルボのスピードを落とした。

フォーカスも減速した。

ハリソンは細い横道に入った。

フォーカスもついてきて、ほとんどバンパーが触れ合うくらい近づいてきた。

間違いない。相手はハリソンたちをつけているうえ、そのことを知られても構わないと思っているのだ。

ハリソンはゆっくり走りながら、状況を分析した。フォーカスを運転している人間は、ハリソンに車を停めさせたがっているようだ。

なぜ？

ハリソンは車を縁石に寄せた。フォーカスもそれにならった。

「どうなってるの？　どうして停まるの？」

「誰がどんな理由でつけているのか知りたい」

耳の奥が激しく脈打っている。ミノアン・オーダーの話をしたことで、神経が過敏になっているのだろう。しっかりするんだ、スタンディッシュ。

つけてきたのは、古代の巻物を奪おうとしている古代のカルト集団のメンバーじゃない。そんなはずがない。現実味がなさすぎる。いくらキャシーの脳みそが熱くなろうとも。

では、あとをつけているのは誰だ？

自動車泥棒や追いはぎのたぐいだろうか。あるいは、アダムの失踪に関係があるのか。例えば、アダムが発掘のために金を借りたが返済が遅れていて、たちの悪い高利貸しが木箱を取りに現れる人間を見張っていたとか。

ばかげている。でも、ありえないことか？　アダムの性格を考えれば、ないとは言えない。殺人秘密結社よりは、よっぽど可能性がある。

考えるのはやめろ。行動を起こせ、このマヌケが。車の中で縮こまっていても、何も分からないじゃないか。

そのとおりだ。

「これ」ハリソンはキーリングから鍵を一つ外し、キャシーに渡した。「後ろのパピルスの巻物を取って、ダッシュボードの中に入れてくれ」

キャシーは彼が言ったとおり、羊皮に包まれた巻物を取ると、ダッシュボードにしまって鍵をかけ、鍵はハリソンに返した。

ハリソンは運転席の脇に手を伸ばして、トランクのロックを外した。

「何考えてるの？」キャシーは目を見開き、声をうわずらせた。「向こうが銃を持ってたらどうするのよ？」

「その可能性はある」

ハリソンはバックミラーをのぞいた。フォード・フォーカスはヘッドライトをつけたままだ。光がミラーに反射し、一瞬目がくらんだ。

車に乗っている人数は分からない。一人かもしれないし、四人か、それ以上かもしれない。何を企んでいる連中なのか、見当もつかなかった。

「まずいわ」キャシーはすごい勢いで頭の後ろをこすっている。「頭が燃えてるみたい。かなりやばいことが起きそう。ハリー、車を出して」

「それで、家までついてこさせるのか？　そんなのごめんだ」

「わたし、肝は据わってるほうなのよ」キャシーはハリソンの腕を握った。「でも、今はびびってる。いやな予感がするの。だからやめて」

「キャシー」ハリソンはキャシーの目を見た。

「何？」その声はほとんどささやくようだった。

驚いたことに、キャシーは本気で怯えているのだ。両手が震え、唇がぎゅっと不安げに引き結ばれている。ハリソンは胸が締めつけられた。この人を守らないと。何があっても。

「ぼくが車を降りたら、すぐに運転席に移ってオートドアロックをかけて、一番近くの警察署まで走るんだ。分かったか？」

「いやよ。行かないで」

「ただのチンピラだったら怖くない」

「もし、ただのチンピラじゃなかったら？　異常なチンピラだったら？　ワナメイクミーカムアロットのメンバーだったら？」

ハリソンはその間違った発音を聞いて思わず笑いそうになったが、キャシーを怒らせたくはなかった。「そんなはずはない。あのカルトは今は存在しないんだ」

「絶対に？」

「今は、どんなことも絶対とは言いきれないけど」

「相手が誰だろうと、あなたが傷つけられる可能性はあるわ」キャシーはあえぐように言った。「こんなに頭が焼けつくようなこと、今までなかったもの。リハビリ病院にいたときだって」

「そうか、でも」ハリソンはこみ上げてくる感情をぐっとこらえた。わずか九歳の小さなキャシーがリハビリ病院にいる姿を想像すると、かわいそうでたまらなくなる。「そのためにトランクを開けたんだ。タイヤレバーを武器に使うつもりだ」

「相手のほうが強かったら？」キャシーはハリソンの肩に手を置いた。

キャシーの目に浮かんでいるのは心配の色なのか？　ぼくの身の安全を心配している？　彼女に触れられてハリソンの胸は締めつけられたが、こんなときに余計なことを考えている自分をばかみたいだとも思った。

落ち着け、冷静になれ、感情を切り離せ。

「いいな、ぼくがトランクからタイヤレバーを取りだしたらすぐに、一番近い警察署に行くんだ」

「あなたをここに残して、一人で戦わせるなんてできない」

「できるし、そうするんだ」

キャシーは肩から手を離し、ハリソンの頬骨をなでた。その指が、子供の頃アダムと怪傑ゾロごっこをしていたときにできた小さな傷跡を探り当てる。ハリソンは胸が苦しくなった。ひざがこんなにも激しく震えているのを知れば、キャシーの目に浮かぶ尊敬の色はたちまち消えてしまうだろう。親密すぎる思いやりに満ちたこの車内にいるくらいなら、外で未知の危険に身をさらすほうがよっぽどましな気がした。

彼に勇気があると思い込んでうっとりしているキャシーをどう扱っていいか分からず、ハリソンは体をかがめてドアの取っ手を探った。ボルボの後ろに回り込んでトランクのふたを開け、タイヤレバーをつかんで振り回せばいい。

「ハリー？」

「な、何？」ハリソンは口ごもった。

「行く前にこれを」

「な……」

最後まで言うことはできなかった。キャシーがシートベルトを外し、サイドブレーキの上に体を乗り出して、ハリソンの傷のある頰にキスしたのだ。

ハリソンは驚いて、思わずキャシーのほうに顔を向けた。すると、頰の上にあったキャシーの唇が、ハリソンの唇に当たった。

気がつくと、ハリソンはキャシーに口づけていた。

思いきり。

熱く濡れた、激しいキス。

永遠のようなその瞬間、ハリソンは後ろに停まっているフォード・フォーカスのことを忘れた。ミノア象形文字のことも。ソレンとキヤのことも。お守りのことも。アダムのことさえ。

さっきまでは危険を感じていたというのに、今あるのは喜びだけだった。ハリソンはたった一つ、ただ一つのことだけに意識を集中していた。

キャシー・クーパーの唇に。

官能的な、ぷっくりとした甘い唇。キャシーは夏の味がした。胸躍る、暑くて湿ったひととき。生命力と、力強さ、ドラマに満ちた季節。

頭の中に、プールと、浜辺の散歩、塩素と日焼けローションのにおいがよみがえった。ロケット花火が音を立て、爆竹がはじける独立記念日。ペカンの木の間を飛び交うホタル。バーベキューグリルの底で光る白い炭の燃えさし。

それらがすべて一つになって、強烈な光を放った。ああ、すごい。

キャシーの舌が這い回り、ハリソンの唇は燃え上がった。すごい、すごい、すごい。宙に浮かび上がったような気がする。何かに体をつかまれ、とらえられ、取り囲まれているようだ。別の時空間を、別の次元を、別の世界を漂っている。何もかもが消え失せ、残ったのはキャシーの唇の味と形だけだった。

永遠のように感じられたが、実際には数秒であることは分かっていた。ハリソンはこの感情の高ぶりを、自分が知っている唯一の方法で処理しようとした。集中力をぐっと高め、心という聖域に閉じこもるのだ。

でも、うまくいかなかった。体から意識を切り離すことができない。下半身が張りつめ、口の中が湿り、つま先に力が入る。

離れろ、離れるんだ。

いや、無理だ。

ハリソンは必死で本能に逆らおうとした。キャシーの中の何かが、長い間否定してきた心の奥の秘密の部分を引き出そうとする。彼はわれを忘れ、夢中になって、狂ったように口づけた。

もっと、もっと、もっと。

頭がぐるぐる回り始める。焼けつきそうなほどにもどかしい。この高まりゆくじれったさをなだめてくれるのは、キャシーの唇だけだ。このままどこに向かうのだろう？　ぼくという人間はどこへ行ってしまったんだ？　ハリソン・ジェローム・スタンディッシュはいったいどこだ？

抗え！　抵抗するんだ！　自分の使命を思い出せ。

ああ、でもこの女性には抗えない。

なんてすばらしい唇なんだ。舌はもっとすばらしい。かんで、なめて、味わって、じらしてくる。

ハリソンはパニックに襲われたが、何よりも危険な要素に抗うことができない。

キャシーへの抑えられない欲望だ。

そのとき、ウィンドウを強くノックする音が聞こえ、ハリソンはいっきに現実に引き戻された。

キャシーを守らなければという思いが湧き起こる。その思いは強く、口の中にぴりっとした味を感じるほどだ。ぼくが盾にならなければ。このごたごたに巻き込んでしまったのは、ぼくだ。だから彼女を救い出すのは、ぼくの義務だ。

ハリソンには、意識と体の反応を切り離すという習慣が深くしみついていた。そのため、自分が手足に力を入れ、固くこぶしを握りしめていることにもほとんど気がつかなかった。覚悟を決め、運転席側のウィンドウに顔を向けた。そこにいるのはナイフを振りかざした自動車泥棒か、ブラスナックルをつけた高利貸しか。あるいは、おかしな想像だとは思うが、ミノタウロスの仮面をかぶったミノアン・オーダーのメンバーか。

ところが、目に入ったのは、キャラメル色の顔をほころばせた『スター・テレグラム』紙の記者だった。キンベルのパーティに来ていた女性記者だ。ハリソンは驚いて息をのみ、ウインドウを下げた。

「どうも」記者は親しげに手を振った。

「どうも」ハリソンは弱々しい笑みを浮かべた。

「覚えていらっしゃいますか？　ラションドラ・ジョンソンです」

「はい？」

「お守りを盗んだ犯人が分かりました」

「えっ？」ハリソンは意識を完全に体から切り離していたので、この女性が言っていることがなかなか理解できなかった。彼女は同じことをもう一度言った。

「お守りを盗んだ犯人を知ってるんですか？」

「ええ」ラションドラはうなずいた。「答えは出ました」

「誰です？」

「クレオパトラです。細いほう。その人じゃなくて」ラションドラはキャシーのほうに視線を向けた。

「何だって？」何でこの女はぼくの車にへばりついて、わけの分からないことを言ってるんだ？

キャシーが体を寄せて、ハリソンに耳打ちした。「殺人ミステリー劇場のことを言ってるのよ」

ああ、そうか。すっかり忘れていた。

「ええ」ラションドラは続けた。「クレオパトラはソレンとキヤの再会を阻止したかった。ソレンの美しい体を自分のものにしたかったからよ。ミイラを刺したのもあのクレオおばさんのような気がするんだけど、動機と方法はまだ考え中。あの女は信用できないわ。細すぎるもの。母はいつも、痩せ細った女は信用するなと言ってた。つねに飢えているから」

「そのとおり」キャシーが小声で言った。

ラションドラがウィンドウをたたいたときには、危険なほど激しく打っていたハリソンの鼓動も、普通の状態に落ち着いていた。

「で、これ正解かしら？」ラションドラはたずねた。「あの骨皮女でしょ？　あいつが泥棒よ」

「すみません」ハリソンは言った。「正解は土曜日まで待っていただかないと」

「ヒントもくれないの？」ラショョンドラはすがるような目でキャシーを見た。

「何か手がかりはないかと思って、一晩中あなたたちをつけてたのに」

キャシーは首を横に振った。

「そんなあ」ラショョンドラは言った。「ほかのお客様に不公平になりますから」

「ミズ・ジョンソン、車までお送りします」ハリソンは言った。「まあいいわ、ものは試しと思っただけだから」ついでにトランクを閉めなくては。「こんなに夜遅く、一人で外を歩いてはいけませんよ」

「そうね」ラショョンドラはうなずいた。「お願いするわ」

外に出ようとドアを開けると、車内灯がついた。そのとき初めて、ハリソンはバックミラーに映った自分の顔を見て、右の頬にキャシーの口紅がついているのに気づいた。あのすばらしい唇が、キスマークになっている。われを忘れた自分がはっきり思い出された。

後ろめたい気持ちで頬に手をやり、キスマークをぬぐった。口紅は落ちたが、舌に残るキャシーの味も、鼻孔にこびりついたキャシーの香りも、この体の高ぶりも、簡単には忘れられそうにない。

ラショョンドラを車まで送っていきながら、ハリソンは心の中で自分をしかりつけた。キャシーにキスしたのは大間違いだ。もう二度とこんなことをするんじゃないぞ。まったく、なんてことだ！

キャシーとは土曜の晩まで一緒にいなければならないというのに、あの魅力にはとても抗えそうにない。何とかしなければ。車内で起こったことを、また繰り返すわけにはいかない。あのときはお互いの情欲にすっかり絡め取られてしまっていた。もしウィンドウをたたいたのが『スター・テレグラム』の記者じゃなく、高利貸しや自動車泥棒や、ばかみたいな気はするがミノアン・オーダーのメンバーだったら、自分もキャシーもとっくに殺されていたかもしれない。

これからキャシーと一緒にいる間は、絶対に体に触れないようにしよう。それがどんなに耐えがたい苦行になるとしても。

10

唇は突き出さないの。絶対に、何があっても、二度とハリソン・スタンディッシュとキスしてはだめ。

ハリソンと唇が重なり、その舌で唇に触れられたとき、キャシーの胸は期待に高鳴り、一五センチのピンヒールで紙のように薄っぺらな梁の上を歩いているような気分になった。最高にぜいたくな綱渡り。

お腹に衝撃を感じ、手が震えた。脳がカッと熱くなり、息ができないくらい胸が締めつけられた。キャシーが愛するすばらしい感覚が、体中に降り注いだ。まさにロマンスの予感。でも、追跡のスリルに身を任せれば、トラブルに巻き込まれるのは目に見えている。

この衝動に従うのは危険だ。犠牲が大きすぎる。自分の仕事。ハリソンの将来。それに、アダムの命だって。謎解きに集中しなければ。欲望に身を任せている場合ではないのだ。

二人は黙って車に乗っていた。ハリソンは両手でハンドルを握り、道路をじっと見つめている。キャシーが今何を考えているのかも、心の中が嵐のように渦巻いていることも、気に留めていないように見えた。

もしかしたら、脳の予知熱は外部の危険とは何の関係もなくて、ハリソンのことを示していたのかもしれない。たぶん、この男性に気をつけろということなのだ。せまく暗い空間に二人きりで座り、同じ空気を吸っている。あんなにもハリソンがセクシーに見えたのは初めてだった。彼は命がけでわたしを守ろうとしてくれた。あのめがねとおかしな服の下に、英雄の心が息づいていたなんて。

だめよ。この男を美化してはだめ。どんなにうざったいやつか忘れたの？　キッチンのテーブルにこの人の汚い靴下が載っているところを想像してみて。

靴下が何よ。本物の英雄に家に送ってもらっているときに、どうでもいいじゃない。

それに、こんなにも頭がよくて自分の世界を持ったきちんとした男性が、あんなにも本気で興奮しているようなキスをするとは思わなかった。キャシーは今まで、知的なタイプとつき合ったことはない。ハリソンとベッドをともにすることを想像すると、楽しみで体がうずうずした。

「どうかした？」

「ううん、何でもない」キャシーはもだえる体を抑えつけた。こんなにもハリソンに惹かれていることを知られてはいけない。彼に主導権を渡したくはなかった。

ハリソンはキャシーのマンションの外にボルボを停めた。「部屋まで送っていくよ」

「けっこうよ」キャシーはあわてて言った。男にエスコートさせ、お姫様扱いさせるのは、普段なら当たり前のことだ。

でも、今は早く車を出たかった。何かとんでもなく愚かなことをしでかす前に。

例えば、ハリソンをなめ回すとか。

キャシーはボルボから飛び出すと、赤の革のバッグを肩に引っかけた。歩道を半分ほど進んだところで、ハリソンが追いついてくる。

「おい、待ってくれよ」ハリソンはキャシーのひじをつかんだ。

キャシーはその手を振りほどいた。「いいって。大丈夫だから。エスコートはいらないわ。バイバイ、さようなら。いろいろありがとう。また明日」

意味のないことをぺらぺらとしゃべっているのは分かっていた。でも、何があってもこの男を家に入れるわけにはいかない。もし家に入れてしまったら、自分が唇を突き出さずにいられないことはよく分かっていた。

「午前一時半に、誰もいない部屋に帰すわけにはいかない」

「大丈夫だって。よくあることだもの」

「でも、ぼくと一緒のときはだめだ」

「ちょっと、あなたをガードマンとして雇った覚えはないわよ。もう行って」キャシーは手を振った。

「鍵を貸して」ハリソンは手を差し出した。

「いや」どうして頭の奥底の敏感なところが、地獄のように燃えているのだろう？

「キャシー」ハリソンは言った。「鍵を開けて、きみが中に入ったら、すぐに帰るよ。無理やり中に入って、押し倒すようなことはしないから」

しないの？　残念。わたし、その気になったとき、男性に自分を押し倒させるのは得意なんだけど。

「ねえ、ハリー……」キャシーは言いかけた。何とかして、自分がまたキスをしてしまう前に、目の前から消えてもらいたい。でも、玄関のドアが開いているのを見て、言葉を失った。その瞬間、ハリソンも同じことに気づいた。

彼は黙ってキャシーの肩をつかむと、ドアの脇に押しやった。

「後ろにいろ」

キャシーはハリソンの引き締まったウエストに腕を巻きつけ、ぎゅっとしがみついた。すてき。

ハリソンは前に進み、キャシーは逆向きのワルツのような奇妙な体勢でついていった。彼がつま先でドアを大きく開き、手を伸ばして電気のスイッチを探した。

キッチンがぱっと明るくなる。

「これは……」ハリソンが息をのむ音が聞こえた。

彼の筋肉がこわばった。緊張感がキャシーの腕から肩へと伝わり、頭の燃えるように熱い部分を直撃する。

何があったの？

キャシーはつま先立って、目にするものの衝撃をやわらげるために片目をつぶると、ハリソンの肩越しにのぞき込んだ。

そうか。

気まぐれな予知能力が一晩中点滅していたのは、このせいだったのだ。空港にも、あとをつけてきた車にも危険はなかった。キャシーの脳みそをクリスマスツリーみたいにライトアップした、ハリソンとの官能的なひとときも関係ない。危険なのはここ、自宅だったのだ。

キッチンはめちゃくちゃになっていた。

といっても、もともと片づいていたわけではない。キャシーはきれい好きとは言えなかった。流しに汚れた食器が重なっているのも、テーブルの上に本やレンタルDVDやCDが山積みになっているのも、いつものことだ。料理用の機械――ミキサー、フードプロセッサー、パン焼き機、などなど――がカウンターに放り出されているのも、最後に料理を作ったあと棚にしまうのが面倒くさかったからだ。

でも、引き出しが飛び出て、ふきんが散らばり、食器用洗剤のボトルが倒れて中身が電子レンジの前面をつたっているのは、キャシーのせいではない。粉々になった砂糖がけのコーンフレークが床に飛び散っているのも、ゴミ箱がひっくり返っているのも、開いた食料庫のドアの脇でロシア産のキャビアのびんが割れて中身が飛び出しているのも、身に覚えはなかった。

ひどいわ！　このキャビアは取り巻きの男性の一人がくれたもので、特別な機会に食べようと思って取っておいたのだ。

その瞬間、はっきりと状況がのみ込めた。家が荒らされたのだ。キャシーの大事なものは盗まれたか、壊されたか、あるいはその両方の状態になっている。

「コラージュの壁！」キャシーは叫ぶと、ハリソンを突き飛ばして、床に落ちている物を地雷のように避けてジグザグに進み、寝室にすっ飛んでいった。

部屋の中を見ても驚かないよう、テキーラでもあおっておけばよかったと思いながら、電気をつける。

でも、テキーラを一リットル飲んでも、この光景には耐えられなかっただろう。棚は壁から引きはがされていた。キャンドルのコレクションは粉々になり、コラージュは額縁からはがされて、部屋中に散乱していた。

何者かが、容赦なく何かを探し回ったのだ。でも、誰が何を探そうとしたのか、さっぱり分からない。

キャシーはなすすべもなく、荒れ果てた部屋を見つめていた。死体安置所に迷い込んで、過去の恋愛の死骸に囲まれているようだ。ふらふらと歩き、見るも無残な部屋の真ん中にひざまずいて、下唇をぐっとかみしめ涙をこらえた。

この壁がくだらない懐古趣味であることは分かっていた。マディーには何年も前から、過去にしがみつくのはやめなさいと言われている。でも、双子の姉はこのコラージュの壁の本当の意味を分かっていないのだ。

キャシーは過去に生きているわけではない。むしろ、今この瞬間を楽しむタイプだ。でも、このコラージュには、かつて愛した男たちの思い出がつまっている。

この気持ちを説明するのは難しいのだが、彼らと実際につき合っているときは、期待と欲望と熱意が強すぎるせいで、現実の体験を楽しむ余裕がない。自分がいかにすばらしい、楽しくて胸躍る生活を送っていたかに気づくのは、あとになってコラージュの壁を眺めて、過去を振り返るときだけだった。

時間と距離を置くことで、いろんな体験にいつまでも浸ることができる。こうあるべきという理想像にとらわれず、ありのままに楽しむことができる。この壁を見れば、自分がどんな人間で、どんなふうに生きてきて、何を大事にし、何を信じてきたかが一目で分かるのだ。

背の高い男もいれば、低い男もいた。ブルネットも、ブロンドも、赤毛も。細い男も、ぽっちゃりした男も。無神論者も、クリスチャンも。外国の男も。人種が違う男も。悪人も、善人も。革新派も、保守派も。社会運動家も、変わり者も。

頭で考えてつき合った相手もいれば、感情に任せた相手もいる。体だけの関係もあった。でも、どの男性も自分が求めるすべてを満たしてはくれなかった。

キャシーは自分のあらゆる面を満足させてほしいという思いに駆られていた。その思いが抑えられない。だから、いろいろな種類の男性とつき合うことで、エネルギーを循環させ、足りないところを補ってきた。いつも、もっといい男を求めていた。新たな選択肢を探していた。

自分がただ一人の男性に身を捧げることができないのは分かっている。結婚する気はまったくなかった。だから、真剣なつき合いになる前に逃げ出すのだ。いつも自分が相手をふってきた。ふられたことはない。

それが性に合っている。

子供の頃に溺死しそうになって三カ月間の昏睡状態に陥り、その後六カ月もリハビリ病院にいたことが、次々と男を求める心理の根底にあるなんてことは、人に言われるまでもなかった。

キャシーは写真に手を伸ばした。ペイトン・シュライバー。去年、ヨーロッパでともに刺激的な数日間を過ごしたチャーミングな美術品泥棒だ。ひどい悪人であることは分かっていたから、一度も寝ることはなかった。それでも、一緒にいたことは後悔していない。ペイトンのおかげで、自分の中の未知の面をいろいろ発見することができた。

「これは偶然の出来事じゃない」ハリソンが寝室の戸口で言った。「空き巣は、今回の事件に関係している。きみには心当たりはないのかもしれないけど、きみが何かを持っているか、何かを知っていると考えている人間がいるってことだ」

でも、その言葉はほとんどキャシーの耳に入らなかった。

中学校のプロムの招待状も、初めて観たブロードウェイの舞台『オペラ座の怪人』のプログラムも、真っ二つに引き裂かれていた。処女を捧げた男にもらった古いラブレターの上には、スニーカーの足跡がついていた。この悪党が右足に履いていた靴のブランドまでもがはっきりと分かる。

ナイキ。

血も涙もない人間だ。

誰が、どうしてこんなことを？　頬に涙が流れた。あとからあとから。

これはまずい。泣くつもりはなかった。キャシーは涙をぬぐい、嗚咽をこらえた。

ハリソンが近づいてくる足音はぼんやりと聞こえていた。でも、目の高さを合わせるように彼が目の前でしゃがみ込むまで、その存在に気づかなかった。「大丈夫だよ。ぼくが手伝うから、全部もとに戻そう」

でも、キャシーはハリソンの顔を見ることができなかった。泣いているところを見られたくない。

ハリソンはおずおずと手を伸ばして、キャシーの腕に触れた。慣れていないせいか、そうするのが正しいのかどうか分からないでいるようだ。その指はためらいがちだったが、力強く、手のひらは温かかった。親指がキャシーの腕の内側をなでる。

「大丈夫、スイートハート？」

スイートハート。

胸が締めつけられる。なんて優しい、すてきな言葉なのかしら。しかも、それがあの気難し屋《スタンドオフイッシュ》の口から出たなんて。

キャシーが顔を上げると、ハリソンはこちらをじっと見ていた。この人は今、キャシーとほかの男たちとの過去をつなぎ合わせるのを手伝ってくれると言ったのだ。ハリソンの笑顔はかすかだったが、思いやりに満ちていた。そのいたわりのこもったまなざしを見れば、これ以上言葉を交わさなくても、彼が理解してくれていることが分かった。

「ありがとう」キャシーは言った。

「どういたしまして」ハリソンの目に浮かぶ色と、肌に触れる指の感触、優しく響く声に、キャシーは落ち着きを取り戻した。マディーがワシントンDCに行ってから初めて、自分は一人じゃないと思えた。

ハリソンはひざまずいて、写真や記念品に気をつけながら、割れたガラスを拾ってくれた。それを見ながら、キャシーは思った。わたし、この人ともう一度キスしなきゃ。


ここから逃げ出さないと。

逃げ出さなければ殺される。ミイラにはそれがはっきり分かっていた。自分の名前を思い出せないのと同じくらい、明らかな事実だった。

倉庫の壁高くにある汚れた窓から、かすかに朝日が差し込んでいる。男たちがいつ戻ってくるのかは分からなかったが、戻ってきたらまずい状況になることは間違いない。

背中の痛みは少し収まっていたが、デミトリに金属のやすりでつけられた新たな傷が、鋭い激しい痛みを訴えている。暑くて汗が止まらず、めまいがする。遠くを見ようとすると、視界がぼやけた。

熱があるのかもしれない。意識が混濁しているのだろうか？　奇妙な夢を見ている？

いや、違う。立ち上がろうとするたびに、鋭い痛みが全身を貫く。これがただの夢であるはずがない。

まさに悪夢だ。

ミイラは歯を食いしばり、寝返りを打った。縛られた両手の上に体が載った。手首はきつく巻かれたダクトテープのせいですりむけ、指は恐ろしいほど冷たくなっている。

痛みにうめきながら、何度も体をよじり、ついに壁に肩をつけて座ることに成功した。座ったままぜえぜえとあえぐ。小さな成果にすぎなかったが、ひどく骨が折れた。

あたりには血のにおいが漂い、乾いてがさがさしたシャツの背中から、温かく濡れたものがあふれ出していた。喉に苦い汁がこみ上げ、えずいたが吐くことはできない。刺された傷が開いて、再び出血しているのだ。

しばらく休んでいると、めまいと吐き気は収まり、ミイラは逃げ道を求めてあたりを見回した。男たちが拷問を終え、倉庫を出ていったとき、二枚のシャッターにがちゃりと南京錠がかけられる音が聞こえた。

閉じ込められたのだ。脱出するには、あとは窓しかない。

ミイラはぐっと上を見上げた。窓は頭のはるか上にある。

実際には三メートル程度だが、一〇〇万キロもかなたにあるように見えた。それほど、ミイラは弱りきっていた。息をするのがやっとだ。両手を後ろ手にダクトテープで縛られたまま、どうやって壁をよじ登ればいい？

ミイラはもう少しで「もういい！」と言って、死を選びそうになった。やつらが戻ってきて殺してくれれば、少なくともこの苦痛からは解放される。

でも、悪党への恐怖や体の痛みよりも強い何かが、弱音を吐くなと訴えかけてきた。自分でもよく分からない決意が、前に進むよう駆り立ててくる。

おれは何か重要な使命を帯びている。はっきりそう確信した。ただ、いくら考えても、それが何なのかは思い出せない。

考えろ、考えろ。おれは誰だ？　使命とは何だ？

ミイラは目を閉じた。名前が知りたい。厳しい痛みにもへこたれず、あきらめないための動機が欲しい。

ウシガエルはずっとお守りのことをたずねていた。お守りのある場所を知りたがっていた。何のことだかさっぱり分からなかったが、ウシガエルが質問をし、ミイラが知らないと言うたびに、デミトリは金属のやすりを皮膚に深く食い込ませてきた。

頭の奥で、低くささやく声が聞こえた。「彼女を探せ」

誰を？

くそっ、考えるんだ。

考えれば考えるほど、脳みそはちりぢりに砕け散って、破片の間に壁ができていくようだった。破片はそこにあるのに、お互いをつなぎ合わせることができない。全体像がさっぱり見えてこなかった。

倉庫の外の路地に、ごみ収集車が入ってくる音が聞こえた。ミイラは叫ぼうとしたが、声が喉に引っかかる。やがて何とか声は出たが、驚いたことに、ささやき程度の声しか出なくなっていた。

立ち上がれ。

ミイラは金属くずにまみれたコンクリートの床に足をふんばり、壁を背に立ち上がろうとした。

鋭い痛みが押し寄せてくる。立ち上がる途中で動きを止め、両手を後ろ手に縛られたまま、あえぎ、汗を垂らし、胃のむかつきをこらえた。

ひざがぐらぐらする。吐きそうだ。眉毛がびしょ濡れになるくらい汗をかいているのに、凍りつくような寒けも感じる。まぶたが閉じてしまいそうだ。またも口の中に苦い味がし、今にも意識を失いそうになった。

そのとき、ある名前が頭に浮かんだ。

キヤ。

愛する女。

胸がどきんとし、ミイラは一瞬にして自分の正体と使命を思い出した。

おれの名はソレン。

キヤのところに行くんだ。

毒入りワインを飲まされる前に、秘密の花嫁を救い出さなければ。

11

今回は、察知できた。

その目に浮かぶ色と、体を乗り出して近づけてくるつやつやした色っぽい唇を見れば、キャシーが何をしようとしているのかは明らかだった。ハリソンはパニックに襲われ、反射的に立ち上がると、驚いた顔のキャシーを残してその場を離れた。彼女は下唇に指を当て、傷ついたような、困ったような表情を浮かべている。

自分は無意識のうちにキャシーをその気にさせたのだろうか？　体に触らなければよかった。あんなふうに彼女の苦境に同情するべきではなかった。人に親密な感情を抱けば、面倒なことになるだけだ。そんなこと、これまでに何度も自分に言い聞かせてきたはずなのに。

ハリソンは咳払いをした。早くここを出ようと言うつもりだった。朝になってできるだけ早くアダムの捜索に取りかかるためにも、今から数時間でも眠ったほうがいい。でも、実際にはこんなことを言ってしまった。「コラージュを直すのは手伝うよ。でも、ぼくにキスしようとするのはやめてくれ」

「どうして？」

「だ、だって……」ハリソンは言いよどんだ。

「だって、何？」

「えっ」キャシーは少し考えた。「わたしの息、くさい？　それなら歯を磨いてくるわ」

ハリソンは両手を挙げた。この女の考えることが理解できる日は来るのだろうか？「息の問題じゃないよ。きみの息はミントのさわやかな香りがする」

「じゃあ、わたしのせい？　別の女性とだったら、キスする？」

「いや。誰ともキスしたくない」

「じゃあ、あなたの問題ってこと？」

「そう」この面倒くさい女にキスの話をやめさせるにはどうすればいいんだ？「ぼくの問題だ」

「キスが嫌いなの？」

「キスは好きだ」

「じゃあ、何が問題なの？」

「キスをすれば、それだけでは終わらなくなる」

「そうね。普通はそうだと思うわ」

こんな堂々めぐりの会話を続けていてもらちが明かない。でもキャシーのめちゃくちゃな理屈から逃れる方法が思いつかず、ハリソンはとりあえず一枚の写真を拾い上げた。一六歳くらいのキャシーが、ステーションワゴンのボンネットの上で、サーファー野郎にべったりとしなだれかかっている。二人はこの車の後部座席でやったに違いない。キャシーの胸元を見つめる男の目は、ぎらぎらといやらしく光っている。

むかつく野郎だ。

「これは誰だ?」ハリソンの口から勝手に言葉が出てきた。

キャシーは急に元気になって、その写真を取り上げた。「ああ、これはジョニー・Dよ。わたしとやりたくてしょうがないみたいで、爆発するんじゃないかと思ったわ」

「じゃあ、こいつとは寝てないのか?」一〇年以上も前、キャシーが男と寝なかったからといって、どうしてこんなにほっとするんだろう?

「当たり前でしょ。この人は川辺に車を停めて、そこで生活してたのよ。毛ジラミまで持ってたんだから、信じられる? まあ、それは友達のジュリー・アンに聞いた話だけど」

「なんでそんな男の写真を今も持ってるんだ?」

「優しい人だったし、ミュージシャンとつき合うのも悪くなかったから。わたしにラブソングを書いてくれたりしたのよ。もちろん、ひどい出来だったけど。韻を踏んでなかったしね。九〇年代の初め頃にU2がダラスに来たときは、コンサートに連れていってくれたわ。U2のチケットの半券があれば、ジョニー・Dの額縁に入れておいて」

「キャシー、急がないと。せかすつもりはないし、これが大事だっていうのも分かるけど、アダムとお守りを探すほうがもっと大事なんだ。ぼくたち二人の人生が、そこにかかってるわけだから」ハリソンは言いながら、自分もキャシーの思い出の一つになって、このコラージュの壁に飾られるなんてまっぴらだと思った。さっきのキスを巧みな足さばきで避けたのも、そのためだった。

キャシーはうなずいた。「そうね。ちょっと感情的になりすぎたみたい。コラージュの片づけはあとにする。手伝ってくれるって言ってくれただけで嬉しかったわ、ハリー」

ハリソンと呼べと言おうとしたが、言ったところで効果があるとは思えなかった。キャシーがハリーと呼びたいのなら、二、三日我慢すればいいだけのことだ。

「おやすみなさい」キャシーは言うと、片手を差し出した。「朝は何時に迎えに来てくれる？　まあ、もう朝みたいなものだけど」

「いや」ハリソンは言った。「きみをこのマンションに一人残すつもりはない。誰か知らないけど、荒らしたやつがまた戻ってくるかもしれないから。目当てのものが見つからなかったんなら、なおさらだ。早くここを出たほうがいい。ほら、荷物をまとめて」

「犯人は何を探してたのかしら？」キャシーはクローゼットからリュックサックを取り出し、ベッドの上に放った。

「アダムか、お守りか、パピルスか。何とも言えないよ」

「でも、どうしてわたしを狙うの？　何も知らないのに」彼女はバスルームに向かった。ハリソンはドアの前に移動して、ドア枠にもたれた。キャシーは化粧品や洗面用具をかき集めている。

「きみは知ってるけど、自分では気づいていないのかもしれない。どっちにしても、きみがここにいると危険なのは間違いない。ぼくが思うに、解決策は一つだ」

「何？」キャシーはハリソンの脇を通って寝室に戻り、化粧品ポーチと歯ブラシをベッドの上のリュックサックの横に放り投げた。

ハリソンは決断を下すのをためらった。キャシーをホテルに泊まらせるのが賢明なのだろうが、この状況では自分のそばに置いておきたかった。誰かに狙われているのかもしれないのだから。ハリソンは大きく息を吸い込んだ。

「ぼくの家に来るんだ」


ハリソンの家は、いかにもハリソンらしかった。面白みがなくて、退屈で、色彩に乏しい。いや、少なくとも、皆が描く彼のイメージはそうだ。キャシーも少し前まではそんなふうに思っていた。

でも、一緒にいる時間が長くなるにつれて、ハリソンは見た目よりもずっと興味深い人だということが分かってきた。確かに色のセンスはなさそうだが、面白みがないとか退屈とかいうことは決してない。

心の内は見せないが、情熱を秘めた人だ。キャシーの旺盛な好奇心が、ハリソンの仮面を引きはがし、その中にある本物の彼を見たいと言っていた。「人は見かけによらない」というのは、まさにハリソン・スタンディッシュのためにあるような言葉だ。

清潔なキッチンは白で統一されていて、いかにも色味が足りない感じがする。食べ物も似たようなものだ。食料庫にはガラスのドアがついているが、中にはツナ缶と全粒シリアルの箱、トマトスープの缶がきれいに並んでいるだけ。この家には徹底的なキッチン改革が必要だ。

「ごめん」ハリソンは言った。「ぼくのマンションはとてもせまいんだ。ここにはあまりいないし、寝室は仕事部屋に改造してしまったから」

キャシーはあたりを見回して、息をのんだ。寝室を仕事部屋にしてしまったということは、ハリソンはリビングにあるあのせまいソファで寝ているのだ。

うわあ……!

わたし、何を急にどぎまぎしてるんだろう？　男の人と一緒にいるからって、緊張することなんかほとんどないのに。どうしてハリーといると、こんなにも調子が狂うの？　何とかして、この胸のざわめきを抑えないと。

「アダムが電話してきてないか、留守電をチェックしてみるよ」ハリソンはそう言うと、部屋の隅にある電話のところに行った。やがて、首を横に振った。「メッセージはない」

「だんだん雲行きが怪しくなってきたわね」

「ああ」

ハリソンは暗い顔をしている。キャシーは彼を抱きしめて、大丈夫だから心配しないで、と声をかけたくてたまらなくなった。でも、何かが思いとどまらせた。

「飲むものある？」キャシーはたずねた。

もう時間は遅すぎる――あるいは早すぎる――が、それでもキャシーはワインかビールが飲みたかった。眠るために。そして、ハリソン・スタンディッシュに対するわけの分からない欲望を抑えるために。

「ああ。冷蔵庫に水と牛乳とオレンジジュースがある」

「違うわ、そういう意味じゃない。もっとちゃんとしたものはないの？」

「アルコールってこと？」

「ピンポーン」キャシーはうなずいた。「ビールとか、ワインとか。もしあれば、テキーラでもいいけど」

ハリソンは顔をしかめた。「マンションを荒らされて動揺してるのは分かるけど、本気でアルコールを飲んだほうがいいと思ってる？」

「ええ、もちろん」キャシーは冷蔵庫の前に歩いていくと、扉を開けた。片手を腰に当て、中を調べる。

選ぶ余地はなかった。

二日前に賞味期限の切れたスキムミルクのカートン。一リットルの果肉入り――オエッ！――オレンジジュースに、ミネラルウォーターの六本パック。チルド室にはパックづめの七面鳥の胸肉の薄切り、ドアポケットにはマラスキーノチェリーのびんとケチャップのボトル、野菜室には茶色いレタスがごろんと入っていた。

うわあ。

キャシーは冷蔵庫のドアをばたんと閉めた。

「二年くらい前にアダムがクリスマスにくれたペパーミントシュナップスならあるけど」ハリソンは言った。「まだ開けてないよ。それはどう?」

「やっと話が通じたわね。シュナップス、いいじゃない。どこにあるの、ガリ勉くん?」

「ガリ勉くん?」ハリソンはキャシーのほうを向いた。

その顔に表情は浮かんでいなかった。怒っているのか、面白がっているのかも分からない。この人はその気になれば、簡単に感情を隠せるのだ。

「あっ、ごめんなさい」キャシーは申し訳なさそうに言った。

「ごめんなさいって何が?」

「ガリ勉くんだなんて言って」

「いつも陰でそう呼んでたんなら、面と向かって言ったって同じだろ?」

キャシーは言い返そうと口を開いたが、確かにハリソンの言うとおりだった。陰ではハリソンのことを「ガリ勉くん」と呼んでいる。「気難し屋《スタンドオフィッシュ》」とも。「インテリ男」と呼ぶこともあった。

「何でそんなふうに呼んでるのか教えてくれる?」

そろそろ正直に話したほうがいいだろう。「たいした理由はないの。悪口だと思わないで」

「つまり、ぼくがオタクっぽいからだ」

「ええ、まあ、そんなところよ」

「そんなところ？」

だめ、はぐらかさないの。この問題をちゃんと解決しなさい。あなたは今、自分を受け入れてくれた人を侮辱したのよ。キャシーは鼻にしわを寄せた。「ほんとに、あなたのせいじゃないの。服のせいよ」

「え？　ぼくの服のどこが悪い？」

こんなに開けっぴろげに話すなんて、芽生えかけたロマンスも台なしだ。「組み合わせがちぐはぐだし、どれもこれも流行遅れよ」

「色の組み合わせ方がよく分からないんだ」

「でしょうね」

「それに、流行には興味がない」

「だと思ったわ。でも、そのせいであなたはガリ勉くんに見えるの」

「めがねもだろ」ハリソンはめがねの鼻当てをつかむと、鼻の上で上下に動かしてみせた。

「ねえ、めがねを取った顔を見せてよ」キャシーはキッチンの床を一メートルほど進んで手を伸ばし、ハリソンのめがねを外した。その瞬間、自分たちがひどく接近していることに気づいた。

ハリソンもキャシーも、はっと息をのんだ。

キャシーはハリソンの男らしい香りを、指に伝わるこみかめのぬくもりを、きまじめに引き結ばれた口元を強く意識した。一歩下がって首をかしげ、天井の照明の下でハリソンの顔をまじまじと見た。

「きれいな茶色の目をしてるのね。めがねで隠すなんてもったいない」

「でも、目の前が見えないと困るから」ハリソンはキャシーに触れられたことなど何でもないような顔で、肩をすくめた。

ハリソンは自制が利くほうだが、キャシーは男の表情を読むのが得意だ。彼の様子にはわずかだが変化があった。肩が張りつめ、あごの筋肉がこわばり、手をぎゅっと握りしめている。

「レーシック手術を受けたらいいじゃない」キャシーはめがねをカウンターに置いた。

「まあね。でも、何のために？ 人間の中身は変えられない。ぼくは一生ガリ勉くんのままだと思うよ」

オタクっぽいあだ名なんてつけるんじゃなかった。ハリソンはちゃんと知ってみれば、とてもいい人だ。それに「身なりに構わないのほほんとした教授」的なセクシーさもある。

「ごめんなさい」キャシーは言った。「変な呼び方をして」

「いいよ。正直なのはきみのいいところだから」

どうしてハリソンにほめられると、たまらなく温かい気持ちになるんだろう？ 彼はキャシーを、いつもの真剣な、堅苦しい目つきで見ている。あれはめがねのせいかと思っていたけど、めがねはカウンターの上のペッパーミルの横に置かれたままだ。ハリソンのチョコレート色の目が表情を帯びて輝き、キャシーにはその意味が分かる気がした。

きみは面白い人だ。

それこそ、本物のほめ言葉だった。ハリソンみたいに頭のいい人が、キャシーのような浮ついた女を面白いと思ってくれたのだ。

キャシーは頭を振った。この男におかしな気持ちを持っちゃだめよ、クーパー。こういう頭のいい人が、あなたを相手にするはずがないでしょう。

確かに。でも、ハリソンだって、たまには誰かと肩の力を抜いて楽しみたいと思っているかもしれない。キャシーは楽しむことは得意だし、ハリソンも好奇心は強そうだから、何か面白そうなことに誘えば、一緒になって楽しんでくれる気がする。ベッドの外でも、中でも。

やめなさい！　もうキスはしないって言われたでしょ。

うん、でもあれは本気じゃないと思う。わたしに対する性的な衝動をどうしたらいいのか分からないだけ。だから、キスはお預けってことにしたのよ。わたしに言わせれば、お預けというのは破るためにあるんだから。

「シュナップスは？」キャシーは言った。どうにかして、頭の中で暴れる声をかき消したい。この声に従うと、たいてい面倒なことが起きるのだ。

ハリソンは食料庫から踏み台を出して、冷蔵庫のそばに置いた。一番下の段に足をかけて冷蔵庫の上の小さな戸棚を開け、お祝い用の赤いリボンが巻かれたままのペパーミントシュナップスのボトルを取り出した。

「ショットグラスはある?」キャシーはたずねた。

ハリソンは黙ってキャシーを見た。やだ、あのうざいめがねをかけてないと、なんてキュートなの!

「そうね。あなたはショットグラスっていうタイプじゃないわ」

「マグカップならあるけど」

「じゃあそれで」

ハリソンは棚からマグカップを出した。

キャシーは出てきたマグカップが一つだけなのを見て、唇をセクシーな形に突き出してみせた。彼女にとっては、食事をするのと同じくらい自然な仕草だ。「一人で飲ませる気?」

「キャシー、もう午前三時一五分だし、朝は早く起きなきゃいけない。脳が正常に機能するには、睡眠が必要なんだ。脳が働いてくれないと、謎は解けない」

「お利口さんね」

「母によく言われた」

「じゃあ、どうして寝酒なんていう言葉があるの? お酒を飲むとよく眠れるからよ。それに、あなただって今夜は大変だったと思うでしょ。今日くらい強い寝酒が必要な場合もそうそうないと思うけど」

ハリソンはためらっていたが、やがて言った。「ああ、分かったよ」

「やったね」キャシーはにっこりした。

ハリソンは二つのマグカップに指一本分ずつシュナップスを注いだ。

「けち」キャシーは文句を言った。

ハリソンはあと一本分注いだ。

「いいわ」キャシーはマグカップを持ち上げた。「アダムが無事に、お守りが無傷で見つかりますように」

「アダムとお守りが見つかりますように」ハリソンも同じことを言うと、二人はマグをかちりと合わせた。

キャシーはペパーミント味のリキュールをくいっとあおった。なじみのある心地よさが喉の奥を焼き尽くしていく。

「ふう」

ちらりと見ると、ハリソンはシュナップスをほんの少しなめただけで、ヒマシ油でも飲んだかのように顔をしかめている。

「そんなんじゃだめ」キャシーは首を振った。「いっきに飲み干さないと」

「喉が焼けるよ」

「でも、そのあとは体の中が温まって、気持ちよくなるのよ。本当だから。はい、乾杯！」

キャシーはハリソンに飲ませようとした。

ハリソンは顔をしかめた。

本気で飲みたくないのだろうけど、もっと肩の力を抜く方法を覚えたほうがいい。キャシーは大学生のようにコールを始めた。これをされると、いつも飲み過ぎてしまうのだ。「イッキ、イッキ、イッキ」

ハリソンはキャシーを黙らせたい一心で、シュナップスを飲み干した。

「やったわね」ハリソンの背中をたたいてやる。

キャシーはほろ酔い気分で、気持ちよくカウンターに寄りかかっていた。胸がわずかにハリソンの腕に当たっている。わざと押しつけたわけではなかったが、効果は同じだった。ちらりと下を見ると、光栄にも彼のチノパンの前がふくらんでいるのが目に入った。

「これでベッドに潜り込んだらぐっすりよ」キャシーはささやいた。

「心配なのはベッドに潜ることじゃない」ハリソンは言った。「ベッドから立つことのほうだ」

その言葉は思いがけずだじゃれになり、キャシーはにやりとした。下を向いてまつげを伏せ、もう一度ハリソンの下半身を見る。「あら、たつほうも問題ないと思うけど」

ハリソンはケチャップのように真っ赤になった。「あ……いや……ごめん。普段あんまり飲まないから、刺激が……その……」

うっかりまた妙なことを言うまいと思ったのか、ハリソンは口をつぐんだ。気の毒なことに、下ネタにはまったく慣れていないのだ。キャシーはこれ以上いじめるのはやめて、玄関に置きっぱなしになっていたリュックサックを取りに行った。リュックを肩にかけ、リビングに入っていく。

「ねえ」ハリソンに声をかけた。「どこで寝ればいいの？」
「ぼくは寝袋があるから」ハリソンもリビングに入ってきて、キャシーの後ろに立った。
「仕事部屋の床に寝袋を敷いて寝る。きみはソファで寝てくれ」
「ありがとう」キャシーはにっこり笑って、ハリソンに感謝した。双子の姉のマディーなら
きっと、自分が寝袋に寝ると言って聞かないだろう。でも、キャシーは床に寝るようなタイ
プではない。ハリソンが自分をていねいに扱ってくれるのが嬉しかった。女は男の心づかい
はありがたく受け取っておくものだ。
　ヒールを脱ごうとすると足がもつれ、キャシーはバランスを崩してしまった。ハリソンが
手を伸ばして、倒れないよう支えてくれる。おかげで、彼の胸に勢いよく飛び込むことにな
った。
　ハリソンの体はアドニスのように筋肉隆々とまではいかなかったが、悪くはなかった。胸
の筋肉は硬く、腰に回された腕は強くて頼もしい。キャシーはひざから力が抜け、彼の腕の
中で溶けていきそうになった。
「大丈夫？」ハリソンの温かな息が耳にかかる。
「シュナップスで酔っちゃったみたい」
「ほら、座って」
　ハリソンはキャシーをしっかりと抱いたまま、ソファに連れていった。キャシーはマット
レスに腰を落ち着けたが、彼はそわそわした様子でちょこんと隣に座った。非常口でも探す

ように、きょろきょろとあたりを見回している。

何よ？ わたしに乱暴されるとでも思ってるの？

　でも、ハリーの下半身はふくらんでたわ。本人がその気になってたら、乱暴とは言えないわよね？

もう一度ハリソンの下半身を盗み見ると、さっきよりもさらに盛り上がっている。だからこんなにそわそわしているのだ。キャシーを信じられないからではなく、キャシーのそばにいる自分を信じられないのだ。

そのときしゃっくりが出て、キャシーはあわてて口に手を当てた。「あ、ごめんなさい。甘いリキュールを飲むと、しゃっくりが出ることがあるの」

タイミングよく、もう一度しゃっくりが出た。

「止め方を知ってるよ」

「どうやるの？」

「横隔膜《ダイアフラム》をさするんだ」

「わたし、ペッサリー《ダイアフラム》じゃなくて避妊用パッチを使ってるわ」キャシーは笑った。「それに、コンドームも持ち歩いてる。〝出かけるときは忘れずに〟それがわたしのモットーよ」

「はは、笑える。そうやってばかっぽくふるまうと、男は喜ぶのか？」

キャシーはにっこりした。「ええ、びっくりするくらい。コンドームのくだりはアメリカン・エキスプレスのキャッチフレーズで、よくあるネタよ。わたし、女は賢いよりもセクシーなほうがお得なんだって、ずっと前に学んだの」

「悲しい解説だな」

「ちょっと、わたしだって好きこのんでやってるわけじゃないわ」肩をすくめ、両手を広げる。「世の中の仕組みに従ってるだけ。たいていの男は、頭のいい女を怖がるんだもの」

「ぼくは違う」

「口ではそう言ってても」キャシーは指を振った。「もしつき合ってる女が古代エジプトのことであなたの考えにけちをつけて、最終的にそれが正しいことが分かったら、そんな女は一瞬でいやになるでしょ。たいていの男はそうなのよ」

「ぼくはたいていの男とは違う」ハリソンはキャシーをにらんだ。

「そんなことはもう分かってるわ」

「キャシー、ぼくの前では、おばかなブロンド娘みたいにふるまわなくていいんだよ」

「もう癖みたいなものだから」

「癖っていうのは直すためにあるんだ」

キャシーはまたしゃっくりをした。「ごめん」

「ここをさするんだ」ハリソンは肋骨のすぐ下に指を三本置き、円を描くようにさすった。

「こんなふうに」

キャシーは身を乗り出し、三本の指をハリソンのお腹に置いて、リズミカルに円を描いた。

いくらシュナップスを飲んだからって、何をばかなことをやってるの？

けど。

「何してるんだよ？」ハリソンはあきれたように言ったが、身を引こうとはしなかった。

「ここをさすれって言うから」正直に言うと、本当にさすりたいのはもうちょっと下なんだけど。

「きみは面倒を起こそうとしてるだけだろ」

「〝面倒〟はわたしのミドルネームよ」キャシーはハリソンの目をじっと見たまま、マッサージを続けた。

「キャシー……きみは酒を飲んだから」ハリソンはキャシーの手首をつかむと、無理やり自分の体から引き離した。

「だから？　お酒ならあなたも飲んだじゃない。それに、二人ともシュナップスを一杯だけだし、あれくらいで泥酔するわけないんだから」

「弱みにつけ込みたくないんだ」

「わたしがそうしてほしいって言っても？」キャシーは誘うようにまつげをぱちぱちさせた。

「だめだ！」ハリソンは叫んだが、その声にはどこか面白がるような響きがあった。「それに、きみははったりをかましてるだけだと思うね。本気でぼくと寝たいと思ってるわけじゃない。思わせぶりなことをするのが好きなだけなんだ」

あら、本当に？　わたしのことをそんなふうに思ってるの？　ただ誘惑するだけで、実際には何もできないって？

二人はじっと見つめ合った。

キャシーがハリソンを求める気持ちは、思いがけないほど急激に高まっていた。こんな不つり合いな男に本気でむらむらするなんて、誰が想像しただろう？

でも、悔しいことに事実なのだ。

ハリソンの目に浮かぶ光を見ていると、腕一面に鳥肌が立ち、ウォータースライダー並みに濡れてくる。あなたが欲しい。キスして。触って。その思いがどうしようもなく募り、胸の中で心臓が暴れ、常識を丸ごと投げ捨てたくなる。

「わたしのことなんかお見通しってわけ？」

「ああ、他人から見て分かる程度の分析はできるさ、キャシー・クーパー」

「じゃあ、言ってみて。全部話してよ。聞きたいわ」キャシーはあごを突き出し、挑むように言った。

「ほんとにいいのか？　あんまり気分のいいものじゃないと思うよ」

「いいわ」キャシーは片手を挙げた。「ちゃんと聞くから」

「いいか、言いだしたのはきみなんだからな」

「分かったから、わたしを分析してみせてよ」

「じゃあ言うよ。きみは怖いものなど何もないふりをしている。愛嬌と色気を振りまいて気さくなおしゃべりをするけど、本当の自分はその裏に隠している。落ち着いて物事を考えられないせいで、いつも面倒を起こしている」

「あら、そう？」それ以外に言葉が見つからなかった。図星だったからだ。

「そうだ。でも、きみは大胆な性格に見えるけど、本当は何かを深く追求することを怖れている。うわっつらをなぞることしかできないから、いろんなものに手を出すことでそれをごまかしている。やたら快楽をほのめかすのは、つらいことから逃げるためだ。ゆえに、きみがぼくをベッドに連れ込もうとするのは、はったりにすぎない」

「ゆえに？ 〝ゆえに〟なんて言葉を使う人、今どきいる？ やっぱりガリ勉と呼ばれても仕方ないわね」

言い訳がましく聞こえるのは分かっていたが、ハリソンにいとも簡単に自分のことを言い当てられたのが怖かった。双子の姉のマディーだって、そこまでキャシーを理解してはいない。感心はしたが、少し不安も感じた。

こんなふうに鋭く分析されるなんて、不愉快だ。キャシーは何か仕返しがしたくなった。衝動的かもしれない。少し酔っているし、マンションを荒らされたショックからもまだ立ち直っていない。それに、ハリソンの言うとおり、快楽を利用して不安をごまかそうとしているのだろう。キャシーは今、職を失うだけでなく、貴重な遺物を盗んだ罪を着せられ、刑務所送りになる瀬戸際にいるのだから。

でも、心の奥深くの何かが、今回は違うのだとささやいていた。ハリソンには、衝動に任せて行動するだけの価値があるのだと。

「じゃあ」キャシーは誘うように言うと、長袖Tシャツのすそに手を伸ばした。いっきに引き上げて頭から脱ぐ。「はったりかどうか試してみて」

12

「シャツを着ろよ」その言葉を口にするには、ありったけの自制心をかき集めなければならなかった。でも、このままキャシーにとち狂った誘惑を続けさせるわけにはいかない。

ハリソンは必死でキャシーの胸から目をそらそうとしたが、何しろそれは目の前にあるのだ。薄っぺらのすけすけの黒いレースのブラジャーからこぼれ落ちそうになっている。ここから見た感じだと明らかに天然もので、豊胸手術をしているとは思えなかった。

「どうしたの、ハリー?」キャシーはハリソンに向かって必殺のウィンクをした。「怖いの?」

ああ、そのとおりだ。ひざはがくがく震え、心臓は狂ったように打っている。でも、そのことを悟られるわけにはいかない。

キャシーは手を伸ばし、指を二本、ハリソンの腕に這わせた。「お気に召さない?」

全然お気に召さないよ!

キャシーの体はむっちりと柔らかな曲線を描き、髪は豊かなブロンド、唇はぷっくりしていて、まるでキスをするためだけに作られたようだ。まさにお菓子屋で一番こくのあるトリュフ、ショールームで一番速い車、カリブ海で一番豪華なリゾートだ。

一方、ハリソンは炭水化物控えめの食事をし、一〇年もののボルボに乗り、セントルシアに行ってもビーチに小型テントを張って寝るような男だ。

キャシーは肉体に関することには奔放で、性体験も間違いなく豊富だ。ハリソンはそういうことには不慣れで未熟だし、それは自分でもよく分かっていた。ここのところ関係を持った相手といえば、同僚だけだった。研究熱心な落ち着いた女性ばかりで、セックスなどしてもしなくてもいいし、特に大騒ぎするようなものではないと考えていた。

キャシーの目に浮かぶ光を見れば、セックスが一番の関心事であることは明らかだ。そんな期待に応えられるだろうか？ 満足させてやれるのか？ スリルと興奮に燃え上がっている女性を。

現実を見ろ、おまえはそこまでの男じゃないんだ。

それに、この一〇日間ずっと見てきて、キャシーの性格も分かりかけていた。マンションが荒らされたあとでセックスをすれば、快楽を利用してつらい経験から目をそらすという、彼女のいつもの習慣に協力することになる。

だめだ！

人のことが言えるのか、と頭の奥で声がした。アダムそっくりの声だった。自分だって知識を蓄積していくことで、不安をごまかしてるじゃないか。自分の不安を隠すのは構わないけど、キャシーはだめだと言うのか？ それは筋が通らないんじゃないのか？

　こんなことを考えている場合ではない。どうせ二人の関係に未来はないのだし、自分は一晩だけの関係を持つようなタイプではない。それに、タイムリミットが迫っている。もしこういう不安をすべて忘れることができたとしても、余計なことをしている時間はないのだ。

「シャツを着ろ」ハリソンはかすれた声で言った。

　床に落ちていた長袖Tシャツを拾って、キャシーに渡す。魔性の胸が目に入らないよう注意しながら。

「あなたはそんなにガードが堅いの？　それともわたしに魅力を感じないだけ？」キャシーはたずねた。

「きみに魅力を感じてないなんてことがあると思うか？」

「でも、この絶好のチャンスを生かそうとしないじゃない。何か理由があるに決まってる。わたしのせい？」

「きみはそんなに自信がないのか？」

「だって、もしわたしのせいじゃないんなら、ほかに何が原因なのか分からないんだもの」

「いいか、ぼくのあそこはゴジラみたいに大きくなってるし、額からは汗が流れている」

「だったら、何を迷ってるの？」

「今はどうしようもないんだ。分かるだろ？　弟のことが心配だ。いなくなったのがきみの双子のお姉さんだと想像してみてくれ」

「ああ。やっと分かったわ」

よかった。キャシーが今すぐに服を着てくれなければ、何をしでかすか分からないところだった。切迫感がこみ上げ、体の下のほうが熱く締めつけられていく。下半身がうずき、脈打っている。もし体から感情を切り離すことに長けていなければ、とっくに襲いかかっていただろう。

そして、自分の手には負えないような関係に陥ってしまうのだ。キャシーのように活力にあふれ、積極的に人生を楽しもうとする女性が相手では、すぐに精も根も尽き果ててしまうだろう。自分の性欲も抑えられずに、ほかのことで抑えが利くだろうか？　彼女のことでコントロールを失うということは、人生のほかの面でもコントロールを失うということなのだ。

そして、人生のほかの面でコントロールを失えば、無能で役立たずのろくでなしになってしまう。

そんな危険は冒せなかった。感情に流されず、つねに理性的に物事を考えられる人間でありたかった。感情を切り離す力はこの三二年間、うまく機能してきた。ここまで積み上げてきた成功を、今さら台なしにするわけにはいかない。

ところが、キャシーはハリソンの禁欲的な生き方に協力する気はまったくないらしい。胸をむき出しにしたまま、さらにジーンズのボタンを外すという暴挙に出た。

おい！

「何をしてるんだ？」ハリソンは叫んだ。そのキャデラックのジーンズをこのリビングで、自分の目の前で脱がれたら、一巻の終わりだ。

「あら、落ち着いてよ、ハリー。バスルームに行こうと思っただけよ。シャワーを浴びて、寝ることにしたの」

「本当に？」ハリソンは片目を開けた。ほっとすると同時に、どこかがっかりした気持ちもあった。

「あなたを襲うつもりはないわ。ジーンズのボタンを外したのは、ちょっとおどかそうと思っただけ。だからもう汗をかかないで。あなたの気持ちはいやというほど分かったから。体はわたしを求めてるんでしょうけど」キャシーはハリソンの下半身を見て、にやりと笑った。「理性はばかなことをするなって言ってるのよね。せっかく楽しい時間を過ごせるはずだったのに」

「ぼ、ぼくは……」

「言い訳はいらないわ」キャシーは肩をすくめてソファから下り、床からリュックサックを拾い上げた。「結局、損するのはあなたなんだから」

「こんなのだめよ」キャシーはハリソンのソファに横たわり、暗闇に向かってつぶやいた。「刺激して、火をつけて、その気にさせて」

でもそれは、キャシーがハリソンを誘惑し、ベッドに引きずり込もうとしたことを言っているのではない。彼がキャシーを刺激したことだ。しかも、本人にはそんなつもりはまったくないらしい。あの男には、未開拓の可能性がぎっしりつまっている。もしハリソンが自分の色気を意識し、狙いを定めて使うようになれば、どんなにいいだろう。キャシーはどうしようもなくむらむらし、ハリソンが欲しくてたまらなくなって、ずうずうしくも彼の目の前でシャツを脱ぎ捨ててしまった。挑発的なことなら今まで山ほどしてきたが、あそこまであからさまな行動に出たのは初めてだった。

でも、ハリソンに火をつけることはできなかった。少なくとも、最後までは。

自分のふるまいを思い出すと、うんざりした。

キャシーはハリソンの目をまっすぐ見て、お願いだからセックスしてくださいと言ったようなものだ。なのに、あっさりと断られてしまった。いったいどうしてしまったのだろう？

それとも、ハリソンがどうかしているのだろうか？　普通の男なら喜んで手を伸ばしてくるはずだ。なのに、彼は違った。

完全に紳士だった。まったく、いまいましい。

頭の中にさっきのハリソンの様子が浮かんできた。キャシーの隣で体をこわばらせて、ちょこんとソファに座っている。研ぎすまされた知性に、落ち着いた聡明なまなざし、なぜか興味を引かれてしまう謎めいた雰囲気。まさに馬屋で一番頼もしい馬、保険代理店で一番お得な保険、歌集で一番静かな子守歌だ。

一方、キャシーが乗るのはバイクで、入るのは責任保険だけ、歌を歌えばロックンロールをがなりたてる。

ハリソンは頭がよく、キャシーにはちんぷんかんぷんの概念を明確に理解している。彼が言うことの半分は、キャシーの頭をすり抜けていく。これまで、体よりも頭を使って生きている男性とつき合ったことはなかった。ハリソンは優秀だ。キャシーにはついていけない。学問上の難問に挑むのが生きがいという男なのだ。

でも、キャシーは学問の世界の人間ではない。

今夜、ここで起こらなかったことを想像するのはやめたほうがいい。体がまだ、ハリソンとのキスを思い出してほてっていることも気にしてはいけない。下腹部だってうずいてなんかいない。

キャシーはいらいらとこぶしを握りしめた。ほら、眠りなさい。

でも、眠れなかった。

何度も寝返りを打った。こんな状態、耐えられそうにない。このうずきを何とかなだめないと、眠れそうになかった。

キャシーは勢いよく布団をはねのけた。床に足をつく。リュックサックをつかむと、中を探ってお目当てのものを取り出した。

よかった。これで気がまぎれる。

ハリソンは寝つけなかった。

ペパーミントシュナップスのおかげでリラックスできるどころか、余計に気が高ぶっていた。きっとシュナップスのことは買いかぶりすぎ、キャシーのエロティックな性質のほうは見くびりすぎていたのだ。

この場合、シュナップスを責めるほうが簡単だ。

寝袋の中で二〇分間格闘したあと、眠るのをあきらめ、巻物の解読をしてみることにした。でも、問題が一つあった。ボルボのダッシュボードに入れたままになっているのだ。取りに行くには、リビングを横切って、ソファで寝ているキャシーのそばを忍び足で通らなければならない。

キャシーのことだから、素っ裸で寝ているかもしれない。布団もかけず。

ハリソンはしばらく暗闇の中で横たわっていたが、好奇心のほうが勝った。あの象形文字がもう一度見たい。考古学の世界では、アダムはそれほど優秀なほうではない。そのアダムにミノア象形文字が解読できたのなら、ハリソンにもできないはずがないのだ。

ただ、ハリソンは専門を古代エジプトにしぼっているのに対し、移り気なアダムはさまざまな分野に手を出している。その時々で、自分が気になるテーマを追究するのだ。アダムはエジプトからギリシャからマヤまで、あらゆる文明に通じていた。認めたくはないが、そのように多方面にわたる知識が、解読に役立ったのだろう。あるいは、アダムの現代的な感性、その切れ味が強みとなったのかもしれない。

切れると言えば。

キャシーのことを考えるといつも、切り立った崖っぷちを歩いているような気分になった。

彼女にはどこか抗えない魅力がある。生まれながらに悲観的なハリソンとは対照的に、どこまでも楽観的だからかもしれない。荒らされたマンションを目の当たりにしても、すぐに立ち直った。自分もあんなふうに融通の利く性格だったらいいのにと思う。

でも、あの活気にあふれているところが気にさわるんじゃなかったのか？

いや、きっとキャシーのことを厳しく見すぎていたのだろう。ハリソンは以前から、一人のときのほうが考えが穏やかになることに気づいていた。それは気の強い、横暴な母親に育てられたせいかもしれないし、生まれつき孤独を好む性質のせいかもしれない。あるいは単に、一人きりになればじっくり考える時間ができるからかもしれなかった。いずれにせよ、一人になって初めて、ほかの人と一緒にいることの喜びを感じることができるのだ。ゆっくり腰を落ち着けて、相手とのやり取りを思い返したときに初めて。

一人になると、記憶と感情を調和させ、その場にふさわしい反応をしなければという戸惑いや混乱にとらわれることなく、その経験にひたることができる。

ハリソンはキャシーの愛嬌のある笑顔や、生意気なウィンク、セクシーに揺れるヒップを思い出し、胸の真ん中に柔らかく温かい感情がこみ上げてくるのを感じた。

おい、キャシーのことを考えるのはそこまでにしておけ。やるべきことに集中しろ。

ハリソンは魅力的な泊まり客のことを頭から追い払うために、謎の象形文字と行方不明の弟に意識を集中させることにした。

でも、その決意は長くはもたなかった。これまでキスしたことのある女性の中で、こんなにも——言い方は悪いかもしれないが、それ以外にぴったりの表現が見つからない——むらむらさせられる女性はキャシーが初めてだった。

だからこそ、悩んでいるのだ。

キャシーが欲しい。でも、彼女と寝るわけにはいかない。キャシーは自分にはふさわしくないし、自分はキャシーにはふさわしくない。自分はゆきずりの関係を楽しむタイプではないし、彼女は真剣な交際を望んでいない。

今感じているのは、ただの肉体的な反応だ。化学作用だ。意味はない。

スタンディッシュ、脳みそがあるだろう？　それを働かせて、モノは下着の中にしまっておけ。

でも、モノにはモノの考えがあるのだ。

ハリソンは寝袋から抜け出した。これは知的探求のためであって、下半身のしつこいうずきのせいではない。そう自分に言い聞かせ、欲望をなだめようとした。電気をつけずにキッチンにこっそり入り、ドアを出て車のダッシュボードから巻物を取ってきて、急いで仕事部屋に戻る、それだけだ。何があろうと絶対に、キャシーが本当に生まれたままの姿で眠っているかどうかを確かめようとしてはいけない。

廊下を二歩進んだところで、柔らかな女性のうめき声が聞こえた。

キャシーは夢でも見ているのか？　悪夢だろうか？

それとも、起きているのか？

ハリソンがくるりと向きを変え、仕事部屋に戻ろうとしたとき、再びうめき声が聞こえた。低く、弱々しい声だ。

苦しんでいるのか？　助けを求めているのか？

一歩進んだものの、どうしていいか分からずに立ちすくんだ。もし眠っているのなら、起こしたくはない。でも、悪夢を見ているのなら、目を覚まさせてやったほうがいいだろう。うめき声はいっそう激しくなった。

明らかに苦しがっている。

そのとき、別の音が聞こえた。異様な、場違いな音だ。ブルブルと低く震えるような音。キーボードを指でたたくように、ハリソンの背筋に震えが走った。この音は以前にも聞いたことがある。

ガラガラへビだ。

でも、どうしてガラガラへビがこのマンションに入り込んでいるんだ？

ハリソンは凍りついた。頭にさまざまな考えが浮かんでくる。クレオパトラとキャシー。エジプトコブラとガラガラへビ。女たちと毒へビ。

ブルブルという音が耳に響き、ハリソンは激しく動揺した。まずい。危険だ。何者かがミイラの格好をした男を刺した。弟は失踪し、古代のお守りは盗まれ、謎のパピルスが発見された。何者かがキャシーのマンションを荒らした。そいつが毒へビをハリソンのマンションに放り込んだのかもしれない。

「ハリー」キャシーがかすれた、苦しげなささやき声でハリソンの名を呼んだ。「ハリー、ハリー、ハリー」

もうかまれてしまったのか？

きっとぼくが廊下に出てきた音が聞こえたんだ。ヘビにかまれて、助けを求めているんだ。ハリソンははじかれたようにリビングに駆け込むと、電気をつけた。

キャシーは眠っているのでも、ヘビにかまれたのでもなかった。

ソファの真ん中でハリソンの名を呼び、見たこともないような最新型の大人のおもちゃでブルブルと音を立てながら、自分をなぐさめていた。

「キャシー！」あきれ返ったハリソンの声が、キャシーを包んでいた甘い官能の霧を打ち破った。

何よ？　この人、女がマスターベーションをしているところを見たことがないの？　ハリソンの顔に張りついた驚愕の表情から、きっとそうなのだろうと思った。

「ちょっと、おい！」ハリソンは叫んだ。「きみにはたしなみってものがないのか？」

実を言うと、大人のおもちゃで遊んでいるところを見つかったのが恥ずかしくてたまらなかった。でも、本当は自分がセックスに関して正直でも率直でも開けっぴろげでもないのだということを知られたくない。キャシーは布団を腰の上に引き上げると、明るい光の下でハリソンに向かって目をしばたたいた。

ああ、こんなに恥ずかしい思いは生まれて初めて。

「だから」さばさばと言ったが、本当はあまりの恥ずかしさに、全身が燃えるように熱くなっている。「どうだって言うの？　あなたが断るのがいけないのよ」

大人のおもちゃはシーツの下でブルブルと音を立てながら震えていて、ハリソンの目はそれがのたくっている箇所にくぎづけになっている。「ぼ……ぼくは……」

キャシーはため息をついた。男性が目の前で言葉を失うことは珍しくないが、こんなにも自分の考えがまとまらないのは初めてだった。この恥ずかしさを何とかする方法はただ一つ、ハリソンにも恥をかかせることだ。

「ちょっと、ハリー。わたしたち、二人とも大人でしょ。正直に言えばいいのよ。さっきのわたしを見てあなたも興奮したんじゃないの？」

「してない！」ハリソンは否定したが、その目がすばやくキャシーの腰の下を盗み見た瞬間、嘘だということが分かった。

ブルル、ブルル、ブルル……。大人のおもちゃが音を立てている。

「あの……そ……それを……」ハリソンは手を振って、震えながらゆっくりとマットレスの上を動いているものを示した。「それを止めてくれないか？」

キャシーは平然と肩をすくめた。何とかして冷静にふるまい、こんな状況でもまったく平気だというふうに見せかけなければならない。でも、内心は正反対だった。ぐっとつばを飲み込んで布団の中に手を入れ、おもちゃをつまみ上げた。

ハリソンに恥をかかせて、どぎまぎさせてやる。わたしが見た目ほど性的に奔放ではないなんて、知られてはだめ。

「ほら」キャシーはウィンクした。ハリソンに手が震えていることに気づかれないよう、そのことを指摘されないよう、祈るような気持ちで。〝ガラガラ《ラトラー》〟っていうおもちゃよ。このぶつぶつした頭のところが震えて……」

ハリソンの顔は真っ赤になっていた。このぶんなら、キャシーの顔も赤くなっていることに気づく心配はないだろう。彼は両手で耳をふさぎ、目をそむけた。

「そんなことまで教えてくれなくていい」

「そう？　でも分からないわよ」キャシーはからかうように言いながらも、今すぐ地面が割れて自分を吸い込み、頭の上でぴっちり閉じて、この状況から永遠に守ってくれればいいのにと思った。無謀な行動が裏目に出た、このみっともない状況から。「いつかあなたも、性能のいいおもちゃが欲しくてたまらないっていう女性とつき合うことになるかもしれないんだから」

「そんなことはありえない」

キャシーはおもちゃを振った。「ねえ、あなたは科学者でしょ。いつもあのジェドとかいうものをもてあそんでるじゃない。これだって気になるんじゃないの？　ほら、ここで電源を入れるのよ。ここでスピードを調節するの。スピードが速くなると、音も大きくなる」

われながらやりすぎだとは思ったが、今さら止められなかった。動揺していることが分かるそぶりを少しでも見せたら、自分が口で言っているほどセックスにオープンでないことがすぐにばれてしまう。

「分かった、分かった」

キャシーはダイヤルを回した。ガラガラヘビが三ダースもいるような音が部屋に響く。

「触ってみる?」

「いいよ、遠慮しておく。それは機械学の分野だ。ぼくは考古学者だから。科学といっても全然別なんだ。だからもうしまってくれ」

「かっこつけちゃって」キャシーはこっそりつぶやいたが、それも演技の一部だった。内心では、おもちゃをリュックにしまって視界から追い払うことができるのが、嬉しくてたまらなかった。

二人はそれぞれにほっとして、同時にため息をついた。

「きみみたいな人、初めて見たよ」ハリソンは頭を振った。

キャシーは何とかおどけた笑顔を作ったが、内心では夜の闇に逃げ出して、二度とハリソンと顔を合わせたくないと思っていた。「いい意味で?」

「さあ、どうかな」

ハリソンは手で髪をかき上げると、ようやくキャシーと目を合わせてくれた。暗い湖のような目に、欲望の色が浮かんでいるのが分かる。そして、彼がそのような衝動を怖れていることも。

今この瞬間、キャシーが何よりも望んでいたのは、ハリソンをベッドに引きずり込み、自分の上に乗らせることだった。でも、彼の表情を見る限り、今ここで過激な行動に出れば、たちまち心臓発作を起こしてしまう気がする。確かにハリソンは若いし、健康だ。でも、自分の体のことを知り尽くした、大胆な女性を相手にしたことはないのだろう。

「キャシー、きみには驚かされるよ。理解できない。どうしてそんなに……」

キャシーは首をかしげ、ハリソンを観察した。責めようとしているわけではなさそうだ。そんなふうにはまったく見えない。さっきだって、明らかに恥ずかしがりながらも、何をしていたのか知りたくてたまらないという顔をしていた。

「どうしてそんなに、何？」

「自分の体のことに奔放でいられるんだ？」

「あらベイビー、わたしは『コスモポリタン』の愛読者なのよ」キャシーはやっといつもの調子を取り戻し、生意気な口調で言った。「毎月欠かさず読んでるわ」

「ぼくもその雑誌を読んでみることにするよ」ハリソンは笑った。

「ねえ、わたしたち、すごくいいセックスができると思うんだけど」

「どうして？」

「だって、こういうことでしょ。わたしはロマンスを求めているけど、真剣なつき合いはしない。あなたは真剣なつき合いを求めているけど、ロマンスという発想はない。お互いに性的に強く惹かれ合っているのに、考えていることは正反対。でも、それって欲望をぶつけ合うには最高の組み合わせよ。シナモンアイスクリームみたいに、一見合わなそうなんだけど、食べてみるとすごくおいしいの。あなたさえうんと言ってくれれば、おもちゃなんか今すぐ捨てて、おたまじゃくしを泳がせてあげるのに」

ハリソンはまじまじとキャシーを見た。「理性を捨てないと、うんとは言えないな」

「それでいいのよ、ハリー。理性を捨てて、本能に身を任せるの」キャシーはささやくように言った。

ハリソンが身を乗り出した。キスしてくれるのかしら？　キャシーの胸は高鳴った。お願い、ねえ、お願いよ。キャシーはあごを上げ、唇を突き出して待った。

ハリソンの唇は、もう少しで届きそうなところをさまよっている。彼もキスしたいのだ。表情からそれが分かった。

「そうよ」キャシーはハリソンをけしかけた。「一生に一度くらい、やりたいようにやればいいじゃない。大胆で、むこうみずで、無責任なことをするの。こう考えてみて。アダムならどうするかって」

地雷を踏んでしまった。

すばやく体を起こしたハリソンは、勢いあまってコーヒーテーブルにつまずき、まともに尻もちをついた。「アダムならすべてをめちゃくちゃにするだろうな。現に今もそうなっている」

「分かったわ、アダムのくだりは取り消すから。彼のことは全部忘れて」

でも、もはや手遅れだった。ハリソンは床から立ち上がると、キャシーに向かって皮肉っぽく笑った。

「欲望をぶつけ合うというお誘いには惹かれるけど、現実には逆らえないよ。時間がないんだ。アダムは行方不明だし、それが本人の意思なのかどうかも分からない。誰かがきみのマンションを荒らした。ぼくの生活は崖っぷちだし、きみはもう少しで」ハリソンは人差し指と親指を二センチほどの間隔に近づけた。「刑務所に入れられるかもしれない。このタイミングで関係を始めるなんて、とても賢明とは言えないね」

13

夜が明けてすぐ、携帯電話がデジタル音で元気よく「ガールズ・ジャスト・ワナ・ハブ・ファン」を奏で始めたせいで、キャシーはハリソン・スタンディッシュ博士に関する非常に刺激的な夢から目を覚ました。

夢の中で、キャシーはセックスに対する彼のためらいを一つずつ解き放ち、その過程を大いに楽しんでいた。でも現実には、片目を開いたとたん、頭がずきずき痛んでいるのに気づいた。携帯を手探りしているうちに、ハリソンのソファからころげ落ち、脚にシーツを巻きつけたまま床にお尻を打ちつけてしまった。

携帯はキャシーをあざ笑うように、しつこく鳴り続けている。

勘弁してよ、シンディ・ローパー。

ようやくバッグから携帯を取り出すと、画面を開いた。着信表示を見て、うなり声をあげる。通話ボタンを押し、ジェリー・サインフェルド（アメリカの人気コメディ番組『となりのサインフェルド』の主人公）が天敵のニューマンに話しかけるときのような声で言った。「もしもし、フィリス？」

「クーパー、あなたどこにいるの？　自宅に電話したのに出なかったじゃない。留守電もセットしてないの?」

ハリソンのマンションにいると言うべきだろうか? いや、ここは質問をはぐらかしておいたほうがいい。「まだ……」言葉を切って、かすんだ目で腕時計を見る。「六時半じゃないですか。出勤まであと三時間もあるんですけど」

「二〇分以内に来なさい」フィリスは言った。「一人で。そのほうが身のためよ」

とたんに、ツーという音が聞こえた。

いやな女。

キャシーが顔を上げると、ハリソンが戸口に立っていた。めがねはかけておらず、髪はセクシーに乱れ、頬には最高に愛らしいシーツのしわの跡。ボクサーショーツにTシャツという格好で、眠そうに目をこすっている。ああ、寝起きのハリーはなんてかわいいの!

ハリソンはキャシーをじっと見た。「きみは……えっと……ぼくは……昨日の晩みたいに何かじゃましちゃった?」

キャシーは自分がシーツを足首に巻きつけたまま、床に倒れていることに気づいた。昨晩の記憶が頭によみがえってきて、またもや恥ずかしさでいっぱいになる。苦々しい気持ちでよろよろと立ち上がった。

「ううん、大丈夫よ。ただ、ここが自分の家じゃないってことを忘れてて、携帯を探してたらソファから落っこちただけ」やましいことは何もないのだと示すために、携帯電話を振ってみせた。

「ああ」ハリソンはキャシーの言葉を信じているようには見えない。

「フィリスからよ」何とかして、ハリソンに昨日見た光景を忘れてもらわなければ。「今すぐキンベルに来いって言われたわ」

「えっ?」

「えっ、よね。フィリスは怒ってたみたいだった。やばいかも」

「一緒に行くよ」

「ううん、いいのよ。わたしの問題だから。一人で何とかするわ」

「よくないよ。きみをごたごたに巻き込んだのはぼくだ。ぼくが何とかする」

「あなたが責任を感じることはないわ。フィリスはもともとわたしをクビにするチャンスをうかがってたんだから」

「意地を張るなって。着替えてくるよ」

フィリスは一人で来いと言った。ハリソンを応援に連れていくのは構わないのだが、フィリスをこれ以上怒らせたくはない。

「ハリー」キャシーが言うと、ハリソンは廊下を半分進んだところで立ち止まった。振り返ってこっちを見る。「二手に分かれたほうが、効率よくアダムの捜索ができるんじゃないかしら。今の時点でかなり時間を無駄にしてるから」

ハリソンは黙って、キャシーの言ったことを考えた。

「だから、美術館まで送ってくれるだけでいいわ。あとで連絡して、状況を報告するから」

「ここで落ち合ってもいい」ハリソンはキッチンに行き、戸棚の引き出しから鍵を取り出した。「入るときはこれを使って」

「まあ、家の鍵をくれるのね。ハリー、これは大きな進展だわ」

「冗談はいいよ。本当についていかなくても大丈夫？」

「大丈夫よ」

「分かった」ハリソンは納得した。「捜索の計画を立ててみたんだ。アダムはこっちに戻ってるとき、ウェストオーバーヒルズにある父親の家に泊まることがある。きみが美術館に行っている間、ぼくはそこに行くよ。使用人に話を聞いてみる。誰かアダムから連絡を受けているかもしれないから」

「了解」

フィリスの二〇分というタイムリミットまであと二分というところで、キャシーはボルボから飛び降り、キンベルの階段を駆け上がった。キュレーターのオフィスにすべり込んだのは、三〇秒前だった。フィリスが雷雲のような顔をしていたのは予想どおりだったが、驚いたことにイアフメス・アクヴァルがフィリスの席に座っていた。

イアフメスはキャシーを見ると、立ち上がってうやうやしくおじぎをした。「ミス・クーパー」

「ミスター・アクヴァル」キャシーは手を差し出した。イアフメスはその手を取ると、口元に持ち上げ、手の甲にキスをした。

「お座りなさい、クーパー」フィリスが吠えた。

女上司の表情を見ると、想像以上に面倒なことになっているようだ。助けて！　キャシーはハリソンを連れてこなかったことを、心底後悔し始めていた。

胸騒ぎを覚えながら座ると、イアフメスも座った。フィリスはキャシーの目の前に立ったまま、胸の前で腕を組んでデスクにもたれている。

「よく分からないんですけど」キャシーは言った。「どうしてミスター・イアフメスがいらっしゃるんですか？」

「わたしからミス・クーパーに説明してもいいですか？」イアフメスがフィリスにたずねた。話を進める許可を取るとは、フィリスの機嫌を損なわない方法を心得ているらしい。

「もちろんですわ、ミスター・アクヴァル」フィリスはイアフメスに向かってにっこりほほ笑んだ。「どうぞお話しください」

イアフメスは咳払いをした。「ミス・クーパー、あなたはこの数日間で、スタンディッシュ博士とかなり親しくなられたようですね」

キャシーは椅子の上でもぞもぞと体を動かした。何が言いたいのだろう？「親しいというほどではありません。お互いのことはあまり知りませんから」

「でも、悲劇の恋人展の準備で一緒に仕事をされて、この……」イアフメスは言葉を切った。

「殺人ミステリー劇場も一緒に計画されたんですよね」

「ええ、まあ」キャシーは何と答えていいか分からず、返事をにごした。フィリスを横目でちらりと見る。エジプトの役人に嘘はつきたくなかったが、フィリスとの間にできた溝をこれ以上広げるわけにもいかなかった。「何をおたずねなのか分からないんですけど」

「たわごとはおやめなさい」フィリスが叫んだ。キャシーのほうに身を乗り出し、脅すようににらみつけながら、人差し指を振った。今にもテーブルの上の電気スタンドをつかんでキャシーの顔を照らし、ゲシュタポ風のアクセントでしゃべりだしそうだ。〝おまえの口を割らせる方法はあるんだ〟

「どういうことですか？」キャシーの声はうわずり、かすれていた。落ち着かなければ。ああ、こんなことになるなんて思わなかった。それに、嘘をつくのは苦手だ。

「本当のことを言いなさい。殺人ミステリー劇場なんて存在しないんでしょう？」

キャシーは古くなったクッキーのように、ぼろぼろと崩れた。「ええ、そうです。あれはわたしたちの作り話です」

「はは！」フィリスは勝ち誇ったように言った。「やっぱり企画書なんかなかったのね。警察を呼ぶわ」

フィリスが電話に手をかけたので、キャシーは受話器を置かせる方法はないかと必死で頭をめぐらせた。そのとき、イアフメス・アクヴァルが手を伸ばして、フィリスから電話を取り上げた。

「やめてください」イアフメスは言った。「警察は呼ばないで。今はまだ」

「どういう意味ですか？　警察を呼ぶなって」フィリスはイアフメスをにらみつけた。「陳列ケースに粉をかけて指紋をとってみたら、二種類しか出なかったんですよ。指紋認証のデータと照合してみたら、クーパーとクライドのものでした」

「ミス・クーパーの指紋がついているのは当然でしょう。個人的には、ミスター・ペタロナスもミス・クーパーも盗難にはかかわっていないと思っています。本物の泥棒なら、手袋をはめるのが普通ですから。ただ、ミス・クーパーは自分でも気づかないうちに、スタンディッシュ博士と弟のアダム・グレイフィールドに操られているんでしょう」

フィリスはキャシーが手錠をかけられ、ブタ箱にぶち込まれるところが見られないのが残念でたまらないという顔をした。

「ミス・クーパー、あなたはお守りを盗んだのですか？」イアフメスがたずねた。

これには正直に答えることができる。「いいえ、盗んでいません」

フィリスは鼻を鳴らし、何か言おうとしたが、イアフメスに冷ややかな視線を向けられて口を閉じた。

「ミス・クーパーは重要な情報提供者になってくれるはずです」イアフメスは言った。

「何ですって？」キャシーは目を見開き、いつものおばかなブロンド娘モードを全開にした。

「意味が分からないんですけど」

「殺人ミステリー劇場はスタンディッシュ博士のアイデアですか？」イアフメスはたずねた。

「お守りが盗まれたあと、話を合わせるように言われたんですか？」

「はい」キャシーは認めた。「でも、やっぱり何がおっしゃりたいのか分からないわ」

「キャサンドラ、よく考えなさい」フィリスが言った。「わたしがあなたをクビにすると言ったら、スタンディッシュが殺人ミステリー劇場のアイデアであなたを助けようとした。どうしてそんなことをしたのかしら?」

「分かりません」キャシーは肩をすくめた。でも、頭の奥からささやき声が聞こえた。確かに、どうしてかしら?

「たまには頭を働かせてみなさい」フィリスはかみついた。

イアフメスはフィリスに向かって眉をひそめると、穏やかな口調でキャシーに話しかけた。「わたしの考えではこうです。スタンディッシュ博士は、ミズ・ランバートがあなたを解雇するチャンスをうかがっていることに気づいていた。彼はミイラに扮した弟とともに、あなたを困らせるような小芝居を打った。それから、あなたが断れないような申し出をして、協力を取りつけたのです」

キャシーは息をのんだ。「意味が分かりません。どうしてハリソンがそんなことをするんですか?」

「あなたに窃盗の罪を着せるためよ。あなたが刑務所に入れば、二人はお守りを持って無事に逃げられるじゃない」フィリスは指をパチンと鳴らした。「考えれば分かることでしょ」

「それなら、どうしてハリソンはわたしを助けようとしたんですか? わたしはすでにフィリスにお守りを盗んだと責められていたのに。そのまま逮捕させればよかったんじゃないですか?」

「タイミングの問題です」イアフメスが言った。「それに、スタンディッシュ博士はあなたに証拠を仕込んで、間違いなく有罪にする必要があった」

「証拠？　例えば？　もし二人がお守りを持っているなら、わたしにどんな証拠を仕込むっていうの？」

「展示用のほかの遺物ですよ」

パピルスの巻物のこと？　あの荷物引換証やら木箱やらはそのためだったの？　スパンキー・フレブリゾも一枚かんでたのかしら？　みぞおちのあたりがむかむかしてくる。

「わたしは無実です。調べてください」キャシーはバッグをつかんでイアフメスに突き出した。「どうぞ。調べてよ。バッグの中も、家も調べてください。隠すものなんて何もないんだから」そのとき、ある考えが頭に浮かび、キャシーはバッグをひざに戻した。

「ちょっと」イアフメスを指さす。「昨日の晩、わたしのマンションを荒らしたのはあなたじゃないの？」

もしこの男が犯人だったとしても、よっぽど用心深いらしい。イアフメスの表情はぴくりとも動かなかった。「あなたのマンションが荒らされたんですか？」

「そうよ？　何か知ってるんじゃないの？」

「知りません。きっと、ご友人のスタンディッシュ博士が証拠を忍ばせるために、押し込みを偽装したんでしょう」

「それは無理よ。夜はずっとわたしと一緒にいたんだから」

「でも、弟のほうにはできたでしょう」

確かに。

イアフメスは椅子の背にもたれ、両手の指先を合わせた。「ミス・クーパー、ミノアン・オーダーのことをお聞きになったことは？」

ちょうど昨晩聞いたばかりだ。教えてくれたのはハリソン。「絶滅した秘密結社ですよね？」

イアフメスは首を横に振った。「絶滅はしていません。ミノアン・オーダーは生きながらえ、現代社会に根を下ろしています」

「うーん、信じられないわ」キャシーはまったく興味がないふりをしたが、心臓は狂ったように脈打ち、口の中は恐ろしいほどに乾いていた。

「この結社のメンバーは、お守りが再結合すれば、遠い昔に失われた秘密がよみがえると考えているのです。実際、ミノアン・オーダーは盗んだ遺物を売ろうとした罪で、何度か捕まっています。連中が遺物を盗んでいることは、われわれもずいぶん前につかんでいたのですが、その手口だけが分かりませんでした。あなたのご友人のスタンディッシュ博士がその鍵を握っているのです」

「秘密って、何の秘密ですか？」

「わたしにはそれを口外する権利はありません」

「錬金術？　気象を制御する術？」ドク、ドク、ドクと心臓が音を立てている。

「もっと魅力的なものですよ、ミス・クーパー」イアフメスは思わせぶりに言った。

「あなたはそれを信じているの？」

「信じてはいませんが、そんなことはどうでもいいのです。この結社のメンバーはそれを信じていますし、自分たちの目的を果たすためには手段を選びません。わが国政府とわたしは、スタンディッシュ博士と異父弟のグレイフィールド博士を、二人ともミノアン・オーダーのメンバーだと考えています」

「本当に？」

「こんな話がすぐに信じられないのは分かっています。ミノアン・オーダーのシンボルはご存じですか？」

「ええ。二重のリングにミノタウロスがついているんでしょう？」

「そのとおりです」

キャシーとイアフメスはじっと見つめ合った。「それで？」

イアフメスはそばに置いてあったブリーフケースをつかんで中を開け、ハリソンの名前が記された大学の学期末レポートをキャシーに渡した。キャシーは文書にさっと目を通した。手が震えたが、何とか抑えようとする。

「つまり、ハリソンはミノアン・オーダーに関するレポートを書いたってわけね。だから何なの？　たいしたことじゃないわ」

「ミノアン・オーダーにとってはたいしたことなんです。それに、アダム・グレイフィールドは左の肩甲骨にミノタウロスのタトゥーを入れています」

「タトゥーを入れてる人なんて大勢いるわ」

「あの兄弟はギリシャに共同で建物を所有しています。酒場です。そこの名前をお教えしましょうか？」

「〈ミノタウロス〉とか？」

イアフメスはキャシーに冷ややかな笑顔を向けた。「もちろん、これだけでは二人がミノアン・オーダーにかかわっているという決定的な証拠にはなりません。でも、全体として見れば、疑われても仕方のないことをしているのです」

嘘よ。キャシーには、イアフメスの話はとても信じられなかった。

でも、エジプトの考古庁の高官がこう言っているのに、それでも味方ができるほど、わたしはハリーのことを信頼しているの？　彼が実は何かを隠しているという可能性を、簡単に否定できる？

「百歩譲って、あなたの疑惑が本当だとするわ。でも、だからってハリソンとアダムがそれぞれキンベルからお守りを盗んだことにはならないと思うんですけど。だって、もともと自分たちが発見したんだから、発掘現場からそのまま持っていけばよかったでしょう？」

「あなたは、エジプトやギリシャでの発掘事情をご存じないようだ。これらの国では、何世紀にもわたって遺物が略奪されてきたせいで、政府は神経をとがらせているんです」

「どういうことですか？」

イアフメスはどこまでも辛抱強いようだった。一方フィリスは、キャシーを鋭くにらみつけながら、カーペットの上を歩き回っている。

「発掘現場には武装した警備員が配備されています。発掘の際には大量の書類を提出し、大勢の人間の許可と監督を求めなければなりませんし、記録もさまざまな場所に保管されます。遺物が発掘されれば、ただちに考古庁の所有下に置かれます。だから、発掘現場やその国内では、遺物を盗むのはとても難しい。遺物が国外の博物館に貸し出されたときが、一番のチャンスなのです」

「そうだったの」キャシーは言った。

「それに、政治的な要素もあります。お守りの片方はエジプトで、もう片方はギリシャで発見されました。両国とも、自分のほうの片割れを相手側に渡したくないと考えています。でも、ミノアン・オーダーにとっては、ばらばらでは意味がありません。失われた秘密を取り戻すには、どうしても再結合が必要なのです」

「どうしてあなたは昨日の晩、お守りが盗まれたときに出てこなかったんですか？　どうして警察を呼ばなかったのかしら？」

「一つには、こちらの国の当局を信用していないからです。それに、スタンディッシュ博士に対する確かな証拠もありませんからね。でも、そこへあなたが登場した」

「それで、結局どういうことなの？」キャシーがいらいらとデスクを指でたたくと、フィリスがとがめるような目を向けてきた。

「盗難もミノアン・オーダーも、スタンディッシュ博士と結びつけるにはもっと証拠が必要です。そこで、あなたに彼と親しくなっていただきたいのです。彼の信用を得てください。油断させることができれば、ガードもゆるむはずです。あなたのように美しい女性にとっては、難しいことではないと思いますが」

「どうかしら。汚いやり方だわ。陰険よ」

「あなたが躊躇されるのは分かります」

「ちょっと考えさせてほしいんですけど」

「ばかね」フィリスがデスクに両手をついた。「わたしが分かりやすく説明してあげましょうか？　あなたの選択肢はこうよ。わたしたちに協力すれば、スミソニアンで夢の仕事に就くことができる。スタンディッシュに協力するなら、貴重な遺物を盗んだ罪で刑務所送り」

14

ウェストオーバーヒルズにあるグレイフィールド大使の邸宅に車を走らせる間、ハリソンは胸がざわついて仕方なかった。どうしてフィリスは朝の六時半からキャシーに電話してきたんだろう？　キャシーを一人で行かせたのは間違いだっただろうか？

あのときは、二手に分かれるという案は合理的に思えた。タイムリミットは迫っているし、打つ手はできるだけ多いほうがいい。でも、改めて考えてみると、あまりいい方法ではなかったかもしれない。

頭の中でしつこく渦巻いている疑問が一つあった。もしキャシーが口を割り、ぼくを見捨てたらどうする？　もともと、簡単に人を信用できる性格ではないのだ。

トム・グレイフィールド邸の正門に着き、インターホンに暗証番号を打ち込むと、門が開いた。家の使用人たちに、アダムを見かけたり、連絡を受けたりしていないかたずねるつもりだった。ところが思いがけず、トムのお抱え運転手、アンソニー・コーバが裏口のポーチで煙草を吸っているのが見えた。

アンソニーはハリソンが私道を通ってくるのに気づくと、かかとで煙草をもみ消した。

「ハリソン」にっこり笑いながら声をかけてくる。「お会いできて嬉しいです。お久しぶりですね」

「ああ、久しぶりだね」ハリソンは運転手と抱き合った。アンソニーは、ハリソンとアダムが休暇中にギリシャにいるトムを訪ねたときはいつも、アテネの空港から送り迎えをしてくれていた。

「お元気そうで」アンソニーはハリソンを眺めた。

「きみも。トムはいる？」

アンソニーはうなずいた。「美術館の展示会のために戻っていますよ。今日はこのあと、オースティンにある州知事のお宅での催しに招待されています」

「トムが美術館の展示会に？　会わなかったけど」

「いえ、それが」アンソニーは首を横に振った。「飛行機が遅れてしまって」

「ハリソン、元気だったか？」深みのある声が、ハリソンを抱擁するように温かく包み込んだ。裏口からトムが出てきたのだ。「そんなところで運転手と世間話などせずに、入ってきなさい」

「おはようございます」ハリソンはトムについて家の中に入った。トムは力強くハリソンの背中をたたいた。トムは長年ハリソンにとてもよくしてくれ、時には父親代わりも務めてくれた。

「書斎に行こう」トムは玄関を通り、広いホールを抜けて自分の書斎に向かった。高価な革の家具と狩猟戦利品、上等なスコッチとキューバ葉巻がずらりと揃った豪華な部屋だ。

　ハリソンがここを訪れるのは数年ぶりだったが、家の中はほとんど変わっていなかった。この家に来ると、いつも落ち着かない気分になる。広すぎるし、派手すぎるし、死んだものが多すぎる。

「座ってくれ」トムはあごで椅子を示すと、自分もデスクの角に腰かけ、保湿器《ヒュミドール》からキューバ葉巻を取り出した。「元気にしてたか？」

「はい。あなたは？　大使のお仕事はどうです？」

トムは笑い、手を振って自分のまわりを示した。金の印章指輪《シグネットリング》に光が当たってきらりと光る。「文句を言ったらばちが当たるよ」

　ハリソンは椅子に身を沈めた。向かい側の壁から、ヘラジカがとがめるような目でこっちを見ている。

「人づてに、きみとアダムが再会セレモニーに殺人ミステリー劇場のアイデアを取り入れたと聞いたよ。いい宣伝戦略じゃないか」トムはうなずき、特製の金の握り手のついたはさみで葉巻の端を切り落とした。「アダムが思いついたんじゃないのか？　あいつはほらを吹く才能には恵まれてるからな。父親に似たんだ」

「殺人ミステリー劇場なんて嘘です。ぼくが時間稼ぎのためにひねり出した作戦で」ハリソンはアダムの失踪について、どこまで話すべきか考えた。トムをむやみに動揺させたくはない。でも、もし息子がトラブルに巻き込まれているのなら、父親にはきちんと状況を伝えなければならないだろう。

「そうなのか？」トムはジッポーで葉巻に火をつけると、ゆっくり吸い込み、煙の輪を吐き出した。「どういうことだ？」

ハリソンは話すことにした。力になってくれるかもしれない。「アダムはキンベルに来なかったし、ソレンも届いていないんです」

「何？」トムはうなった。「またいつもの悪い癖が出たんじゃないだろうな？」

「あなたにも連絡がないんですか？」

「ああ」

これで、悪ふざけやスタンドプレーなどではないということがはっきりしてきた。アダムが煙のように消えてしまうなんて、いったいどういうことだ？　どうやら事態は深刻なようだ。「アダムはあなたが展示会のためにこちらに戻っていることは知らなかったんですか？」

「どたんばで決めたからな。展示会に間に合うかどうか分からなかったし、実際間に合わなかった。飛行機が遅れてしまってね。大西洋上空が荒れ模様だったんだ」

ハリソンは椅子の上で姿勢を直し、革のひじ置きを両手でつかんだ。アダムの安否に思いを馳せる。二人の間にはいつも、ぎくしゃくした空気が流れていた。ハリソンは突然、一からやり直したいという気持ちになった。アダムを許してやりたい。父親がいることも、ジェシカを奪ったことも、面白い、カリスマ性のある人間であることも。

ああ、この部屋にアダムがいれば。長い間批判の目を向けてきたことも、距離を置いてきたことも、全部謝ることができるのに。兄らしいことを何一つしてやれなかったことも。もう一度チャンスをくれと言いたい。今さら許してくれるかどうかは分からないけれど。

ハリソンは打ちひしがれ、責任のようなものを感じた。

もしアダムに何かあったら、これから胸を張って生きていく自信がない。

トムはハリソンの顔をじっと見た。「アダムはまたきみを見捨てたんだな」

「今回は違うと思うんです。本当にトラブルに巻き込まれているという予感がして」

「気づかってくれるのはありがたいが、単刀直入に言ってくれ、ハリソン。きみは予感なんてものを本気で信じる男じゃない。気を悪くしないでほしいんだが」

「分かってます」

トムの言うとおりだ。反論の余地はない。ハリソンは感情にとらわれず、論理を追究するように育てられてきた。ダイアナを知る人間ならみんな知っている。ただ、その教育もアダムには通用しなかったわけだが。

「お母さんには話したのか？」

ハリソンは首を横に振った。

トムは笑った。ダイアナを出し抜けたことを喜んでいるのだ。「じゃあ、わたしのところに先に来たんだな」

「アダムなら、母に知らせるのは最後の手段にしてほしいと思うでしょうから」

「賢明な判断だ。ダイアナにしぼられたいという人間はいないよ」トムは床に足を下ろし、部屋の隅にある流しつきのバーに向かった。「なぜ、アダムがトラブルに巻き込まれていると思うんだ？」

トムはスコッチを注いだ。朝の七時半から酒？　トムはハリソンの表情に気づいたのか、言い訳するように言った。「ギリシャではもうすぐ夕方だからな」

ハリソンはその言葉は聞き流し、さっきの質問に答えた。「携帯がつながらないんですよ。何度もメッセージを残したのに、かけてこない。だから本気で心配になってきたんです」

「いつもどおりのアダムという気がするが」

ハリソンは深く息を吸い込んだ。「分かりました。心配をおかけしたくなかったんですけど、全部話します」ハリソンは昨晩起こったことを最初から詳しく説明した。

トムは酒を多めにあおった。「実際はどうだか分からないが、アダムに都合よく解釈してやるとすれば、誰かに追われているということだな。きみの考えは？」

「また高利貸しに大金を借りているんじゃないかと思っています。ソレンの発掘資金として借りた金を、賭け事に使ってしまったのかもしれない」

トムは首を横に振った。「それはない」

「どうして？　前にも同じようなことがあったでしょう」

「今回はわたしが金を出したからだ」

ハリソンは驚いた。アダムはこれまで一度も、トムに発掘資金の援助を受けたことはない。トムの指図を受けるのがいやだからだ。「理由を聞いてもいいですか？」

トムはにやりとした。「きみだよ」

「ぼくですか？」

「きみに栄光を独り占めさせたくなかったんだよ。きみがキヤを発見したことで、アダムの負けず嫌いに火がついたんだ。どうしてわたしがこの展示会に出席することにしたと思う？」

「アダムがぼくを負かすところを見るためですか？」

トムは誇らしげな父親の顔になったが、それは二秒で消えた。「でも、またあいつには失望させられたよ」

ハリソンの中に割り切れない感情が湧き起こった。今までなら押し殺し、無視することのできた感情だ。ところが、キャシーと行動をともにし始めてから、自分の感情を抑えるのが難しくなってきていた。

「きみはいつも考えすぎるから」トムは酒を飲み干すと、立ち上がった。ハリソンに近づいてきて、肩をつかむ。シグネットリングが肌に食い込む感触に、ハリソンは落ち着かないものを感じた。「心配するな。アダムは戻ってくる。いつもどおり。それも、大ぼらをこしらえてね」

ハリソンはトムに、アダムがミノア象形文字を解読したことを知っているかたずねようと思ったが、やめておいた。この知らせはアダムが自分で父親に伝えたほうがいい。トムがミノアン・オーダーのマニアであることを考えれば、なおさらだった。ソレンの発見と同じくらいの大手柄なのだから。それに、なぜだか分からないが、その話をすればアダムには二度と会えないのだと認めることになる気がした。

「ええ、きっとおっしゃるとおりでしょう」トムの言葉を信じたかったが、どうしてもそのとおりだとは思えない。ハリソンは部屋を出ようと立ち上がった。

「アダムが何か言ってきたら、わたしにも連絡をよこすよう言ってくれ。腹の立つことも多いが、愛する息子であることに変わりはないから」

キャシーはフィリスのオフィスを出た瞬間、ＦＢＩに勤める義理の兄、デイヴィッドに電話をした。

「よう、キャス。おれの一番のお気に入りの義理の妹よ、元気か？」

「デイヴィッド、あなたの義理の妹はわたし一人でしょ」

デイヴィッドは笑った。「それでもきみはおれのお気に入りだよ」

「口がうまいんだから」

「どうした？」

「お願いがあるの」

「きみのためなら何でも」

「ある人の身元を調べてほしいのよ」

「キャシー、何かトラブルに巻き込まれてるんじゃないだろうな？」デイヴィッドが鉛筆で何かをこつこつとたたく音が聞こえた。

「デイヴィッド、いらいらしてる？」

「おれはいつもいらいらしてるよ。そこらじゅうで人が死んでるからな。でも、質問をはぐらかさないでくれ。何かトラブルに巻き込まれてるのか？」

「いいえ。たいしたことじゃないわ」

「たいしたことじゃない？　気になる言い方だな」

「お願いだから、あれこれ質問しないで、頼みだけ聞いてくれない？」

「おいおい、そんな約束はできないよ。質問をするのが、おれの仕事だ」

「わたしのためなら何でもやってくれるって言ったじゃない」

デイヴィッドはため息をついた。「分かったよ。詳細を教えてくれ」

「ハリソン・スタンディッシュという考古学者よ。エジプト政府の関係者からこの人に関する悪い話を聞いたんだけど、それが本当かどうか知りたいの」

「どんな話だ？」

「エジプト政府の役人が、ハリソンはミノアン・オーダーのメンバーじゃないかと疑ってるの。このグループのことは聞いたことある？」

「ああ。それは確かに悪い話だ」

「じゃあ、ミノアン・オーダーは実在するのね？」

「残念ながらそのとおりだ。キャシー、一つだけ助言したいことがある。その男とは手を切れ、今すぐにだ。危ない橋は渡るな」

「手を切るわけにはいかないのよ」

「やっぱりな。そう答えると思ったよ。なぜこの情報が必要なのか、教えてくれるか？」

「教えられない。今は無理なの」

「分かったよ」デイヴィッドは言った。「調べてみる。でも、何か面倒なことが起こったら、すぐに連絡しろ。おれは飛行機で三時間半のところにいるんだからな」

「ありがとう、デイヴィッド。本当に助かるわ」

「いいんだよ」

「あ、あと一つお願い」

「何だ？」

「マディーには言わないで。またドゥエイン・アームストロングのときみたいになると思われそうだから」


倉庫では、ミイラがようやく自分の石棺を見つけたところだった。

ミイラは一晩中、力を振りしぼっていた。記憶はいくら頑張っても戻ってこなかったが、手首のダクトテープは金属板で切ることができた。手首は切り傷だらけになったが、構わなかった。連中が戻ってきて拷問を再開する前に、ここから逃げ出さなければならない。

そして、キヤを探しに行くのだ。

石棺は波形のブリキ板が高く積み重なった裏に隠されていた。ミイラは逃げ道を探して這い回っていたが、肩甲骨の間の刺すような痛みをかばいながらでは、倉庫中を調べるのに三時間以上かかった。最初に思いついたのは、金属板を窓の前に運んでいって、窓の下枠に届くまで高く積み上げることだった。

この方法がうまくいかないことは、頭では分かっていた。金属板は大きすぎて持ちにくく、ミイラの手には負えなかった。でも、ほかに方法が思いつかないので、必死でこの現実味のない計画にしがみついていた。

そして、金属板と格闘しているとき、たまたまこの石棺を見つけたのだ。

嬉しい驚きだった。

凝った装飾が施されたこの棺を窓のところまで引きずっていくことができれば、端のとがった、すべりやすく薄いブリキ板よりも、よっぽど上りやすい踏み台になりそうだった。

でも、棺を動かそうとしたとき、今度は嬉しくない驚きがやってきた。弱りきったこの体では、棺は一度に五センチほどしか動かせないのだ。ミイラは床に座ってあえぎながら、石棺を見つめた。肺が苦しくて、今にも破裂しそうだ。

キヤ。キヤを助けなければ。ネバムンに秘密の巻物を見つけられる前に、キヤのところに行くんだ。

どこから巻物のことが出てきたのか、どういう意味なのか、自分でも分からなかった。ミイラは目を閉じ、集中しようとした。

考えるんだ。

飛び散った記憶のかけらが、宙に浮かんでいる。でも、手が届かない。

こっちに来い、来るんだ。

はかない記憶はたちまち消えていった。それでも、不吉なことが迫り来る予感は、今も胸のあたりで渦巻いている。

どうして思い出せないんだ?

とにかくここから出ろ。記憶のことはあとで心配すればいい。出ろ。出ろ。出ろ。

キヤのところへ行け。

ミイラは両手を床につき、ひざを曲げた。足で石棺を押し、金属板の高い山の間のせまい空間を進めていく。今回は、一度に一〇センチほど動かすことができた。

肩甲骨が引き裂かれるような痛みを感じたが、気にしている暇はない。とにかくここから出なければ。ミイラは尻をもぞもぞと押し出してひざを曲げ、もう一度棺を押し出した。

もう一度。

もう一度。

もう一度。

一時間後、石棺は窓の下まで動いた。これで、倉庫という監獄の外に出るための足がかりができた。

ミイラは笑みさえ浮かべそうになった。それほど心が浮き立っていた。金めっきの施された棺の顔の部分を両手でつかんで、震える体を棺の上に引き上げる。その高さ一メートルほどの小さな山の頂にたどり着くと、体を横たえて休み、頭をもたげて窓を見上げた。

甘美なる自由よ。

その味さえ舌に感じられるようだった。

ただ、窓は石棺の上からさらに二メートルほど高いところにある。ミイラはつま先立ちになってひんやりした壁に胸をつけ、窓の下枠に向かって腕を伸ばした。

あと数ミリというところで、指先は下枠に届かなかった。やはり金属板を持ってこなければならないのだ。それはつまり、棺から下りて、ずきずきと痛む背中に加工されていないとがった金属板を背負い、倉庫内の空間を引きずってこなければならないということだ。何度も、何度も。

背中の傷はすでに、ぐつぐつ煮立つ大鍋のように痛んでいるというのに。

ミイラは泣きたくなった。歯を食いしばり、まぶたの裏にこみ上げる涙を押しとどめる。こんなにも孤独で、虚しく、絶望的な気分になったのは初めてだった。

いや、そもそも記憶がないのだ。思い出せるはずがない。

自分を哀れむのはやめろ。さっさとケツを上げて、動くんだ。

この力強い心の声がどこから聞こえるのかは分からなかったが、とにかくミイラは気力を取り戻した。石棺からすべり下りると、強い決意を胸にもう一度作業を始めた。

数時間後、ミイラは石棺の上に戻っていた。ふたには何枚もの金属板が積み上がり、少しずつ傾斜して床まで届いている。これであと三〇センチは上に行くことができる。ただし、この不安定な踏み台からすべり落ちなければの話だ。

今度は手を伸ばすと、窓の下枠をつかむことができた。あとは窓まで体を引き上げればいい。

一四回試したあと、ミイラは床に倒れ込み、血と汗を流し、吐き気に襲われながら、もう死ぬしかないと思った。

あいつらに殺されるのを待とう。こんな思いをするくらいなら、死んだほうがよっぽどましだ。

でも、キヤがおれを必要としている。おれを待っている。長い間待ち続けているんだ。

その思いが、弱っていた心を奮い立たせた。ミイラは再び、金属板が積まれた石棺をよじ登った。深呼吸し、体に残った最後の力を振りしぼって、心に秘めたキヤへの愛をすべて込め、窓に飛びかかる。

やった。

胸が窓の下枠に当たり、両手は左右の枠をがっちりとつかんだ。壁にかけた足をふんばり、それを支えにさらに高く体を押し上げる。

金属板が石棺からすべり、床に落ちたが、構わなかった。踏み台はもう必要ない。

あと少しだ。

そのとき、かちりと不吉な音がし、倉庫のシャッターが上がるきしんだ金属音が聞こえた。

キャシーはハリソンの部屋の外で、手の中の鍵を見つめていた。

ここが運命の分かれ目だ。

本当にハリソンを信じていいのだろうか？　見た目どおりに受け取っていいのか？　この場を離れて、携帯電話を取り出し、ハリソンにかけて、あったことを正直に話せばいい？

それとも、イアフメス・アクヴァルを信じればいいの？

でもここまで来たら、信じる、信じないの問題ではなかった。イアフメスとフィリスの言いつけにそむけば、マンションの鍵まで預けてくれるほど自分を信用してくれている男のことをスパイしなければ、お守りを盗んだ罪で逮捕されてしまうのだ。

しかも……と、キャシーの中の男性不信な部分がささやいた。もし、イアフメスの言うことが正しければどうする？　ハリソンがわたしをだまそうとしていたら？

この問題を解決する方法はただ一つ。証拠を探せばいいのだ。もしハリソンの関与を示すものが何もなければ、胸を張ってイアフメスに報告すればいい。

でも詮索すれば、ハリソンを裏切ることになるのでは？

それでも、知る必要がある。

キャシーは鍵穴に鍵を差し込んだが、すぐには回すことができず、相変わらず心の中で葛藤を続けた。これまで自分がかかわってきた男たちのことを考える。父親、ドゥエイン、コラージュの壁になっている彼氏たち。誰もに何らかの形で裏切られてきた。ハリソンだけが違うなんてことがあるだろうか？　それに、彼に何か恩があるわけでもない。

キャシーは心を決め、鍵を開け中に入った。

「ハリー？」

マンションの中の静けさは、城にめぐらされた堀のように深かった。

「ねえ、ハリー、帰ってるの？」

返事はない。

心臓はどくどくと音を立て、喉はからからに乾いて、つばを飲み込むのもやっとだ。泥棒のように忍び足でカーペットを進み、ハリソンの仕事部屋に向かう。

床板がきしみ、キャシーは一〇センチも跳び上がった。

びくびくしないの。ハリーはいないんだから。

仕事部屋のドアはきっちり閉じられていた。

新たな障壁だ。再び良心との戦いが始まった。でも、ここまで来たからには、ドアの内側にあるものを見届ける覚悟を決めた。

仕事部屋には大量の本と書類とエジプトの遺物が置かれていたが、どれもきちんと整理されていた。三面の壁には本棚が並んでいる。四つ目の壁はデスクとパソコン関係の機器で占められている。モニターの上の棚にはデジタルカメラが置かれ、一番近い本棚にはアルバムが三、四冊、積み重ねられていた。パソコンデスクの隣には、小型冷蔵庫が置かれている。扉を開けてみると、少量の食べ物と水のボトル、ソフトドリンクが入っていた。

この部屋はハリソンの安息の場。彼の隠れ家なのだ。

キャシーは遺物のコレクションを調べ始めたが、すぐにあることに気がついた。たとえ証拠が目の前に現れたとしても、自分には分かるはずがないのだ。研究日誌を数冊、ぱらぱらとめくっていると、目がかすんできた。こんなもの、理解できるはずがない。部屋はハリソンのにおいがした。研究熱心で、知識の深いハリソン。そう、彼はキャシーとは比べものにならないほど頭のいい人なのだ。

ここにいてハリソンの持ち物を調べていると、自分の無能さを思い知らされる気がした。彼のような男性が、いつまでも自分に興味を持ってくれるはずがない。性的に惹かれ合う気持ちが消えれば、共通の話題など何もない。二人を結びつける要素は何一つないのだ。

だから何？　別に真剣につき合おうとしているわけじゃないんだから。

そもそも、どうしてこんなことを考え始めたのだろう。自分にないものを持っている相手を求めるなんて、よくある話ではないか。

パソコンを立ち上げて、ハリソンとアダムがお守りの盗難を計画して自分をはめようとしている証拠を探すことも考えた。でも、そこまでの心の準備はまだできていない。

そこで、アルバムを見ることにした。写真は大好きだ。写真というのは普通、その人の人生で楽しかった時間をとらえているものだから。幸せだったときのハリソンを見てみたい。

一冊目のアルバムには、発掘現場と遺物の写真しかなかった。あちこちに誰かの靴やひじは写っているが、クリスマスや誕生日や夏休みのアルバムとはほど遠い。

人間を写したアルバムですらなかった。

キャシーはがっかりして、そのアルバムを棚に戻すと、次のアルバムを開いた。こっちのほうが面白そうだった。カイロで写された写真だ。どれも大勢の人が写っているが、群衆ばかりで、個人の写真はない。ハリソンがこの古い街を歩きながら、建物や乗り物やにぎわう街並みを撮影したのだろう。芸術性が高く、光の加減や様式、構図は素人とは思えない出来映えだった。

アルバムをめくるうちに、はっきり分かったことがあった。ハリソンは、フィルターを通して世の中を見る人間なのだ。カメラのレンズにしろ、抽象的な理論や古代の歴史にしろ、それらを通して自分を客観的な立場に置こうとしている。一人を好むあまり、世の中と距離を取っているのだ。改めて、ハリソンの聖域に踏み込んだことが申し訳なく、恥ずかしくなってくる。

三冊目のアルバムを手に取るのはやめようと思ったが、やっぱり一枚でもハリソンが愛する人と写っている写真を見てみたい。このアルバムはさっきの二冊よりも古かった。中を開くと、探していたものがあった。ハリソンが赤ちゃんのときの写真だ。

キャシーはとろけそうになった。おしめをしてカウボーイハットをかぶったハリソンは、とてもかわいらしい赤ん坊だった。数ページめくると、前歯が抜けた一年生になった。二年生のときに学校で撮った写真ではもうめがねをかけていて、胸が痛んだ。こんなにも幼いときからめがねをかけていたなんて、さぞかしつらかっただろう。数えきれないくらい何度も

「めがねザル」と呼ばれたに違いない。

アダムらしき年下の少年と一緒に写った写真もあった。ほとんどの写真で、二人はにらみ合っていた。一〇代になると写真の数は減った。一六歳の誕生日の写真では、ハリソンはぼろぼろのマスタングの隣で満面の笑みを浮かべていた。どうやら最初からボルボ愛好家だったわけではないらしい。ガールフレンドが写った写真は一枚もなかった。恋愛には奥手だったのだろう。

アルバムの終わりのほうに、アダムの大学の卒業式らしき写真があった。前景ではアダムが角帽とガウンを身につけ、ハリソンとともにギリシャのアテネ大学のなだらかな緑の芝生の上に立っている。二人の間には、がっしりした体格の中年男性が立っていた。もしかしたら、これがアダムの父親、グレイフィールド大使かもしれない。ほかの写真にも何度か写っていたはずだ。

アダムは男性の肩に腕を回し、にっこり笑って指でVサインを作っている。ハリソンはいつもどおり、むっつりした顔だ。キャシーは何か冗談を言ってこの若者を笑わせてやりたいという、わけの分からない衝動に駆られた。

もしこのとき、キャシーが指でハリソンの顔の輪郭をなぞっていなければ、背景に写り込んだ男には気づかなかっただろう。髪がふさふさしていたため、実際に目にした瞬間も、すぐには誰か分からなかったほどだ。

キャシーはアルバムを顔に近づけ、目をこらした。男はカメラのほうは見ず、アダムをじっと見つめている。

はっとした。

今より一〇歳若く、一〇キロ以上痩せているが、男の顔には見覚えがあった。

その写真に、アダムの大学の卒業式にいたのは間違いなく、フィリスの秘書、クライド・ペタロナスだった。

15

ハリソンのマンションの駐車場の真ん中で、キャシーの車はガス欠になってしまった。クライドの家に乗り込んで問いつめてやろうと思っていたのに。マスタングの中で、キャシーは悲しげにメーターを見つめた。Eのランプを光らせながら運転することはしょっちゅうあるが、こんなことは初めてだった。

まあいい。何とかなる。ロードサービスを呼べばいいのだ。キャシーは携帯電話に手を伸ばした。

そのとき、隣に車が入ってきた。何気なく振り返ってみて、それが白のボルボであることに気づいてぎょっとした。

おっと、これはやばい。

胸がどきりと音を立てた。落ち着いて、何でもないふりをしなければ。ハリソンの仕事部屋をあさってなどいなかったように。彼がクライド・ペタロナスと一緒に写った証拠写真をポケットに隠し持ってなどいないように。

ハリソンが近づいてきた。キャシーはウィンドウを下げた。

「どうも」せいいっぱい、エジプト政府のスパイには見えないような顔をする。

「きみも今来たところ？」

「まあね」声がうわずる。嘘をつくのはいやだったが、とりあえずこの場は取り繕わなければならない。まだハリソンに悪事の証拠を突きつける覚悟はできていなかった。

「どうして美術館を出る前に連絡してくれなかったんだ？」ハリソンはドア枠から身を乗り出し、笑いかけてきた。

キャシーの胸は激しく音を立てている。「あなたのほうから電話をくれるのかと思ってたのよ」

こんなふうにごまかすなんて、いやでたまらない。しかも、ハリソンはこんなにも優しくしてくれている。もう、どうしてこんなに優しいの？　こんな人がワナメイクミーカムアロットのメンバーのはずがない。だってこんなにセクシーなんだもの。わたしは悪い男をセクシーだなんて思わない。

え？　じゃあ、ペイトン・シュライバーは？　ドゥエインは？　ドゥエインのことを忘れてはいけない。

「ちょっとした行き違いがあったみたいだね」ハリソンは穏やかに言った。

「アダムのことは何か分かった？」キャシーは急いで話題を変えた。

ハリソンは首を横に振った。「トム・グレイフィールドは街に戻ってたけど、アダムから連絡はないって。きみのほうは？　フィリスは何だって？」

「ああ、いつもどおり」

「いつもどおり？」

怪しまれた？　それとも、後ろめたいところがあるから、そう感じるだけ？

キャシーは肩をすくめた。「いつもどおり嫌味だったってことよ。想像がつくでしょ」

「何を言われたんだ？」

「何って」キャシーは話を終わらせたかったが、続けるしかなかった。「土曜の晩に開く二度目のパーティの計画を詳しく教えろって。今日中に細かいことを決めるよう言われたわ」

「じゃあ、今から一緒にクライド・ペタロナスのところに行ける？」

「クライド？」

「ああ。昨日はいろいろありすぎて、クライドが企画書のことで嘘をついてくれたことを忘れてたんだ。ここに戻ってくる途中、何でだろうってずっと考えてた」ハリソンは言った。

「それはわたしも気になってたのよ」

車のウィンドウから朝の日ざしが照りつけていたが、キャシーが汗をかいているのはそのせいではなかった。ハリソンがすぐそばにいるうえ、会話が妙な方向に向かい始めたので、首に汗が吹き出てきたのだ。

「それに、昨日の晩は気がついたらいなくなっていた。帰るところを見た覚えがないんだ」

「あ……あなたは……キンベルで会う前からクライドを知ってたわけじゃないわよね？」

本当のことを言って。そうよね、あなたはクライドとは昔からの知り合いよね。だから、あの写真は何の証拠にもならないのよね。

ハリソンは不思議そうな顔でキャシーを見た。「いや。何で？　クライドがぼくをかばうために嘘をついたってこと？」

「ちょっとそんな気がしただけよ」

「ぼくは、クライドはきみのために嘘をついたんだと思ってた」

「違うわ。わたしのためじゃない」キャシーは目で訴えた。お願いだから本当のことを言って。

ハリソンは何も言わなかった。

白状するつもりはないらしい。どうして平気で嘘をつくの？　キャシーは打ちひしがれ、こぶしを握った。大好きなチョコレートにストリキニーネが含まれていると判明したような気分だ。

もし、ハリソンが嘘をついているんじゃないとしたら？　キャシーはそんな希望を抱いた。アダムが一人でお守りを盗んだのかもしれない。クライドはハリソンではなく、アダムをかばっているのかも。

けれど、卒業式の写真に写っていたのはアダムだけではない。ハリソンも写っていた。それなのにクライドとは昔からの知り合いではないと言ったのだ。でも、もしクライドと手を組んでいるのなら、どうして今から架空の企画書の件でクライドに会いに行こうとしているのだろう？

つじつまの合わないことばかりだ。

「ぼくの車ときみの車、どっちで行く？」ハリソンはたずねた。

キャシーはつばを飲み込んだ。これからどうすればいい？

ちぐはぐな服にぼさぼさ頭のハリソンはとても愛らしくて、疑うなんてとてもできない。

これまでの人生の支えとなった、このモットーに従って動くしかない。〝判断がつかないときは、笑って現実から目をそむけるべし〟

「ねえ、クライド、入れて」

一〇分後、キャシーはアーリントンハイツの〈タコ・ベル〉の二軒隣にあるクライドの家のドアをたたいていた。朝のそよ風に乗って、朝食のブリトーとラードのにおいが漂ってくる。キャシーはクライドの古いビュイック・リーガルの機嫌が悪いとき、車で職場に送っていくことがあったため、この家の場所も知っていた。

「あなたがお守りのキヤの片割れを盗んだことは分かってるのよ」キャシーは言った。「だから白状しなさい」

クライドの返事はない。

横目でハリソンを見る。ドア越しにクライドを責める自分をどんな目で見ているのかと思ったのだが、いつもどおりその顔には何の表情も浮かんでいない。

キャシーは網戸を開けて片手で押さえながら、つま先立って木製のドアの上の小さなひし形の窓をのぞき込んだ。

「逃げても無駄よ、クライド。このままだと警察を呼ぶことになるわ。それとも、フィリスを連れてきましょうか?」こう言えば、フィリスの秘書はあわててドアを開けてくれるに違いない。

でも、そうはならなかった。

ドアの窓からは、ほとんど屋内の様子が分からない。まず、身長一七二センチのキャシーにも届かないほど、窓は高い位置にあった。きっと採光用で、のぞき見用ではないのだろう。そのうえ、窓は薄汚れ、あかまみれになっていた。クライドは結婚していないし、独身男性にありがちな「窓ふき洗剤? そんなものくさくて使えないよ」という生活を送っているに違いない。

「ハリー、手伝って」

「何を?」

「あなた、わたしより一〇センチは背が高いでしょ。窓からのぞいて、中の様子を教えて」

「何のために?」

「この家の状況を確かめるためによ」

ハリソンはため息をつくと、キャシーの横をすり抜け、窓の中をのぞいた。キャシーはハリソンを意識してはいけないと自分に言い聞かせた。漂ってくる石鹸と歯磨き粉のにおいも、丸い黒縁めがねをかけたキュートで知的な顔も。ああ、ハリー・ポッターが大人になったらこんな感じなのかしら。

じろじろ見るのはやめなさい。この男はミノアン・オーダーの幹部かもしれないんだから。でも、そうは思っても、キャシーが知っているハリソンと、イアフメス・アクヴァルが言っていたようなずる賢い悪人像はどうしても結びつかなかった。

「どう？」キャシーはたずねた。

「何も見えないよ」

キャシーはあきれたように目を動かした。「どういう意味よ？　何も見えないって。何か見えるはずよ」

「いや」ハリソンは言い張った。「何も見えないんだって」

「冗談でしょ」

キャシーはハリソンを押しのけ、せいいっぱいつま先立ちをしてみたが、やはり玄関の壁しか見えなかった。壁はカフェラテのような汚らしい色をしている。「入るしかないわね」

「えっ？」

「入らないと、何も分からないでしょ？」

「勘違いかもしれないだろ。クライドがぼくたちのためにフィリスに嘘をついたからって、お守りを盗んだことにはならないよ」

ああ、そう？　じゃあ、クライドが古い写真であなたとアダムと一緒に写っていたのはどういうこと？

キャシーは手を振った。「クライドが予備の鍵を隠してないかどうか調べてみましょう。ドアマットの下を見てみて。中に入って、手がかりを残してないか確かめないと」

ハリソンは顔をしかめた。「あんまりいい考えとは思えないんだけど」

「どうして？」自分につながる手がかりを残しているかもしれないから？

「ぼくはプライバシーを重視する人間だから、ほかの人のプライバシーも尊重したいんだ」

「大丈夫、わたしはそんなこと気にしないから。どんな手を使ってでも、刑務所行きをまぬがれないと。クライドの盗みの罪をかぶるなんてまっぴらだもの」

「きみはすぐに結論に飛びつくから」

「飛べるだけましでしょ。あなたは岸にしがみついたまま、用心しすぎてつま先を水につけることもできない。そんなことじゃ、いつまで経っても前に進めないわ」

「ああ、でも、もし水の中が崖になっていたらどうする？　大きな引き波が来たら？　生き残るのはどっちだ？」

「でも、生きている間に楽しい思いをするのはどっち？」キャシーは反論した。

「何でこんなことを言い争ってるんだ？」

「あなたが始めたんでしょ。いいから、ドアマットの下に鍵がないか見てみて」

「分かったよ」

「それはよかった」まったく、頑固なんだから。

ハリソンはほこりまみれのドアマットの角を二本の指でつまみ上げた。「何もないよ」

彼が指を離すとマットはばさりと落ち、ポーチ中にほこりをまき散らした。キャシーは郵便受けの裏と、空っぽの植木鉢の下をのぞき込んだが、何も出てこなかった。

「クライドは予備の鍵を置いておくタイプじゃないみたいだね」ハリソンが言った。

「裏に回りましょ。窓の網戸をこじ開けてくれれば、わたしが隙間から入るから……そんなにいやそうな顔しないで」

「人の家に押し入る必要があるのかな」

「何言ってるの？　この人はキャのお守りを盗んで、わたしに罪を着せようとしてるのよ」

「まだ分からないじゃないか」

キャシーが目を見ると、ハリソンは平然と見つめ返した。その焦げ茶の謎めいた目の奥で、何を考えているのだろう？　どう考えればいいのか、誰を信じていいのか分からない。「クライドは嘘をついたわ」

「人が嘘をつくのにはいろんな理由がある」ハリソンはキャシーの目をじっと見つめた。

ハリソンは嘘をついているのだろうか？　キャシーのほうは明らかに彼に隠し事をしている。思わず体が震えたが、かすかなもので、傍から見て分かるほどではなかった。少なくとも、キャシーはそう願った。でも、脚が震え、続いて腕まで震え始めた。キャシーは震えを止めようとひざに力を入れ、ハリソンから目をそらして、そわそわと髪を耳にかけた。

「今日のきみ、様子が変だよ」ハリソンが言った。「ぼくたちの間で、いったい何が変わったっていうんだ？」

キャシーは平静を装った。「変わった？　何も変わってないわ」

「フィリスと何があったんだ？」ハリソンは肩に触れようと手を伸ばしたが、キャシーはよけた。「ほらね？　やっぱり変わったじゃないか。昨日のきみなら、そんなふうにぼくから逃げたりしなかった」

もう、どうしてこんなに嘘が下手なのよ？　何とかして、フィリスの話題を断ち切らなければならない。これ以上嘘はつけないし、今にもばれてしまいそうだ。何かハリソンの気をそらすことを言わなければ。

「昨日の晩に見られたことをまだ気にしてるのかも」

「ああ、キャシー、あのことは気にしなくていいんだ。きみは自分らしくふるまっただけなんだから。きみのそういうオープンで正直なところは好きだよ」

ハリソンは何も知らないのだ。キャシーは今、したたかに酔っ払ったエンロン社の重役と同じくらい、すべてをオープンに正直に話してしまいたくて仕方なかった。そして、同じくらい罪深かった。

「中に入るわ」キャシーは家のほうに向かってうなずいた。この会話を終わらせようと必死だった。

「近所におせっかいな人がいて、警察に通報したらどうするんだ？」ハリソンは言った。

「昔なじみの友達を訪ねてきたんだけど、出てこないと言えばいいわ。クライドは太り気味だし、中年だし、食生活も乱れてる。心臓発作を起こしていてもおかしくない。だから心配だったんだって」

キャシーはハリソンに構わず歩きだした。家の横手に回り込む。草はちゃんと刈ってくれよと泣き声をあげそうなほど伸び放題で、サンダルが湿った葉の中に埋もれた。バミューダグラスの実がちくちくと足首を刺し、細長い葉が数本、つま先に入り込んだ。

うわっ。仕事には犠牲がつきものということなのかしら。

家の角を曲がると、ありがたいことに裏口は開いたままになっていた。これで器物損壊罪を犯さなくてすむ。でも、不法侵入罪のほうで訴えられるかもしれない。キャシーが裏口の階段を上がり始めたとき、手が伸びてきて、ひじをつかまれた。

「正気か？　まさに〝デジャクルー〟（韻を踏んだ〝デジャヴ〟のバリエーション。前にも同じ謎を目にしたことがあると思うこと）だな。昨日の晩にこれと同じ状況を見ただろう？」

キャシーは振り向いてハリソンを見た。「あら、デジャクルーみたいな表現はわたしも好きよ。ポップカルチャーでよく使うのよね。あなたが知ってるとは思わなかった。いいから腕を放して」

「きみには常識ってものがないのか？　ミイラの格好をした謎の男が刺されて、古代のお守りが盗まれて、きみのマンションが荒らされた。普通はどう考える？　危険だ。慎重に行動しよう、だろ？」

「何言ってんの」キャシーは鼻で笑った。「家の中が空っぽなら、クライドはいないってことじゃない」

「クライドじゃなくて、ほかの人間がいるかもしれないだろ」

「あっ」そのとおりだ。そこまでは考えていなかった。

「ぼくが先に行く。きみは後ろにいろ」

「あなたの男らしいウエストに腕を巻きつけていい？」キャシーはふざけて言った。緊張をほぐしたかったし、これ以上いつもと様子が違うと思われたくない。

「五分でもふざけずにはいられない体質なのか？」

「まあね」

ハリソンは今にも笑いそうな顔をしたが、すぐに口元を引き締めた。「ついてきて」

キャシーはハリソンについて階段を上がった。ハリソンがドアを押し開ける。ちょうつがいがきしんで不吉な音を立てた。

キャシーはホラー映画風に、気味の悪い声を出した。

「しーっ」ハリソンは顔をしかめ、強い口調でささやいた。「中に誰かいたらどうするんだ？」

「いたとしても、わたしたちが来てることにはもう気づいてるでしょ。今さら声を聞いても驚かないわよ」

「そうか」ハリソンは納得し、戸口に足を踏み入れた。

キッチンを照らしているのは、カーテンのない窓からまだらに差し込む朝の光だけだった。

冷蔵庫とコンロ以外、何も置かれていない。食卓もないし、カウンターの上にはトースターもなく、流しにも汚れた皿は積まれていない。ただ、そこらじゅうにほこりが積もっていた。まるでクライドはもうここには住んでいないように見える。

でも、そんなはずはない。

二人はせまいリビングに入っていった。ハリソンが前を進み、キャシーはその肩に手をかけたくなる気持ちを抑えながらついていった。でも、いまだに彼を信じていいのかどうか分からない。信じたい気持ちはあったが、イアフメスの言葉を思い出すとどうしても疑ってしまうのだ。

二人はせまい廊下を忍び足で歩き、主寝室に入った。ほかの部屋と同じように、ほこりまみれでがらんとしている。寝室から続くバスルームもちらりとのぞいた。

何もない。

部屋はあと一つ。

廊下の突き当たりだ。

「これがホラー映画なら、観客が『その部屋に入っちゃだめ!』って叫ぶところね。こいつら、こんなにマヌケでよくここまで生きてこられたなって思うのよ」

「フレディ・クルーガーはいないから安心しろ」

「ジェイソンは?」

「いないよ」

「マイケル・マイヤーズは?」

「いない」

「レザーフェイスは？あの人が一番怖いわ。だって、あんなチェーンソーを持ってるのよ。ブゥーン……」キャシーはハリソンをチェーンソーで切るまねをした。

「いいかげんにしろ」ハリソンは肩をいからせ、ドアに向かって歩いた。キャシーも足音を忍ばせてついていった。

ハリソンがノブを回す。

キャシーの耳の中で血液が勢いよく流れる。

ハリソンがゆっくりドアを開ける。

何かが飛び出してきた。

小さくて灰色ですばやいもの。

ネズミだ！

キャシーは金切り声をあげると、飛び上がってハリソンの首に腕を回し、抱きついた。

「やだやだやだ、これならレザーフェイスのほうがよっぽどまし」

「ネズミが怖いのか？」

「気を失いそう」

「ネズミのほうが怖がってるよ」ハリソンは言った。

「そんなはずないわ。あなた、ほんとによかったわね。わたしにおもらしされなくて」

ハリソンはキャシーを抱きかかえたまま笑った。胸の奥から笑い声が響いてくる。

キャシーは体を離したくなかった。彼の腕の中は居心地がいいし、家の中にはネズミが潜んでいるのだ。でも、体重が軽いほうではないから、このままではハリソンの背骨が折れてしまう。仕方なく首から手を離すと、床に足をつけた。その間ずっと、ネズミが消えた方向を警戒するように見つめながら。

「早く終わらせよう」ハリソンはネズミが出てきた部屋に足を踏み入れた。キャシーもびくびくしながらあとに続いた。

そこには、地下室に続く短い階段があった。

何これ。地下室には行きたくない。キャシーはすばやく後ずさりした。

「どこに行くんだ?」ハリソンは階段を下り始めている。

「気にしないで。あなたが行って、あとで様子を教えてくれればいいから」

「何だって? きみは地下室に下りるのも怖い臆病者《チキン》なのか?」

「違うわ」怖いどころじゃない。

「コッコッ」ハリソンはにわとり《チキン》の鳴きまねをし、両手を羽のようにバタバタと動かした。

「笑い事じゃないわ。閉所恐怖症なの」

「さっきは思いきって水に飛び込めとか、たいそうなことを言っていたのに」

どうしてそんな意地悪を言うの? 地下室にはもう一一年も入ってないのに。二度と入りたくない。

「恐怖を克服するには、それに立ち向かうしかないんだよ」

「分かってるわ」

最低。この人、わたしが地下室に下りるまであおりたてるつもりなんだわ。窓もなくて、ドア一つしか逃げ道のない場所に。

「ドアは開けておけばいい。ぼくも一緒に行くから」

ありがちな罠だ。テッド・バンディだって、自分が殺した相手にはそんなふうに言っていたかもしれない。

大げさに考えないの。ハリーは連続殺人鬼じゃないんだから。

だとしても、わたしの罪をキャシーに着せようとしている泥棒かもしれない。その場合、わたしを共犯者の家に連れてきた理由は何？

地下室におびき出して、閉じ込めておくため？　そう思ったとたん、キャシーは凍りついた。

ハリソンは手を差し伸べた。「おいで」

行っちゃだめ！

「大丈夫だよ」ハリソンは極地の氷までも溶かしてしまいそうな笑顔を浮かべている。キャシーはすてきな笑顔に弱い。何とも情けない話だ。

「ここで待ってちゃだめ？」

「ぼくが知ってるキャシーらしくないな」

「分かったわよ。その代わり、次にわたしがあなたに冒険してもらいたいって言ったときは、断らないでよ」

「了解」

行ける。大丈夫。ただの地下室なんだから。キャシーは大きく息を吸い込むと、ゆっくり階段を下り始めた。

「たいしたことなかっただろ？」ハリソンは手を伸ばし、裸電球から垂れ下がったひもを引いた。キャシーは持てる勇気を振りしぼって、階段を駆け上がりたくなる衝動を抑えた。

「おい、これを見ろよ」ハリソンは汚れた床にしゃがみ込んだ。キャシーの目にもはっきりと、ほこりの上に棺のような跡がついているのが見えた。

二人の目が合った。「ソレンの石棺！」

ハリソンは地下室の隅にある整理棚に向かった。隣にはシダー製の嫁入り箱《ホープチェスト》が置いてある。

「どこに行くの？」キャシーはあわててハリソンのあとを追った。

「地下室にまで入ってしまったんだ。こうなったら、とことん調べてやろうと思って」

「あなたってどこまでも科学者なのね」

ハリソンの顔に浮かんだ表情は真剣だった。「キャシー、本当のことを言うよ。実は、アダムのことが本気で心配になってきたんだ。もしかしたら……」その言葉を口にするのさえつらそうだ。「死んでいるかもしれない」

かすれたその声に、キャシーは胸を突かれた。彼がアダムを心配しているのは間違いない。嘘なんかついていない。これが演技とは思えなかった。間違っているのはイアフメスのほうだ。ハリソンが自分の仕事や弟を危険にさらしてまで、古代のお守りを盗むはずがない。

でも、もしかしたら演技がうまいだけかもしれない。キャシーは決して男を見る目があるほうではない。

いや、ハリソンの目に浮かんでいるのは、間違いなく心配の色だ。弟のことを心の底から心配しているのだ。

ハリソンは棚の扉の取っ手に手を伸ばした。

「あ、ちょっと待って」キャシーはマニキュアを塗った指を乾かすときのように、両手をひらひらさせた。「またネズミが出てくるかもしれないから、心の準備をさせて」

「準備ができたら言ってくれ」

キャシーは歯を食いしばり、肩に力を入れた。「いいわ」

ハリソンが取っ手をひねって扉を開けると、そこには巻かれた白い布が入っていた。

ミイラは地面に転がり落ちた。

うう……。

その場に倒れてぼうぜんとしたまま、グッピーのように口をぱくぱくさせる。背中に生傷を抱えた三〇〇〇歳の人間にしては、高いところから落ちたものだ。

起きろ。ぐずぐずしている暇はない。

倉庫の中から叫び声が聞こえた。ナイキとウシガエルが、自分がいなくなったことに気づいたようだ。ミイラは必死に体の向きを変え、脚に言うことを聞かせようとした。二回ほど体がぐらついたが、何とか立ち上がれた。

とにかくここから逃げるんだ。

それは分かっている。でも、どこへ向かえばいい？ 進む方向を間違えれば、すぐにナイキとウシガエルに見つかってしまう。見つかってしまえば、逃げられるはずがない。この状態では、幼児にだって追いつかれるだろう。

あたりを見回すと、配達用のバンが路地の突き当たりに停めてあるのが見えた。安全が確認できるまで、あの裏に隠れられるかもしれない。

急げ、急げ。

何かが脚をかすめた。下を見ると、布がほどけ始め、ひじからだらりとぶら下がっている。気をつけないと、つまずいてしまいそうだ。ミイラは布をたぐり寄せ、手に握ると、バンのほうに向かって大股で走り始めた。でも、たどり着いた瞬間、地面の穴につまずいて転び、車の下に頭を突っ込んでしまった。

下唇を強くかんで、叫びだしそうになるのをこらえる。倒れたのはバンの後輪のそばで、立ち上がろうとすると車軸で強く頭を打った。

くそっ……。

そのとき、車の底から何かが落ちてきた。

ミイラは目をしばたたきながら、それを見つめた。片面にマグネットのついた小さな長方形の黒い箱。

隠しキーだ。ミイラは笑みを浮かべた。ああ、助かった。

希望が見えてきたおかげで、気力がよみがえってきた。バンの下から飛び出して箱のふたをスライドさせ、中からキーを取り出す。車を出そうと運転席に乗りかけたとき、バンの後方から何かをたたく音が聞こえた。

誰かいるのか?

もたもたしている暇はない。とにかく動け。ここを離れるんだ。

ドン、ドン、ドン。

バンに乗れ。後ろはあとで調べればいい。

運転席に飛び乗り、エンジンをかけて車を出した瞬間、ウシガエルとナイキが倉庫から飛び出してきた。角を小さく回りすぎて縁石に乗り上げながらも、ミイラはアクセルを踏み込み、交通量の多い道を走って三ブロックほど進んだ。その間も、荷室から聞こえるドンドンという音はますます大きくなっていく。

くそっ、静かにしろ。

もしあれがキヤだったら? 突然そんな考えが浮かんだ。

ああ、分かったよ。

ミイラは路肩にバンを停め、エンジンをかけたまま外に出た。

何台もの車が脇を通り過ぎた。クラクションを鳴らす車もあった。

ミイラは用心深く、バンの後部に近づいていった。ドアの取っ手をつかむ。まずいことになればすぐに逃げ出せるよう身構えながら、慎重にドアを開け、中をのぞき込んだ。縛られ、さるぐつわをかまされた人間が、床に転がっていた。顔に見覚えはあったが、誰だか思い出せない。ミイラはゆっくりと近づいた。灰色の目がすがるようにミイラを見てくる。

「おい」ミイラは言った。「きみはおれの知り合いか?」

16

「クライドがミイラだったのか?」ハリソンは布の束に触った。

「違うわ」キャシーは首を横に振った。心底戸惑っている様子を見て、ますますハリソンの無実を確信した。「そんなはずない。ミイラは背中を刺されてたんだから」

「もしかしたら、刺されたように見せかけてたのかも」

「ううん、血は本物だった。それに、クライドはわたしが中庭でミイラと会った直後に、美術館の中でぴんぴんしてたわ」

「クライドがミイラを刺したんだろうか?」

「そうかも」

「あるいは」ハリソンは言った。

二人の目が合った。

「クライドとミイラが手を組んでいた」二人は声を揃えて言った。

ハリソンは明らかに、キャシーと同じくらいこの思いつきに驚いていた。やっぱりイアフメスが誤解していただけだったのだ。

「ミイラがみんなの気を引いている間に、クライドが照明を消してお守りを盗んだってことか？」ハリソンは言った。

「でも、クライドとミイラが共謀していたんなら、ミイラを刺したのは誰？」

「第三の男がいたのか？」

「誰かがクライドとミイラの企みをじゃましようとしたってこと？」

「でも、誰が？」

「わたしのマンションをあさったのと同じ人物かも」

「いや、マンションをあさったのはクライドかもしれない。ミイラがクライドを裏切ったとも考えられる。ミイラがきみの部屋を荒らした可能性もある」ハリソンは布の束を棚に戻した。

「ミイラは息をするのもやっとだったわ。ううん、息もほとんどしてなかった。あの状態で家をあさったり、仲間を裏切ったりするなんてできないと思う」

「それに、一番肝心なことが分からない」ハリソンは指先でズボンに触れた。

「ええ。ミイラの正体ね？」

「アダムなんだろうか？」

「これからどうする？」

ハリソンはポケットからジェドを取り出して触りながら、遠くを見るような目つきをした。考え事をするとき、それに触ると集中できるようだ。「アダムはトラブルに巻き込まれてるんだな」彼はつぶやいた。

「もう一回電話してみて」キャシーはハリソンに携帯電話を渡した。「わたしはホープチェストを調べるから」

ハリソンはジェドを握り、キャシーの携帯電話を受け取ってアンテナを伸ばした。キャシーはシダー製のチェストのそばにひざまずき、中にネズミがいませんようにと祈った。留め金を外して、注意深くふたを開けた。いったい何が出てくるのか、見当もつかない。でも、中に入っているのがセーターだと分かると、少しがっかりした。キャシーは一枚ずつセーターを取り出していった。

「ここじゃ電波が全然入らない」ハリソンがつぶやいている。

チェストを半分まであさったとき、セーターの山の下から不気味なものが出てきた。ミノタウロスの仮面と、ミノアン・オーダーの紋章が刻まれた封蠟印だ。キャシーは息をのんだ。これではっきりした。クライドはミノアン・オーダーのメンバーだったのだ。

ハリソンに知らせようとして、ためらった。イアフメスを信じたくはなかったが、男性不信の自分が頭の中でささやいたのだ。もしハリーとクライドが共謀していたらどうするの？

でも、それならなぜハリーはわたしをここに連れてきたのよ？

キャシーはしゃがんだまま振り返って、ハリソンがどこにいるのか、自分を見張っていないか確かめようとした。そのとき、自分が地下室に一人きりになっていることに気づいた。階段のてっぺんで、ドアが閉まろうとしている。

ドアは不吉な音を立ててかちりと閉まった。

どうしよう。キャシーはパニックに陥った。取り乱しながら階段を駆け上がり、ドアを目指す。いやよ、地下室に閉じ込められるなんて絶対にいや。死んでしまう。トイレにも行けない。食べ物もない。空気も薄い。

助けて！

ひざから力が抜け、体中から汗が吹き出した。両手のひらでドアを激しくたたく。「開けて！　開けてよ！　こんなところに閉じ込めないで！」

二秒後、ドアが開いた。キャシーは床に転がり出て、激しくあえいだ。ハリソンが見下ろすように立っている。「鍵はかかってないよ」

キャシーはハリソンの脚をぴしゃりとたたいた。「地下室は嫌いだって言ったじゃない。なのに、わたしを一人きりにするなんて」

「きみもあとからついて来てると思ったんだ。ぼくはアダムのことを考えていて……」

「わたしを置き去りにした」キャシーは責めるように言った。泣いちゃいけない。絶対に。

「わざとじゃないよ。どうしてこぶしを握りしめてるんだ？　ぼくを殴るつもり？」

「そうかも」泣いちゃだめ。鼻をすするのはやめなさい。

「ああ、キャシー。きみの閉所恐怖症がそんなにもひどいとは思わなかったんだ」ハリソンはしゃがんで手を貸そうとしたが、キャシーは身をよじって逃げた。

「わたしを置き去りにしたんだわ」下唇が震えた。

「そうだな。ぼくはきみを置き去りにした。悪かったよ。アダムに電話することで頭がいっぱいだった。ぼくは何かで頭がいっぱいになると、ほかのことにまったく気が回らなくなってしまうんだ」

ハリソンは反省しているように見えたが、どうしても許せなかった。五分前にはイアフメスは完全に間違っていると確信できたのに、今は自信が持てない。

「とにかく落ち着いて」ハリソンはなだめるように言った。「深呼吸するんだ」

「わたしに指図しないで」キャシーは彼を押しのけて裏口に向かった。新鮮な空気を吸って、自由になりたい。

ハリソンはあとを追ってきた。「きみを泣かせるつもりはなかったんだ」

「泣いてなんかないわ」裏庭に出ると、大きく息を吸い込んだ。朝の日ざしが顔を温めてくれる。

「じゃあ、これは何?」ハリソンが追いついてきて、手を伸ばして涙で濡れた頬に触れた。

キャシーはその手から逃れると、ハリソンをにらみつけた。「泣いてないって」

「そうだね、きみがそう言うなら」

「あなたってほんとムカつく。自分で分かってる?」

「何がそんなに怖いのか教えてくれる?」ハリソンは穏やかな声で言った。

彼の落ち着きぶりを見て、キャシーは何かを殴りたくなった。「あなたには関係ないでしょ」

ハリソンは両手を挙げた。「分かったよ。きみは地下室に閉じ込められることを極端に怖れているけど、その理由を話すつもりはないってことだ」

「うるさい、ばか」キャシーは手の甲で鼻の先についた涙をぬぐった。

「きみを置き去りにしたのは悪かった。許してほしい。ぼくは考え事に夢中になると、体が何をしているのか分からなくなることがあるんだ」

「まあ、女性に対してそれはないんじゃない、アインシュタインくん。どうりで結婚できないはずだわ」

「そう言われても仕方ないよ」

やがて落ち着いてくると恐怖心も消え、キャシーはいつもの勝ち気な自分を取り戻した。地下室から離れると、過去はたちまち遠ざかった。ハリーに当たるんじゃなかった。彼は悪くない。ドゥエインのことも地下室のことも知らないんだから。

キャシーは深呼吸し、ドゥエインのことを話そうと口を開いた。でも、言葉を発する前に、クライドの家の裏口から男が飛び出してくるのが見えた。

「ハリー！」叫んだ瞬間、ナイキのスニーカーを履いた男がぶつかってきて、キャシーは地面に倒れた。

ハリソンはすぐに男のあとを追った。キャシーは立ち上がろうともがいた。男は車のキーレスエントリーのリモコンのようなものを手にしている。男のほうが少し先を行っているが、ハリソンは徐々に間をつめていった。

「止まれ！」ハリソンが叫んだ。

驚いたことに、男は立ち止まった。

でも、次の瞬間、予想もつかないことが起こった。男は手に持ったリモコンのボタンを押し、クライドの家が爆発したのだ。

爆発の勢いで窓が吹っ飛び、ハリソンは地面に投げ出された。

「キャシー！」ハリソンは芝生を這った。

「ここよ。わたしは大丈夫」

キャシーのもとにたどり着くと、降り注ぐ破片から彼女を守ろうと、体の上に覆いかぶさった。心臓は狂ったように速く打ち、口の中はからからに乾いている。

ハリソンは体の反応に意識を左右されないよう、みっちり仕込まれている。体中にアドレナリンがほとばしるのを感じても、頭の中では冷静に状況を分析することができた。二人は家の隅々まで調べたが、そのときは誰もいなかった。そのあと地下室に入ってから、あの男が裏口から忍び込んで爆弾を仕掛けたのだろう。

でも、いったい誰なんだ？　どうしてクライドの家を爆破した？　このこととアダムの失踪、そしてお守りの盗難にどういう関係があるんだろう？

今は分からない。でも、絶対に突き止めてやる。

まずは、ここを離れるのが先だ。すぐに警察がやってくるだろうし、そうなればここで何をやっていたのかと問いつめられるだろう。でも、警察の取り調べに答えている暇はない。

「スイートハート」ハリソンは言ったが、その声が力強くはっきりしていることに自分でも驚いた。胸はキャシーの背中に押しつけられている。「大丈夫?」

キャシーがうなずくと、ハリソンは体を起こした。彼女は体の向きを変え、ぼんやりした目でハリソンを見上げた。ハリソンは起きるのを手伝おうと手を差し出したが、キャシーは尻をついたまま体をよけた。

「触らないで」

いったいどうしたんだ? 爆発のショックでおかしくなってしまったのか? 何かで頭を打ったのか? でも、見たところけがはなさそうだ。ハリソンはキャシーに一歩近づいた。

「それ以上近寄らないで」

「キャシー、ぼくは敵じゃないんだよ」

「本当に?」

キャシーの目に浮かぶ色に、ハリソンは心底ぎょっとした。ぼくを怖がっている……。

「わたしを地下室に閉じ込めて、その間に仲間が家を爆破することになってたのね」

「違う!」思ったよりも激しい口調になった。キャシーに怖がられていることに気づいて、心にぽっかり穴が開いてしまったようだ。彼女が怯えた顔をしたので、ハリソンは声を落とした。「いったいどこからそんなことを思いついたんだ?」

「クライドのチェストに、ミノタウロスの仮面とか、ほかにもミノアン・オーダーに関係のありそうなものが入っていたわ」

「ミノアン・オーダーなんて存在しない」キャシーは頭を打ったのだろうか？　脳震盪でも起こしたか？　だからこんなおかしなことを言って、ぼくを責めているのか？

「あら、そう？　じゃあ誰が家を爆破したのよ」キャシーはハリソンが三叉の槍を持ち、悪魔の角でも生やしているかのように見つめた。

「あのナイキを履いた男だよ……きみも見ただろう」

「でも、あれがわたしを陥れるための芝居じゃなかったって言える？」

「このありさまを見てみろ。爆弾は本物だと思うよ」

キャシーは目をしばたたいた。「わけが分からないわ」

「お願いだから信じてくれ。ぼくはきみを傷つけるつもりなんてない。きみの味方なんだ」

サイレンが聞こえた。もうすぐ緊急車両が入ってくる。

「ここを離れよう。静かで安全な場所に連れていくよ。警察が来たらやっかいなことになる」

「何を信じていいか分からない」キャシーはひざを抱えた。破片が飛び散ったクライドの家の芝生に座り、髪に草の切れ端をくっつけて、途方に暮れた顔をしている。

ハリソンは手を差し出した。「ぼくを信じてくれればいいんだよ」

「信じるのは得意じゃないわ」キャシーは身震いし、両手で上腕をさすった。

ハリソンはキャシーの前にしゃがむと、手であごを持ち上げて、自分の目をのぞき込ませた。「キャシー、誓うよ。ぼくは絶対に、絶対にきみを傷つけない」

かわいそうに。爆発がよっぽどショックだったのだ。この状況では、とんでもないことを思いつくのも無理はない。キャシーは閉所恐怖症だと言っていたのに、ぼくはその彼女を地下室に置き去りにした。自分のことばかり考えていて、後ろで地下室のドアが閉まったことにも気がつかなかった。

きみのことは二の次だ、と言っているようなものだ。

キャシーの立場で考えてみると、あんなにも取り乱した理由がよく分かった。女性というのは、男性にだまされることをひどく嫌う。ダイアナのような母親を持ちながら、今まで何を学んできたのだろう？　もしこのことが母に知れたら、こっぴどくしかられるに違いない。そのとき、腹を殴られたような衝撃を覚えた。キャシーはあの家で死んでいたかもしれないのだ。

どうやってこの埋め合わせをすればいい？　キャシーの信頼を取り戻すために何かしなくてはいけない。謝らなければならない。真剣に。

「ぼくは最低な男だ」ハリソンは言った。「どうしようもなく無神経で、とんでもない人間だよ。でも、警察が来る前にここを離れなきゃいけないんだ。ぼくと一緒に来てくれる？」

ハリソンは息をつめ、そのまま待った。サイレンの音はさらに近づいてくる。

キャシーは手を伸ばし、ハリソンの手を取った。

芝生には野次馬が集まっていたが、誰もが吹き飛ばされた家の残骸に気を取られていて、二人に目を留める者はいなかった。ハリソンはキャシーの手を優しく引いて、〈タコ・ベル〉の前に停めたボルボのほうに連れていった。一台目の消防車が現れるのと同時にエンジンをかけ、二台目が停まったときはすでに角を曲がり、大通りに出ていた。

「こんなふうにこっそり逃げるなんて、悪いことをしてる気がするんだけど」キャシーは不安そうに言った。

「こうするしかなかったんだ。警察の取り調べは何時間も続くだろうし、そんなのにつき合っている暇はない。アダムを見つけなきゃいけないんだ。それに、クライドの家にいた理由をどう説明すればいい?」

ハリソンの言うとおりだということは分かっていた。キャシーは何とか不安を振り払おうとした。くよくよ悩むなんて自分らしくない。心配するのはマディーの仕事だ。何もかもうまくいく。そう思えばいい。それに、ハリソンと一緒に行くと決めた以上、直感を信じて彼を信頼するしかないのだ。イアフメスがどんな疑惑を抱いていようと。

「どこに行くの?」キャシーはたずねた。

「着いてからのお楽しみ」

「お楽しみとか、そういう気分じゃないんだけど」思いがけない出来事なんて、今日はもう十分だ。

「近くなんだ。すぐに着くよ。少しの間だけでも肩の力を抜いて、ゆっくりしよう」ハリソンはユニバーシティ・ドライブを通ってフォートワース動物園に向かった。

「動物園に行くの？」

「まあね」

ハリソンは車を停めると入園料を払い、二人は中に入った。ちらちらとハリソンを見るキャシーの心は、相反する二つの思いに揺れていた。イアフメスとフィリスに聞かされたことを洗いざらいしゃべってしまいたいと思いながらも、耳の奥で響く爆発音をかき消すことができない。いったい何を信じればいいのか分からなかった。

木曜の昼前ということで、客はまばらだった。ほとんどがベビーカーを押した母親で、箱入りジュースやランチセットを手にしている。

「こっちだ」ハリソンはキャシーのひじを取ると、敷地の奥に向かって細いアスファルトの小道を進んだ。

「そっちには何もないわ」この動物園に来るのは久しぶりだったが、動物の檻から離れた方向に進んでいるのは分かった。

「特別展をやってるんだ」ハリソンは言った。

ホエザルの鳴き声が響き、キャシーは背筋にぞくりと冷たいものを感じた。クライドの家での出来事のせいで神経が張りつめ、不信感がぬぐえない。

キャシーはハリソンを見た。

無精ひげを生やし、髪も乱れていたが、顔には人のよさそうな表情を浮かべている。それに、いいにおいもした。石鹸と太陽のにおい。ほのかに葉巻の煙の香りも漂ってくる。キャシーは葉巻の煙が好きだった。子供の頃、父親が葉巻を吸っていたのだ。

ドゥエインも葉巻を吸っていた。

いや、ドゥエインが吸っていたのは葉巻だけではない。

二人は工事中の区画を迂回した。キャシーが動物園の敷地の端まで来たことに気づいたとき、テントのような生地と金網で作られた仮設の建物が見えた。

「何これ？」キャシーはたずねた。

ハリソンが指さした先には看板があった。これに気づかないとは、そうとうまいっているらしい。そういえば、この二週間の特別展についてはどこかで記事を読んだ覚えがある。それどころか、街中に宣伝用の横断幕がかかっていた。すっかり忘れていた。

この建物は、蝶の羽化場だった。

ハリソンが金網の扉を開け、二人は小さな部屋に入った。そこで特別展の入場料を払うと、蝶の専門知識を持つガイドが短い説明をしてくれた。

「まっすぐ進んでください」その活発そうな女性ガイドは、二人にカラー刷りのパンフレットを渡した。「さなぎから出ようとしている蝶を選んで、羽化するのを見届けたら、名前をつけてくださいね。それから蝶の庭にお進みください。出たあとドアがきちんと閉まっているかどうか、確認するのをお忘れなく」

二人が羽化室に入ると、今度はひょろりとした男性のガイドが迎えてくれた。この場所はとても湿度が高い。キャシーは髪が縮れるのを感じたが、蝶が羽化するのを見始めると、髪のことなど忘れてしまった。

「どれにする?」ハリソンがたずねた。

その声にはわくわくしたような響きがあった。新たな命がこの世に生まれ出るのを見ているうちに、キャシーのほうも思いがけず胸を高鳴らせていた。

「あれがいい」一匹のさなぎを指さす。

「チョウ目オオカバマダラですね。モナーク蝶とも呼ばれています」ガイドはにっこり笑った。「お目が高い」

数分後、キャシーが選んだ蝶がさなぎからかえった。

「なんてきれいなの」キャシーはささやくように言った。

「しばらくあの枝にとまって、羽を広げます。名前はどうされますか?」ガイドはたずねた。

キャシーはハリソンを見た。「どうしよう?」

「あの娘にふさわしい名前は一つしかないよ」ハリソンはキャシーの目をじっと見つめた。

「生き生きとしていて、美しくて、そばにいると思ったらすぐにいなくなってしまう。名前はキャシーだ」

「キャシーですね」ガイドはそう言うと、記録簿に名前を記入した。

キャシーは胸がいっぱいになり、喉にこみ上げるものを感じた。まばたきをして、ハリソンの視線から逃れるように目を伏せる。

「蝶の庭にお進みください」ガイドが言った。「羽が開ききったら、すぐにキャシーを連れていきますので」

二人が足を踏み入れた庭には草木が生い茂り、果実が豊かに実っていた。南国のように暖かくて湿気が多く、さまざまな種類の蝶が飛び交っている。

この美しい生き物を、こんなにもたくさん目にするのは初めてだった。虹が作れそうなくらいあらゆる色の蝶が飛んでいる。大きさも大中小さまざまだ。庭は見渡す限り、蝶でいっぱいだった。

キャシーはハリソンを見た。肩の上を蝶が舞い、頭の上にもとまっている。耳の上を歩いている蝶もいた。

「きみもすごいよ」ハリソンは目尻にしわを寄せた。

キャシーも蝶だらけになっていた。きゃしゃな脚が肌にそっと触れてくる。くすくす笑い、胸に手を当てた。「ほんとにすごいわ。連れてきてくれてありがとう」

「ぼくからのプレゼントだ」ハリソンは言った。「あんなにも無神経でばかなことをしてしまったことを謝りたくて」

「あなたが悪いわけじゃないわ。わたしがどうかしてたのよ」

「いや、きみがぼくに腹を立てるのは当然だ。まわりを見ていなかったせいで、地下室のドアを閉めてしまった。本当にごめん」

「そんな、ハリー」

「お願いだから許してくれ。きみを怒らせてしまったと思うと、つらくてたまらない」

「許すことなんて何もないのよ」

「お客様、キャシーと一緒に写真を撮られますか？」羽化室からガイドが出てきた。指にモナーク蝶のキャシーを載せている。

「ええ」ハリソンはうなずいた。「お願いします」

「手を出してください」蝶を連れたガイドが言った。

キャシーが手を差し出すと、ガイドはモナーク蝶をその指に移した。蝶のキャシーは羽をはためかせた。

「急がないと」ハリソンは言った。「飛び立とうとしてる」

ガイドがポラロイド写真を撮った瞬間、蝶のキャシーは飛び立った。ハリソンはにこにこ笑い、ガイドもにこにこ笑い、人間のキャシーは今にも泣きだしそうだった。

17

ハリソンは何かキャシーが喜ぶことをして、自分の不注意で怖い思いをさせてしまったことを謝りたかった。でも、蝶の羽化場でつかのま過ごしただけで、キャシーもハリソン自身も、ここまで深く心を揺さぶられるとは思っていなかった。

「こんなにも優しくてロマンティックなことをしてもらったのは、生まれて初めて」キャシーは手にしたポラロイド写真を見つめながら、もう五回も同じことを言っていた。サンダルを脱ぎ散らかし、かわいらしい足をダッシュボードに伸ばしている。

二人は動物園を出たあと、昼食を食べようと、ユニバーシティ・ドライブを州間高速道路《インターステート》三〇号線に向かっていた。ハリソンは静かな店に入って話をするつもりだった。クライドの家で起こったことについて、徹底的に話し合いたい。でも、キャシーがいつまでもうっとりとセンチメンタルな表情を浮かべているので、だんだん落ち着かない気分になってきた。確かにキャシーには喜んでもらいたかったが、ここまで喜ばれると戸惑ってしまう。

「クライドの家を爆破したのは、きみの家を荒らしたのと同じやつだろうな。ナイキを履いた犯罪者が二人もいて、ぼくたちにいやがらせをしているとは思えない」ハリソンは言った。

「分からないのは、そいつがなぜクライドの家を爆破したかってことだ」

キャシーは何も言わなかった。

「やっぱりぼくたちを殺そうとしたんだろうか。どう思う?」

「ハリー、これ以上隠し事はできない」キャシーが口を開いた。「あなたに話さなきゃいけないことがあるの」

「何だって?」ハリソンはキャシーのほうに顔を向けた。「隠し事?」

「もう黙っていられない。あなたを疑うなんて耐えられないから、全部話すわ」

「ぼくを疑う? 何だって? いったいどういうことなんだ?」

キャシーはポケットから写真を出して、サイドブレーキのそばに置いた。「わたし、あなたとクライドのことを知ってるの。だから嘘をつくのはやめて」

「何だって?」ハリソンは三度目に同じ言葉を言うと、一瞬だけ道路から目をそらして写真を見た。

ハリソンとアダムとトムが写っている。ギリシャでアダムの大学の卒業式に撮った写真だ。

「どこから持ってきたんだ?」ハリソンはたずねた。

「本当のことを言って。この写真の背景にはクライド・ペタロナスが写ってる。なのに、あなたはキンベルで会うまでクライドのことを知らなかったと言ったわね」

ハリソンは写真をつかみ、目をこらした。驚いたことに、キャシーの言うとおりだった。

クライドが写っている。「誓って言うけど、どうしてクライドがここに写っているのか、見当もつかないよ」

「そんなの信じられると思う？」

「きみはぼくのマンションをあさったのか」ハリソンは責めるように言った。「仕事部屋からこの写真を持ってきたんだな」

「ええ」キャシーは認めた。

ハリソンはキャシーをまじまじと見た。信じられない。彼女が人のプライバシーを侵害するようなことをするなんて。ハリソンは歯を食いしばった。「どうしてだ？」

「わたしはこの話をするだけで、不利な立場に追いやられるの。「どうしてだ？」そう簡単にはあなたを信じられないのよ」

「ぼくだってそう簡単にきみを信じられない」ハリソンはキャシーに写真を振ってみせた。

「何しろ裏切られたんだからな」

「ごめんなさい、ハリー」

「ぼくの名前はハリソンだ」

キャシーはたじろいだ。「あなたが怒るのは無理ないわ。でも、こうするしかなかったの。イアフメス・アクヴァルとフィリスに、あなたをスパイしなければ刑務所送りにすると言われたのよ。キヤの陳列ケースには、二人分の指紋しかついてなかったんですって。わたしとクライドのよ。だから、わたしはあなたの部屋に入って、この写真を見つけたの」

「それで、ぼくがクライドと手を組んでると思い込んだわけだ」

「そう思うのも無理はないでしょう?」

「どうしてイアフメスはきみにぼくをスパイさせたんだ? 彼は何を疑ってる?」

キャシーはハリソンにも聞こえるくらい、はっきりとつばを飲み込んだ。「あなたがミノアン・オーダーのメンバーだと思ってるのよ」

「きみはそれを信じたのか?」

「信じてない。ううん、信じたかも。よく分からない」キャシーは弱々しく答えた。

「この問題ははっきりさせなきゃいけない」ハリソンは言った。「イアフメスのところに行こう」

そのとき、クロムメッキを施した改造ハーレーが二人の車とすれ違っていった。

ハリソンは一瞬遅れてから、まじまじとバイクを見直した。信じられない。「あそこに! アダムが!」

「どこ? どこよ?」

「あのハーレーに乗ってる」

「どうして分かるの? すごい速さで通り過ぎたし、乗ってる人はヘルメットをかぶってたじゃない」

「昨日の夜、美術館の外で見たのと同じバイクなんだ。間違いない。博士号を賭けたっていい」ハリソンはいきなりUターンをした。まわりで車のクラクションが鳴り響く。ハリソンは荒々しくアクセルを踏み込むと、ハーレーを追って高速道路に乗った。

「ちょっと、落ち着きなさいよ。わたしも冒険は好きだけど、冒険とむちゃは別よ」

「アダムを見失うわけにはいかない」ハリソンは歯を固く食いしばった。

バイクははるか前方にいるため、乗っているのが本当にアダムかどうかは分からない。でも、バイク自体は間違いなく昨夜と同じものだ。ハリソンは隣の車線に移ると、ニュージャージーのプレートをつけたユーホールを追い抜いた。

「さっきの車線に戻って」キャシーは叫んだ。「ハーレーはローズデールで降りるみたい」

ハリソンはその言葉に従い、ウィンカーを出すと、ユーホールの前に割り込んだ。運転席と助手席の両方から、中指を突き立てられる。キャシーは二人に向かって楽しげに手を振り、にっこり笑って叫んだ。「入れてくれてありがとう」

キャシーはハリソンのほうに向き直った。「判断がつかないときは、相手の地元では中指を立てるのがあいさつなんだと思うべし」

なんてのんきで理不尽な信条なんだ。さすがキャシー・クーパー。

車は穴ぼこだらけの道路を走っていた。酒屋の前にホームレスが座り込んでいる。板が打ちつけられ、空き家になった建物が多い。ぴちぴちの服に身を包んだ女性たちが歩道をうろつき、通りかかる車に手を振っていた。

「心配ないわ」キャシーはいかがわしい地域に入り込んだことに気づいてもいないような調子で言った。「そのうちアダムに追いつけるわよ。まだハーレーが見えてるもの。あ、ちょっと待って、あのバーの駐車場に入っていったみたい。見てみるわね」キャシーはウィンドウを下げると、ボルボから首を突き出した。「〈すてきなおっぱい《ボディシャス・ブーティーズ》〉っていう店よ。うーん、アダムは怪しいストリップクラブに行く趣味でもあるの？」

「ぼくの知ってる限りでは、ないはずだけど」ハリソンはむっつりと答えた。でも、絶対とは言いきれない。

もう、何がなんだかさっぱり分からなかった。ハリソンは典型的な「巻き込まれ型」主人公になり、とびきりセクシーでお調子者の相棒とともに不思議の森を旅している。いったいいつから、そしてなぜ、自分の人生がここまで手に負えなくなってしまったのかは分からない。ただ、どういうわけか、すべての道はキャシーに通じているようだった。

何よりも恐ろしいのが、ハリソン自身がこの旅を楽しんでいることだった。ところが、その気分も突然打ち破られた。赤信号で停まっていると、薄汚れたコートを着た男に、空のワインボトルが入った茶色の紙袋をボンネットに投げつけられたのだ。

「くそっ」男はハリソンに向かって悪態をついた。

ハリソンはクラクションを鳴らした。

「ちょっと、ハリー、怒らないで。けんかを売られたわけじゃないの。あの人はただ、街灯のそばにあるゴミ箱を狙ったのよ。ほら、あそこ」キャシーは縁石の上の落書きだらけのゴミ箱を手で示した。「的を外すのは仕方ないでしょ」

ハリソンは男を見た。男は歯をむき出しにして、こぶしを振っている。どう見てもゴミ箱を狙っていたようには見えない。

改めて思うが、キャシーはこんなに楽観的で、どうやって二〇代を生き抜いてきたのだろう？

信号が変わるのを待っている場合ではない。ハリソンは車が来ないのを確かめると、アクセルをいっぱいに踏み込んで交差点に入った。

「ちょっと！」キャシーは背筋を伸ばし、両手でひじかけをつかんだ。「法を破る《ブレイキン・ザ・ロウ》。不《バッド・》良《ボーイズ》め、バッド・ボーイズ」と、『全米警察24時～コップス』のテーマソングを歌いだす。

こんなときに笑わせないでくれ。ハリソンは〈ボデイシャス・ブーティーズ〉の駐車場に車を突っ込むと、エンジンを切った。後ろを振り返って、さっきの男が交差点からつけてきていないことを確認する。

クロムメッキされたハーレーのほかにも、店の前には大量のバイクが並んでいた。建物の横手に描かれた裸の女性のシルエットは、ペンキがはげかけている。刺激的なリズムがクラブの中から響いていた。

「アダムが乗っていたのは本当にあのバイクだったの？」キャシーはうわずった声で言った。ハリソンと同じように緊張しているようだ。

「間違いない」

なぜアダムがこんな悪の巣窟の中にいるのか見当もつかなかった。でも、何としてでも真相を突き止めなければならない。あのドアの中に入っていくのが、どんなに恐ろしくても。

でも、キャシーはどうすればいい？

このような場所で、キャシーを一人で車の中に残していくわけにはいかない。でも、彼女のような女性をこの店に連れていくことを考えると、血が凍る思いがした。あの中にいる男たちは、生まれたての子羊を襲う狼のように群がってくるだろう。

キャシーを守れるのは、ぼくしかいない。

そうだ。ぼくが守ればいい。ぼくが守るんだ。中にはアダムもいる。いざとなれば助けてくれるだろう。でも、まずはよく考えて、間違った行動をとらないよう計画を立てなければ。

ところが、キャシーの考えは違ったらしい。ハリソンが気づいたときにはすでに車を降り、〈ボディシャス・ブーティーズ〉に向かって歩いていた。自分のすてきなおっぱい《ボディシャス・ブーティーズ》を揺らしながら。

ハリソンは車から飛び出すと、キャシーのあとを追った。まったく、この女性には悩まされっぱなしだ。ようやくキャシーのひじをつかまえたと思うと、二人はすでに煙の立ち込める薄暗いストリップバーに足を踏み入れていた。

痩せ細って退屈そうな顔の、明らかに自然のものとは思えない胸をした女が、小さな舞台の上でものうげに回転している。店の片側にはビリヤード台が三台。革とチェーンに身を包んだ騒々しい男たちがまわりでビールを飲み、キューにチョークを塗りながら、時折ダンサーに目をやっていた。

インディハットはすぐに見つかった。アダムはドアに背を向けてカウンターに座っていた。頭にバンダナを巻いたがっちりした男が、右側のスツールに腰かけている。アダムの左側は空いていた。ハリソンはそこに座って話しかけることにした。

「アダムはあそこよ」キャシーはハリソンの脇腹をこづいた。「連れてきて」

せかされるのはいやだったが、男たちがキャシーを見る目つきは気になった。アダムを説得して、一刻も早くここを出たほうがいい。でもそのとき、これまでのなりゆきがいっきに頭によみがえり、自分たちをこんなところまで連れてきたアダムに猛烈に腹が立ってきた。

落ち着け、冷静になれ、感情を切り離せ。

ところが困ったことに、今までは効果てきめんだったこの呪文も、今回ばかりは効かなかった。ハリソンは自分を抑えることができず、アダムのそばに忍び寄ると、肩をぴしゃりとたたいた。

「おい、いったい何のゲームをしてるつもりだ?」強い口調で言う。

アダムは振り返った。

いや、アダムではない。

まるで交通事故にでも遭ったような顔をした男だった。あばたと傷にまみれた頰。少なくとも二度は折れたことがありそうな鼻に、寄り目かと思うくらい真ん中に寄った小さな目。さぞかし苦労の多い人生だったことだろう。

男は黙ってスツールを押しのけると、立ち上がった。ハリソンはずいぶん上を見上げるはめになった。ハリソンの身長は一八二センチあり、決して低いほうではない。でも、そのハリソンから見ても、この男はまるでセコイアの木のようだった。

「けんかを始めようってのか？」寄り目の男は前かがみになり、ビールと豚皮揚げ《ポークラインズ》のにおいのする熱い息をハリソンの顔に吹きかけた。

「違うのよ」キャシーがあわてて中に入った。「けんかを始めるつもりはないの。単なる人違いよ」

どうして余計な口をはさむんだ？　確かにハリソンはびびっていたが、キャシーに助けてもらうほどではない。

「てめえは女にしゃべってもらうのか？」ポークラインズとビールのにおいの男が言った。

「よう、ねえちゃん」頭にバンダナを巻いた男が右側のスツールから割って入ってきた。キャシーに向かってキスをするような音を立てる。「おれはあんたと始めたいな」

「筋道立てて話しましょう」ハリソンは言った。「ぼくはあなたを別の人と勘違いしました。失礼を許してください。いやな思いをさせてしまったんなら謝ります」

「筋道だと？」バンダナ頭は面白そうに答えた。「ビッグ・レイが筋道なんか立てるはずねえだろ？」そう言うと、キャシーにウィンクした。「ビッグ・レイがあんたの彼氏を殺したあとで、裏に行っておれと楽しくやらねえか？」

「ぼくがぶちのめされる前に、一つだけ質問してもいいですか？」ハリソンはビッグ・レイにたずねた。ビッグ・レイはこぶしを握りしめ、すり減った乱杭歯を食いしばっている。心臓をどきどきさせながら、ハリソンはこのやっかいな状況から抜け出す方法を必死で考えた。

「ああん？」ビッグ・レイはうなった。右のこぶしをリズミカルに左の手のひらに打ちつけている。

「店の前に停めてある改造ハーレーはあなたのですか？」

「いや」ビッグ・レイはバンダナ頭に向かって親指を立てた。「フリーモントのだ。時々おれも貸してもらってるけどな」

「昨日の夜も借りたんですか？　キンベル美術館の近くに行ったのでは？」ハリソンはたずねた。

「いや」とフリーモント。「あれはビッグ・レイじゃねえ。昨日の晩にキンベルに行ったのはおれだ」

「ビッグ・レイのインディハットをかぶって？」キャシーがたずねた。

「これはビッグ・レイの帽子じゃねえ。こいつはよく人から物を借りるんだ」フリーモントが答えた。「例えば、ほかの男の女とかな」

「じゃあ、その帽子は誰のなんですか？」ハリソンは最後の一言は聞かなかったふりをしてたずねた。

フリーモントは肩をすくめた。「空港で会った男に、この帽子と一〇〇ドルと〝ハリソン〟って書かれた白い封筒を渡されたんだ。これをかぶってキンベルに行って、そこの従業員に封筒を渡してくれと言われた。それがてめえに何の関係があるんだ？」

「質問は一つだけって言ってただろ」ビッグ・レイが言った。「そういうのは質問攻めっていうんだよ。それに、内容もちょっとずうずうしいんじゃねえのか？」

ハリソンは財布から二〇ドル札を五枚取り出し、カウンターにたたきつけた。「これでいくつ質問をさせてもらえますか？」

ビッグ・レイは目を輝かせ、札に手を伸ばした。これでビッグ・レイに粉々にされる前に店を出ていけるかもしれない、そう思った瞬間、フリーモントが隙を突いてキャシーのお尻を触った。

「お兄さん」キャシーは軽い口調で言い、身をよじって逃げた。「お触りはだめよ」

「なら、そのうまそうなケツをおれの前で振るんじゃねえよ」フリーモントはそう言うと、キャシーのお尻をぴしゃりとたたいた。その音はとても大きく、ストリップ音楽よりも高らかに店内に響き渡った。

ハリソンは怒りで目の前が真っ赤になった。

頭からすべての理性が吹き飛んだ。まるで野生化した動物のようだ。ハリソンはビッグ・レイを無視してフリーモントのほうを向き、唇をゆがめてどなった。「おれの女に触るな！」

「やれるもんならやってみな、めがねザル」

その瞬間、フリーモントはこれまでハリソンをばかにしてきた全いじめっ子の代表になった。自分より弱い男子をいじめることで、女子の気を引いていた運動部のやつら。女性にいやらしい言葉を投げつける、いばりくさった男たち。

ハリソンはフリーモントの手首をつかみ、キャシーから引き離した。気づいたときには、フリーモントのあごを正面から殴りつけていた。

バンダナ野郎はセメント袋のようにどさりと倒れた。

ハリソンは目をしばたたいた。自分がやったことが信じられない。フリーモントは足元の床に伸び、バンダナが半分外れてはげ頭が見えている。こぶしはずきずき痛んだが、キャシーはハリソンのことを、自分だけのスーパーヒーローでも見るような目で見つめていた。残念ながら、店にいたほかの客も全員、ハリソンを見つめていた。

「やっちまえ！」ビッグ・レイが叫び、大乱闘が始まった。

ハリソンはこてんぱんにされた。そのうえ、男たちはお互いをもこてんぱんにしていた。何でもいいからとにかくけんかがしたいのだろう。

ストリッパーとバーテンダーはその場から逃げ去ったが、それ以外の男たちは殴り合い、ビールびんを投げ合い、頭にビリヤード玉をぶつけ合っていた。

まったく、男ってやつは。

キャシーはその真ん中で、腰に手を当てて立っていた。何とかしてハリソンを助け出さなければ、殺されてしまう。警察を呼ぶことも考えたが、それでは時間がかかりすぎる。今すぐ、何とかしなければならない。

ほら、論理的に考えるの。こんなとき、ハリーならどうする？

いくつか案がよぎったが、どれも使えそうになかった。何か全員がけんかをやめるようなことをして、ハリソンともどもここから逃げ出さなければならない。

考えて、考えて、考えて。

ビッグ・レイがハリソンのえりをつかみ、カウンターに向かって投げ飛ばした。

「ううっ」ハリソンはうなり、その苦しそうな声に、キャシーは胸がえぐられた気がした。

とっさにビッグ・レイの背中に飛びかかり、頭をばしばしたたいてやりたくなったが、何かが彼女を押しとどめた。ハリーはわたしに冷静でいてもらいたいはず。中途半端な行動に出て、これ以上事態を悪くしてはいけない。あら、これが分別ってやつなのかしら？

でも、キャシーは物事を深く考えることには慣れていない。自分の身を守るには行動あるのみ、というのがいつものやり方だ。いったいどうすれば、行き当たりばったりに動くのではなく、筋道を立てて考えることができるのだろう？

ビールびんが頭の上を飛んでいった。

早く！　早く考えないと！

自分にできることをするの。才能を生かすのよ。

わたしに男をたぶらかす以外の才能があるかしら？　今その技を使うには、少しばかり事態が込み入りすぎている。

キャシーはうなった。わたしが得意なことって何？

まわりにはよく、発想が斬新だと言われる。では、この三ダースものむしゃくしゃした酔っぱらいたちの動きを一瞬で止めるための、斬新な発想は？

ハリソンは立ち上がっていた。怪しげな足取りでやみくもにビッグ・レイに飛びかかっていくが、完全に的を外している。ビッグ・レイは笑い、喉元にパンチをお見舞いした。キャシーの足元にビリヤードの玉が転がってきた。これを拾ってビッグ・レイの頭に投げつけてやろうか？　それとも、もっと何か本格的に派手なことをして、バー全体の注意を引いたほうがいい？

何でもいいから、とにかく何かするの。ハリーがずたずたにされてしまう前に。

そのとき、アイデアがひらめいた。

キャシーはハリソンを置いて逃げた。

自分の手に負えない事態になったのを見て、振り向いてドアから飛び出したのだ。ハリソンは多少がっかりしたものの、それよりも彼女が危険から逃れられたという安心のほうが大きかった。

バーから逃げてくれてよかったんだ。ハリソンは自分にそう言い聞かせた。この乱闘には巻き込まれないほうがいい。キャシーは自分にできることをしたまでだし、そのことで責める筋合いはない。うまくいけば、ボルボで逃げて、携帯で警察を呼ぶことだってできるのだ。警察が到着するまで、自分が持ちこたえられるかどうかは分からないが。

ビッグ・レイに殴られた右目がずきずきと痛む。めがねは割れ、片方の耳からぶら下がっていた。フリーモントはすでに立ち上がり、ビッグ・レイは後ろからハリソンの両腕をとらえている。

フリーモントはまだ少し足元をふらつかせていたが、仕返しをすることにしたらしい。こぶしを後ろに引くと、大きく息を吸い込み、ハリソンの胸骨に狙いを定めた。

ああ、くそっ、これは痛そうだ。

ハリソンは歯を食いしばり、あごをこわばらせて、新たな攻撃に備えた。

ところが、パンチは飛んでこなかった。

正面のドアが勢いよく開いて、キャシーが入ってきたのだ。手にリュックサックを持ち、体の前に突き出している。ガラガラヘビのような大きな音が、店内に響き渡った。

「いい、あんたたち」キャシーは声を張り上げ、リュックを高々とかかげた。「この音が聞こえる？」

誰もがぴたりと動きを止めた。

ハリソンはキャシーの意図に気づいた瞬間、その突飛な発想に思わず笑いそうになった。なんて独創的な人なんだ。ベーコンにされかかったぼくを助けるために、大人のおもちゃを使うなんて。

「ご想像のとおりよ」キャシーは言った。「このリュックの中には、ヒシモンガラガラヘビが一〇匹入ってる。全員両手を挙げて、壁に背中をつけなさい。でなきゃ、このヘビを放すわ」

ブルルル、ブルルル、ブルルル……。リュックサックが音を立てている。

誰も動こうとしない。

「早く！」キャシーはリュックサックのチャックを開けた。

ガラガラヘビの音は、さらに大きく響いた。何十本もの手が宙に挙がった。

「ほら、壁に背中をつけて」

警察の面通しに連れてこられた前科者のように、男たちは一列に並んだ。

「ハリー、行くわよ。この店から出ましょう」

足元はふらついたが、ハリソンはうきうきとキャシーのほうに走っていった。

「あんたたち、ばかなことを考えるんじゃないわよ。おとなしくしてれば、誰もヘビにかまれずにすむんだからね」

音を立てるリュックを高くかかげたまま、キャシーとハリソンはじりじりと後ずさりし、ゆっくりドアから出ていった。

18

「かわいそうに」キャシーはいたわるようにしーっと音を立て、ハリソンの打ちのめされた顔の上に、冷やした小さな牛肉の厚切りをそっと当てた。

ハリソンの右目は開かないほど腫れ上がり、頭もずきずきする。歯まで痛んできた。でも、二人とも生きているし、無事に家まで帰ることができた。バーであれほどの乱闘があったことを思えば、それだけでもありがたい。

ハリソンはキャシーの家のソファに座っていた。柔らかな胸のふくらみが脇腹に押しつけられている。彼女はシャワーを浴び、シルクのような生地の黒のパジャマに着替えていて、食べてしまいたいくらい魅力的だった。ハリソンは今この瞬間に死んでしまったとしても、幸せな人生だったと言える気がした。ひどくばかげた考えだが、どうしてもそんなふうに思ってしまう。

いつからこんなことになったんだろう？　これまではずっと、感情にとらわれず生きてこられたのに。

彼女がぼくに何をしたというんだ？

「大人のおもちゃを威嚇に使うなんて、どこから思いついたんだ?」ハリソンはたずねた。

キャシーはにっこり笑って、最高にかわいらしく首をかしげた。「こう考えてみただけよ。『こんなとき、ハリーならどうする?』って」

「それで思いついたのがその方法?」

「まあね」

「おいおい、それは見当違いだよ。おもちゃを武器に使うなんて、ぼくなら絶対に思いつかない」

「そうかもしれないけど、あなたは先に考えてから行動するでしょ。その方法をまねしたの。普段のわたしなら逆だから」

「ぼくたちはいいコンビかもしれないな」

「そうね」キャシーはにっこり笑った。「お腹すいた? 何か食べる物を作るわ。わたし、お腹ぺこぺこなの」

お腹なんかすいてないと言いたかった。キャシーに立ち上がってほしくなかった。ずっと隣に座っていてほしい。彼女が息をするたびに、腕に当たる胸が上下するのを感じていたい。でも、食べ物と聞いてハリソンのお腹は鳴り、その音はキャシーの耳にも届いた。

「了解」キャシーは笑った。「食べたいのね。ほら、これを持ってて」ハリソンの手を取り、目に当てている生肉へ持っていく。「キッチンに来て、わたしが料理をする間何かしゃべっててよ。話し相手が欲しいの」

キャシーの話し相手なら大歓迎だ。

ハリソンは言われたとおり、キャシーについてキッチンに行った。体の痛みに顔をしかめないよう気をつけたつもりだったが、やはり表情に出ていたらしい。ハリソンが食卓につくと、キャシーは水の入ったグラスとイブプロフェンを二錠持ってきてくれた。

「はい、これを飲んで」

ハリソンは言うとおりにした。

「ちょうどよかったわ」キャシーは冷凍庫の中を探りながら言った。「わたし、一カ月に一度大量に料理して、残りは何とかっていう真空パックマシーンを使って冷凍してるの。だから袋を熱湯でゆでて、あとはサラダでも作れば、すぐに手料理のできあがりってわけ」

「アダムを探しに行ったほうがいいと思うんだけど」ハリソンは言った。「ディナーを食べてる場合じゃなくて」

「食事はしなきゃいけないし、あなたは体力を取り戻さなきゃいけないわ。次の行動を考えるのはそのあとよ」

「問題はそこなんだ。これからどうすればいいのか分からない。もうネタ切れだよ」

「そのうち何か出てくるわよ。あなたはアイデアを思いつくのが得意なんだから」

「こんなに頭が痛くちゃ無理だ」

「もう一度、アダムの携帯電話にかけてみましょうよ」キャシーはバッグから携帯電話を取り出し、ハリソンに渡した。

ほとんど望みはないと思ったが、キャシーが鍋で湯を沸かしている間に、ハリソンはアダムの番号にかけてみた。

出ない。ハリソンはメッセージを残し、電話を切った。ため息をつき、手のひらの腹で目に肉を押しつけながら顔を上げる。キャシーが野菜室の上に体をかがめているのが見えた。

いい。すごくいい。

目の調子が悪くても、視界がぼやけていても、キャシーのお尻は格別だった。

おい、これじゃあフリーモントと同じじゃないか。あの男がキャシーを触ったときのことを思い出すと、今でも腹が立って仕方がなかった。

キャシーはサラダ菜を取り出し、流しで洗い始めた。ハリソンは殴られていないほうの目で、キャシーの指が柔らかく新鮮な葉をなでる様子をじっと見た。

「もうぼくがミノアン・オーダーのメンバーだとは思ってないよね？」ハリソンはたずねた。

「ええ。もう疑ってないわ」

「じゃあ、どうしてイアフメスはぼくを疑ったんだろう？　長いつき合いなのに」

「ただ、怪しく思えたってだけじゃない？　あなたはキヤを見つけることを仕事にしていたし、そのために大金をつぎ込んでいたわけだから」

「だったら、ますますキヤのお守りを盗むはずがないと思うんだけど」

「もしかして本当に、クライドはミノアン・オーダーの一員なのかも」

「そうかもしれない」ハリソンも認めた。

「じゃあ、もう一度考えてみましょう。脳細胞を働かせて、ジグソーパズルのピースをつなぎ合わせていくの。今夜分かったことは？」

「バイク野郎の集まるストリップクラブと、ビッグ・レイという名の男には近寄らないこと」

キャシーはくすくす笑い、サラダ菜を野菜水切り器《サラダスピナー》に入れた。「何言ってんの、アダムのことよ」

「ガブリエルに封筒を渡したインディハットの男は、アダムじゃなかった」

「じゃあ論理的に考えて、ミイラがアダムだったたってことね」

「つまり、アダムは刺されたってことだ」

「もう死んでるかもしれない」キャシーは小さな声で言うと、振り返ってこっちを見た。その目に浮かぶ色はあまりに悲しげで、ハリソンは思わず目をそらしてしまった。「本当にお気の毒だわ」

「あいつが死んだとは思えない」そんなことは考えたくもなかった。「死んでないよ」

「じゃあ、どこに行ったのかしら？　アダムに何があったの？　歩くのもやっとの状態だったのよ。どうやって中庭から抜け出したのかしら？」

「そもそも、誰が、どうしてアダムを刺したんだ？」

「それに、もしアダムが死んでいないとしたら、どうしてわたしたちに連絡してこないのかしら？」

二人は顔を見合わせた。昨晩の仮装パーティから、ちっとも考えが進んでいない。あれがたった二四時間前のことだとは信じられなかった。ということは、残された時間はあと四八時間だ。

「一つずつ考えていこう」ハリソンは言った。

肉が温かくなってきたので、ハリソンは目の上から外し、水で濡らそうと流しに近づいた。石鹼に手を伸ばしたとき、偶然キャシーと腰が触れ合った。ハリソンはちらりと下に目をやって、二人の体が当たっている部分を見た。

「わたしの目はごまかせないわよ」キャシーはくすくす笑った。「ヨーロッパに住んでたこともあるの。いやらしい人には敏感なんだから」

「いやらしいことなんかしてないよ」ハリソンは腰をずらした。

「いやらしい目つきをしているわ」

「確かに、いやらしい目つきはしてるかもしれない。でも、それは片目だけだ。もう片方は腫れていて開かないんだから。それに、目つきを気にしてたらきりがないよ。もし、いやらしい目つきがだめだって言うなら、きみは出会う男の九割をひっぱたかなきゃいけない」

「そうかも」

「きみとは結婚できないな。きみの貞操を守ろうとすれば、ほかの男から殴られすぎてそのうち目が見えなくなりそうだし、めがねは買い直すたびに破壊される」

「誰もあなたに結婚してくれなんて言ってないわ」

「よかった」ハリソンは鼻を鳴らした。

「どうして怒ってるの?」

「怒ってなんかない」

「じゃあ、どうして鼻を鳴らしたの?」

「きみがそこらじゅうの男たちにいやらしい目で見られることを想像して、不愉快になったんだ」

「それはあなたが心配することじゃないわ。いいから座って」

ハリソンはそのとおりにした。キャシーに言われたからではない。ほかに身の置きどころもなかったし、頭も少しぼんやりしていたのだ。何とかテーブルまで戻ったが、今にも汗が吹き出しそうだった。

キャシーは湯気の立つパスタの皿をハリソンの前に置いた。ミートソースとすりおろしたパルメザンチーズがかかっている。そばにガーデンサラダが置かれ、グラスに赤ワインが注がれた。ハリソンは一口食べて初めて、自分がひどく空腹だったことに気づいた。

「これ、ほんとにおいしかった」ハリソンは料理をたいらげると、フォークの背で皿を示した。ワインもおいしい。ハリソンはたっぷりもう一口、ワインを飲んだ。「きみは名コックだね」

「デザートも食べる?」キャシーはたずねた。「わたしは食べる気まんまんなんだけど」

「何があるの?」ハリソンは話に乗った。

「イチゴのショートケーキ」

「大好物だ」

「ほんとに？」キャシーは顔を輝かせた。「わたしも大好きなのよ」

きっかけは分からなかった。ただ、さっきまで二人でイチゴショートを食べていたはずなのに、いつのまにかハリソンはキャシーをデザートでも見るような目で見ている。

「うーん」キャシーは言った。わざとらしく聞こえるのは分かっていたが、何かしゃべって、この張りつめた空気をやわらげたかった。「この季節のイチゴはほんとに実が大きくてジューシーよね」

おっと、これはまずい。

「ああ、そうだね」

ハリソンを盗み見たとたん、キャシーの心臓は自殺でも図ったかのように胸の内壁に勢いよくぶつかった。

見るたびにハリソンはキュートになっていく。ダサい服のことなど、もうどうでもよかった。だって、服はしょせん服だ。それに、ぼさぼさの髪もだらしないとは思えず、ベッドから出てきたばかりみたいでセクシーだ。

こんなことは初めてだった。だから、どうふるまっていいのか分からない。今までは、男性は魅力的かそうでないか、そのどちらかだった。出会ってすぐに惹かれなければ、それ以上発展することはない。でも、惹かれたら惹かれたで、すぐに相手を美化してしまう。最初のうち、キャシーの愛する男は現実よりも背が高く、頭がよく、かっこよく思える。ところが、交際が進むうちに本当の姿が見えてきて、すぐに愛想を尽かしてしまうのだ。

でも、ハリソンは違った。初めて会ったときは、わけの分からないうざったい男に思えた。一人を好む穏やかで内省的なところは気になったが、男性としての魅力を感じたわけではない。ハリソンはキャシーがこれまでつき合ってきた男たちとは正反対だった。よく知れば知るほど、魅力的に思えてくるのだ。

今では、ボンッ！　一目見るだけで、欲望が爆発して天井を突き破りそうな勢いだ。

ああ、落ち着かないと。もしフィリスとイアフメスの言うとおり、ハリソンがミノアン・オーダーのような奇怪なカルト集団の一員だったらどうするの？　そんな男とはかかわりになりたくない。

でも、ハリソンのように内気な人が、集団組織に属しているとは思えなかった。それもよりによって、ローブやら頭巾やらばかげた衣装を身につけているような秘密結社だなんて。イアフメスにどんな証拠を突きつけられても、信じられそうにない。

そもそも、ハリソンは衣装を着ることが嫌いなのだ。キャシーが仮装パーティでマルクス・アントニウスの格好をさせようとしただけで、まるで紫のチュチュを着てゲイパレードに出ろとでも言われたような反応を見せた。

「どうしてそんな目でわたしを見るの？」キャシーはたずねた。

「あなたは休まなきゃ。傷を治さないとね」

「そんな目って?」

「わたしを食べたがってるみたい」

「たぶん、そう思ってるからだ」

「昨日の晩なら、喜んでその申し出を受けていたところよ。でも、今夜はもう店じまい。あなたは休まなきゃ。傷を治さないとね」

「じゃあ、優しく看病してもらわないと」ハリソンは声を落とし、まぶたを伏せると、男の欲望をむき出しにした目でキャシーを見た。

「ワインを飲みすぎたのね」キャシーはハリソンのグラスを取り上げ、残りの食器と一緒に流しに運んだ。「しらふじゃない相手につけ込むようなことはできないわ。あなたも昨日、わたしにそう言ったでしょう?」

「酔っ払ってなんかいない」ハリソンは立ち上がり、両手を大きく広げてキャシーのほうに歩いてきた。「ほら、ふらついてないだろ?」

ふらついているどころか、ふんぞり返っている。焦げ茶の目には、野蛮で荒々しい光が浮かんでいた。まるで誇り高い雄猫のようだ。殴られた顔は魅力的とはほど遠いはずなのに、なぜかそそられてしまう。こんなに妙な気持ちになるのは、この顔のせいなのだろうか?

そうかもしれない。

ハリソンはキャシーの名誉を守るためにけんかを始めた。その事実にそそられているのだ。かわいそうな傷そのものにではない。

なるほど。

でも、ハリソンをベッドに入れてはいけない。そうしたいのはやまやまだが、今はまずい。彼は傷だらけだし、自分は気持ちが不安定だ。今感じているのが単なる欲望だけならいいが、ハリソンに対する気持ちはもっと複雑で、それをセックスで混乱させたくはなかった。

「ハリー、あなたは堅苦しすぎるわ。わたしにはもっと大胆な人のほうが合ってる」

「ぼくだって大胆になれるよ」

ハリソンのゴディバ色の目に、男の欲望があらわになった。ワインを飲みすぎたに違いない。頭の中はもう、マットレスを揺らすことでいっぱいのようだ。キャシーはとんでもない怪物を作り出してしまった。狼男には銀の弾丸、吸血鬼には木の杭。この怪物を倒すための武器はどこ？

「あなたには無理よ」

「いや、無理じゃない。ほらね？」

ハリソンは頭からシャツを脱ぎ、床に落とした。キャシーはとっさに彼の胸を見た。映画スターのように割れてはいないが、悪くない。全然悪くない。

「何してるの？」キャシーは言った。

「きみを試してるんだ」

「朝になったら後悔するわよ」

「朝のことなんかどうでもいい。今夜があるじゃないか《ウイヴ・ガット・トウナイト》」ハリソンはそのような歌詞の歌を口ずさんだ。

「ちょっと、歌はやめて」

「ウィヴ・ガット・トゥナァーイト」歌いながら近づいてくる。

キャシーはテーブルにあったホイップクリームのスプレー缶をつかんだ。「来ないで。動いたら撃つわよ」

ハリソンは威嚇するようにテーブルのまわりを回った。

キャシーの胸は激しく高鳴った。どうしても裸の胸から目が離せない。「わたしは本気よ……」

「本気でも構わないさ。ぼくにイブプロフェンとワインを飲ませたのはきみだ。それに、ぼくはきみの申し出を受けようって言ってるんだ」

「あれは昨日の晩のことよ。あの申し出は撤回する。クーポンは期限切れです」

ハリソンはベルトのバックルを外し、キャシーに近寄ってきた。ベルトがシュッと音を立てて引き抜かれ、ベルト通しからすべり落ちた。「ああ、そういうことか。きみが主導権を握りたいんだな」

「来ないで」キャシーはじらすように言った。本当は来てほしくてたまらない。でも、どうしてハリソンはいきなり変わったのだろう？　昨晩はあんなに遠慮がちだったのに、今夜はこんなにも大胆だ。単にワインのせい？　それともほかに何かあるのだろうか？　それ以上のことが？

ハリソンは誘うような笑顔を浮かべた。どこから見てもオタクには見えない。そして、ズボンのチャックを下ろした。

「ズボンは脱がないで」

「正直に言えよ。ぼくが欲しいんだろ？」

「違うわ」キャシーは思わず笑ってしまった。これではまったく説得力がない。

ハリソンは飛びかかってこようとした。キャシーは後ずさりした。「武器を使うわよ」

「やってみな」ハリソンはズボンを脱いで蹴り飛ばした。

ちょっと！

「何、裸になってるのよ」キャシーはあえいだ。

「観察力が鋭いね」ハリソンの顔には、あからさまにみだらな色が浮かんでいる。

キャシーは腕を伸ばすと、クリームのスプレー缶のノズルを押した。長く白いものが勢いよく部屋を走り、ハリソンの眉毛に当たった。

でも、顔を甘いホイップクリームまみれにされたくらいでは、彼はひるまなかった。目からクリームをぬぐい取り、泡のかたまりを投げつけてくる。キャシーはひょいと体をかがめ、ぎりぎりのところでそれをよけた。泡は背後の壁に当たった。

キャシーはもう一度スプレーを発射した。

クリームはハリソンの頭のてっぺんをかすめた。

ドアに向かって後ずさりする前に三度目の噴射をしたが、効果はなかった。イチゴショートに載せるクリーム程度では、食い止めることができないらしい。もう一度クリームを浴びせて身を守ろうとしたが、スプレー缶はすでに勢いを失っていた。

ハリソンは部屋を横切ってきた。髪はホイップクリームでぴんと立ち、べたついている。

「こっちに来い」

キャシーは首を横に振ったが、胸の高鳴りを抑えることができない。

「逃がさないぞ」

でも、キャシーはすでに逃げ出していた。飛び跳ねながらリビングを通り抜ける。興奮と欲望とで、体が燃えるように熱い。何、このゲーム。なんて面白いの！

ソレンとキヤも「今晩はどっちのピラミッドでする？」なんて言い合ったのかしら。

「そうやって抵抗すればするほど、罰も厳しくなるぞ」ハリソンが脅すように言った。

「どれくらい？」キャシーは声をうわずらせた。

「体の隅々までなめて、こんなの初めてって言わせてやる」

やだ、たまらない。キャシーはその場に崩れ落ちそうになった。

あのさえないハリーが、実はこんなにも、今まで会ったことがないくらい刺激的な人だったなんて。

キャシーは寝室に向かって駆けだしたが、ハリソンは思ったよりずっとすばやかった。ソファの背によじ登り、反対側に飛び下りる。こっちも巧みに逃げているというのに、今にも追いつかれそうだ。

でも、キャシーは何とかハリソンの手から逃れた。血液中には大量のエンドルフィンがみなぎっていて、フリーモントの改造ハーレーのエンジンだってかけられそうな勢いだ。このゲームで気持ちが高ぶり、ウォーミングアップは十分だった。

誘いをはねつけることで、無意識のうちに、ハリソンを狩りに誘っていたのだ。男の性衝動は、自ら女を追い求めることでどこまでも高まっていく。

寝室のドアにたどり着いたところで、ハリソンに腕をつかまれた。胸が激しく高鳴り、肋骨の中で鳥がやみくもに暴れているようだ。何とかして外に出たい。自由になりたくてたまらない。

キャシーははじかれたように笑いだした。甲高い、ひきつったような笑いだ。ハリソンと目が合い、息をのんだ。

これからどうするの？　彼の目には欲求があらわになっている。キャシーの体に混じりけのないむき出しの欲望がほとばしり、まわりの世界がもがくようなスローモーションで小さく閉じていった。

二人の体はお互いの視線に絡め取られ、時間も空間もない場所へと連れ去られた。もう戻れないところに来てしまった。今から愛し合うのだ。

結ばれることは怖かったけれど、同じくらい焦がれてもいた。

廊下の薄暗い照明の下で、ハリソンの肌は黄金に輝き、エキゾティックに見えた。そのはっとするほど黒い髪――今はホイップクリームがついているけど――と、誇り高い貴族のような鼻、たくましい体を見ていると、この人がソレンでもおかしくない気がしてくる。でも、キャシーはキャとはほど遠い。白すぎるし、ぽっちゃりしているし、ふわふわしすぎている。ハリソンにはもっとふさわしい女性がいるはずだ。浅黒くて、エキゾティックで、知的な人。

そう思うとキャシーは不安にかられ、ハリソンの手を振りほどきたくなった。でも、ハリソンは離してくれなかった。キャシーの目に浮かぶ動揺を読み取って、その意味を理解したかのようだ。

「今夜、きみはぼくのものになる」

キャシーが求めていた言葉だった。ホイップクリームがハリソンの漆黒の髪の上で、降ったばかりの雪のようにきらめいた。キャシーの視線はハリソンの顔から胸、引き締まったお腹、そしてその下へと下りていった。

はっと息をのむ。

ハリソンの下半身は、欲望で張りつめていた。まぎれもない男の姿。それを見たキャシーは胸が苦しくなり、息を吐き出すのもやっとだった。

ハリソンの頭からつま先までじっくり見たが、彼はキャシーの顔だけを見つめている。キャシーはようやく勇気を奮い起こすと、あごを上げて彼の視線をまともに受け止めた。

ハリソンはまっすぐ見つめてくる。茶色い目は強くきらめき、ほとんど真っ黒に見えた。彼は震えている。ほんの少し。見た目にはほとんど分からない。でも、小指はキャシーの肌の上で、確かに震えていた。

愛おしい人。

イアフメス・アクヴァルの言うことを一瞬でも信じるなんて、わたしはなんて愚かだったのだろう。この人に泥棒の要素なんてこれっぽっちもない。

ハリソンの無防備さに胸を突かれた。自分からこのゲームを始めたのに、いざこうなるとキャシーと同じくらい不安を感じているのだ。キャシーはきっちり服を着ているのに、ハリソンは服をはぎ取り、素っ裸で立っている。すべてをさらけ出している。何も隠さずに。

一瞬にして、ハリソンが無言のうちに、どれほど貴重な贈り物をしてくれているかが分かった。ハリソン・スタンディッシュは簡単に自分をさらけ出す人間ではない。一人きりで長い時間考え込むことの多い人だ。

そんなハリーが、わたしを信じると決めたのだ。

そのことが、言葉では言い表せないほど誇らしい。体がほてり、しっとりと濡れてくる。

ハリソン自身は大きく、硬くなり、腹に向かって猛々しくそり返っていた。

どうしても、視線が下半身に吸い寄せられてしまう。ひざの力が抜け、口の中につばがたまってきた。ごくりと喉を動かしたが、うまく飲み込めない。彼がこんなにもすごいなんて思わなかった。男性経験はそれなりにあるはずなのに、ハリソンほど想像をかき立てられる相手は初めてだった。

いきり立ったものは、わずかに右に曲がっていた。竿の部分も脈打つ丸い頭に負けないくらい、ぱんぱんに張りつめている。先はすでに濡れ、キャシーを求めていた。欲望に満ちたかすれ声が聞こえたが、驚いたことにそれは自分の喉から漏れていた。

首のくぼみが激しく脈打っているのを感じる。キャシーはためらいがちに手を伸ばし、初めてそれに触れた。手のひらに包むと、びっくりするくらい大きく感じられる。キャシーの胸は張りつめ、じんわりと熱を帯びた。

ハリソンはキャシーのブラウスのボタンを外し、優しく服を脱がせていった。服が全部脱がされ、キャシーがハリソンの前に裸をさらけ出したとき、二人は震えていた。

「なんてきれいな体なんだ」ハリソンは息をのみ、胸の曲線からウエストまわり、ヒップのふくらみへと手を這わせていった。「砂時計みたいにくびれていて、すごく女らしい」

「ありがとう」キャシーは言った。

「きみが自分の体を気に入っているところが、ぼくは大好きだ。そういう女性は少ないから」

キャシーは頬がほてるのを感じ、急に恥ずかしくなってきた。おかしい。そんなことありえない。普段はこんなふうに恥ずかしがったりしない。彼女は自分の感情に戸惑い、うつむいた。

どうしていきなり、信じられないくらいひざが震えて、心細い気持ちになるの？　何でこんなおかしな気後れを感じるの？　この柄にもない気恥ずかしさは何？

ハリソンはキャシーのあごに手をかけ、上を向かせると、目を見つめながら言った。「きみが欲しい」その一言で、戸惑いは吹き飛んだ。

ハリソンのキスには、ゆっくりとじらすようなところはなかった。最初から熱く、強引で、すぐに激しい段階へと突入した。ハリソンからも、キャシーからも、欲望が吹き出してくる。それはお互いに混ざり合い、流れ出して、目もくらむような奔流となった。

胸のふくらみを優しく愛撫されたキャシーは、脚の間が熱く濡れてくるのを感じた。ハリソンのキスがゆっくりと、ものうげな調子を帯びる。彼はキャシーのすべてを変えていった。舌に絡みつく彼の舌は、暗闇で踊る炎のようだった。

後ろ向きに歩かされたキャシーは、ベッドの端に尻をついた。

「寝転ぶんだ」ハリソンは命令するように言った。「脚をぼくの腰に巻きつけて」

キャシーは言われたとおり、マットレスに背中をうずめた。耳の奥が激しく脈打っている。これからどうするの？

高ぶったものが、キャシーの腹の上で楽しげに跳ねた。ハリソンは床に立って、こちらを見下ろしている。

キャシーはベッドに横たわり、端からヒップ全体を宙に浮かせ、両脚をハリソンのウエストにきつく巻きつけた。笑みがこぼれる。いったん中に入ってくれば、自分がハリソンの腰の動きを調整できる。いい感じの体勢だ。

ところが、その予想は完全に外れた。

ハリソンは手を下にすべらせ、太ももの間を優しく愛撫した。キャシーはたじろいだ。たまらなく気持ちがいい。彼は前かがみになってぴったりと唇を重ね、キスをしながら彼女の濡れた女のひだを刺激した。

そして、指を少しずつ中に沈み込ませ、ゆっくりと抜き差しした。キャシーはあまりの快感に叫び声を漏らしそうになった。

中指を中にすべり込ませたまま、小指は外で器用に動かす。なめらかな安定したリズムで手首を前後に揺らしながら、小指も積極的に動かし、下のほうで何度も円を描いた。その動きは徐々に速さを増していき、キャシーは甘い蜜をたっぷりとあふれさせた。

「ああん」キャシーは声をあげ、腰を上に突き出した。その指使いがもっと欲しくてたまらない。

ハリソンは次に、張りつめた、ひだのあるつぼみのまわりをなぞった。軽く、一定のリズムで力を加えながら、ゆっくりと。

キャシーはあえぎ、両手でベッドカバーをぎゅっとつかんだ。ハリソンはやめようとしない。熱く、挑発的に、指を動かし続けている。入れては出し、つぼみを、まわりを刺激する。愛撫は延々と続き、キャシーはめまいがするほどの欲求を感じた。この渇きを満たしてもらいたくてたまらない。

「どこで」キャシーはあえぎながら言い、息を整えてから言葉を継いだ。「そんなやり方を覚えたの？」

四六時中、古代の遺物に気を取られているような男性が、こんなにも女性の体のことを知っているとは夢にも思わなかった。まさかハリソンがこんなテクニックを持っていたなんて。

「ガリ勉くんは読書が趣味だからね」ハリソンはにやりとした。

心得その一。できるだけインテリとつき合うこと。

「でも、まだまだこれからだよ、スイートハート」ハリソンは手を離すと、床にひざをついて、首のまわりにキャシーの脚を巻きつけた。最も敏感な部分の正面に、ハリソンの唇が迫ってくる。

キャシーは食いしばった歯の隙間から息を漏らした。これ以上ない喜びに、全身が固くこわばる。

内ももにハリソンの髪が当たった。張りつめた小さな頂を、唇が巧みに攻めてくる。熱い舌が中に入ってきて、飢えたようにかき回された。

巧みな舌の動きにキャシーは翻弄された。操り人形になってしまったかのようだ。何から何まで、ハリソンにされるがままだった。

こんなにも、なすすべもなく高ぶらされるのは初めてだった。彼の舌がとろけた芯に潜り込み、悪魔の術を施していく。

キャシーはあえぎ、体をそらして愛撫を求めた。震えるような快感は二人だけのもので、言葉にならないくらいすばらしかった。

どうしてこんなにも早く、親密な関係を結ぶことになったのだろう?

熱く燃え上がった関係ほど、冷めるのも早いのよ。

キャシーが以前、どうしてまた彼氏と別れてしまったのかしらと言ったときに、母親に言われた言葉だ。

でも、ハリソンの舌使いに、そんな考えは頭から吹き飛んでしまった。彼は両手でキャシーの腰をつかむと、もだえ、のたうつ体をマットレスに押しつけた。キャシーの体が、ハリソンの熱い息を吸い込んでいく。

ああ、もうだめ。

ハリソンの舌がうごめいている。押して引いて、揺らして突いて。キャシーは探し求め、つかみ取ろうとした。早く、あの高みに行きたい。

絶頂は、魂の芯から突き上げるようにやってきた。体の中心から手足に向かって、爆発が起こる。筋肉が張りつめたかと思うと、いっきに力が抜けた。心臓が激しく打ち、目の前で赤と白の星がちかちかと躍った。

キャシーから放たれる湿った熱が、ハリソンを包み込んだ。彼が勝ち誇ったように笑うと、その声が部屋を満たした。

まあいいわ、とキャシーは夢見心地で思った。決意は守った。ハリソンをベッドに入れてはいない。

彼はずっと床の上にいたのだから。

19

「ありがとう。すごくよかった」キャシーは満足げにため息をついた。

「どういたしまして」

二人はベッドの真ん中で重なり合っていた。キャシーは頭を肩にもたせかけ、ハリソンの隣で丸くなっている。彼の口元には、得意げな笑いが浮かんでいた。

キャシーは指先でハリソンの唇をなぞった。「あなた、かなりうぬぼれてるわね?」

「うぬぼれたらだめ?」

「さあ、どうかな?」

ハリソンはにっこり笑った。その瞬間、キャシーの心は真っ二つに割れた。ドゥエインのことを話さなくちゃ。理由は分からないが、そう思った。

「ハリー?」

「ん?」ハリソンは眠たげに、満ち足りた声を出した。ハリソンと呼べとはもう言わなくなっている。少しずつだけど確実に、根負けしつつあるようだ。

「話があるんだけど」

ハリソンは顔を動かし、腫れていないほうの目でキャシーを見つめた。「何?」

「今日、わたしがあなたの前で取り乱した理由なんだけど、本気で聞きたい?」

「言いたくなければ言わなくていいんだよ」

「ううん、言わなきゃいけないの。あんなふうにきれいな蝶を見せて謝ってくれたんだから。しかも、あなたが悪いわけでもないのに」

「しーっ」ハリソンは小さな声で言った。「いいんだよ。本当に。あのことは忘れてくれ。ぼくは気にしてないから」

「わたしは気になるの。あんなふうに気が狂ったみたいになったんだから。あなたにも理由を知ってもらいたい。わたしには大事なことなのよ」

「じゃあ、聞かせて」

「わたし、結婚していたことがあるの」

ハリソンは何も言わなかった。キャシーは不安を押し殺し、そのまま話し続けた。この話をするのはいまだに難しかった。もう一一年も前のことなのに。

「相手はドゥエイン・アームストロングっていう人。わたしは彼のことが本気で好きだった」キャシーはドゥエインに、一〇代特有のやみくもな恋愛感情を抱いていた。今振り返ってみれば、ばかみたいだと思う。あの頃は愛というものをまったく分かっていなかった。

「そうか」ハリソンはあまり興味がなさそうな声で答えた。

「わたしはドゥエインと結婚さえできれば、何もいらないと思った。彼はかっこよくて、面白くて、大胆な人だった。向こうは二一歳で、わたしは一七歳。家族は全員反対したわ。父にまで反対されたときは驚いた。父はドゥエインと似たようなタイプだったから。でもわたしは若かったし、意地もあったし、恋に夢中だったから、反対を押し切って彼と結婚したの。最初の二カ月くらいはよかった。幸せな毎日だったわ」

「それからどうなったんだ？」ハリソンの口調は軽かったが、キャシーはその奥に張りつめた響きがあるのに気づいた。嫉妬しているのだ。「しばらくすると、バスルームの床に脱ぎ散らかされた靴下を拾うのがいやになってきた？」

「靴下だったらまだよかったんだけど」キャシーは打ち明けた。「わたしが拾わされたのは、クラック（コカインの一種で純度が高く強力）のパイプだったの」

「おい、キャシー、本当に？」

　キャシーの体の下でハリソンの筋肉が張りつめるのが分かった。「わたしはどうしようもないばかだったのよ」

「違う、きみはばかなんかじゃない。ばかな選択はしたかもしれないけど、きみ自身がばかだったわけじゃないよ」その口調はとても力強く、自分が言っていることを心から信じているように聞こえた。

「すごく恥ずかしかったわ。だから誰にも言えなかった。マディーにも」

「そんな状況に一人で立ち向かうのは、本当につらかっただろう。家族にも言えないなんて」

キャシーはうなずいた。「ドラッグのせいで、生活はすぐにめちゃくちゃになった。ドゥエインは病的に嫉妬深くなったわ。独占欲に取りつかれたの。決定的だったのが、わたしを地下室に閉じ込めたこと。その間、ドゥエインはドラッグパーティに出かけて、二日間帰ってこなかった」キャシーはそのときのことを思い出し、体をびくりと震わせた。

「ぼくはなんて鈍い男なんだ」ハリソンは押し殺した声で言った。「きみの目の前で地下室のドアを閉めるなんて、どうかしてたよ。しかも、きみが中にいる間に、あの男に爆破されていたかもしれないんだ」激しい感情に声がとぎれる。

「ハリー、あなたのせいじゃないわ。わたしが心的外傷後ストレス障害《PTSD》のフラッシュバックを起こしただけなんだから。あなたにそんなことが分かるはずがないもの。今この話をしたのは、ただもっとわたしのことを知ってもらいたいと思ったからよ」

「でも、勇気を出して別れたんだね？」ハリソンはキャシーの髪をそっとなでた。その感触はあまりに心地よく、優しさに胸がうずいた。

「わたしはドゥエインに立ち直ってもらいたかった。本気でそう思ったの。でも、匿名《ナルコティクス》・断薬会《アノニマス》に参加させようとしても、ドゥエインは自分が中毒だってことを認めなかった。そのうちわたしも説得をあきらめてしまったの。疲れきってしまって。時間をかけて頑張れるほどのスタミナはなかった」

「二度と結婚したくないのはそれが理由なのか？　自分が間違ったことをしたと思ってるから？」

キャシーはうなずき、歯を食いしばって涙をこらえた。自分の一番恥ずかしい秘密をハリソンに打ち明けるのは、思っていたよりもずっとつらいことだった。

ハリソンは肩からキャシーの頭をそっと下ろすと、布団をかけ直し、ベッドから出た。コラージュの壁の残骸のほうに歩いていく。バスルームから漏れてくる光の中に、裸のお尻が浮かび上がった。心がときめく。なんてたくましい体なんだろう。

ハリソンはこぶしを握りしめた。「やつはどこだ?」

「ああ、ドゥエインはコラージュの壁にはいないの。そこに飾ってるのは、幸せな思い出だけだから」キャシーはベッドの上で起き上がり、ひざを立てて胸に寄せた。

ハリソンは振り返った。その顔に浮かぶ表情に、キャシーは心をつかまれた。「誰かがきみを傷つけたと思うと、つらくてたまらない。そいつを殺してやりたいよ」

「殺さなくていいわ。ドゥエインは交通事故で死んだから。わたしが出ていった次の日に」

「ああ、キャシー。かわいそうに。きみがそんなにもつらい目に遭ってたなんて」ハリソンは部屋を横切り、ベッドの端に座ってキャシーを抱きしめた。

彼女は震えていた。

「大丈夫だ」ハリソンはささやき、キャシーの額に唇を押しつけた。彼女が受けた傷を思うと、心がばらばらになってしまいそうだ。頭の中で理性を感情から切り離そうとしたが、キャシーの痛みを自分のものとして感じずにはいられない。「もう大丈夫だよ」

キャシーがしがみつき、胸に顔をうずめてくる。こんなにも自分が必要とされていると感じたのは初めてだった。こんなに男らしい気分になったことも。

「わたしは自分を責めた」キャシーは続けた。「わたしがドゥエインと結婚しなかったら、真剣な関係を結ばなかったら、彼が酔っ払って車であの橋台に突っ込むこともなかったかもしれない。今も生きていたかもしれないって」

「ドゥエインは本人に問題があったんだ。きみだってもう分かってるんだろう？　彼が亡くなったことは、きみとも、きみが結婚の誓いを守ったかどうかとも、関係がない。キャシー、きみはまだ一七歳だったんだ。ほんの子供じゃないか」

ハリソンは円を描くようにキャシーの背中をなでた。それは元夫自身の問題であって、彼女とも、結婚や真剣な交際とも関係がないのだと分かってもらいたい。ハリソンの肌にキャシーの涙が落ちた。ハリソンはキャシーのあごに手をかけ、顔を傾けて自分の目を見つめさせてから口づけた。

ゆっくり、優しく、ていねいに。

でも、ゆっくり、優しく、ていねいなキスは、長くは続かなかった。キスの雰囲気はすぐに変わった。愛しのキャシーは、いつだって大胆で移り気なのだ。キャシーの体からは力が抜けたが、ハリソンの体をつかむ手には力が込められた。キスは激しさを増し、やがて歯の間に舌がすべり込んできた。

体温は混じり合い、一つになった。体の中に秘められていたキャシーへの熱く激しい欲求が、血管の中を駆けめぐり、全身を覆い尽くす。

なぐさめのキスから始まったものは、今や狂ったような、飢えたような口づけへと変わっていた。

ウエストの柔らかな曲線に手を這わせると、指が心地よく肌に沈み込んだ。キャシーの熟れた果実のようにふっくらした体も、その豊満な曲線を愛撫することも好きでたまらない。

キャシーはハリソンの髪に指を差し入れ、喉の奥で低い声を漏らした。ハリソンはキャシーの反応に耳を傾け、それに合わせて指を動かした。ウエストから上に手をすべらせ、愛おしい胸のふくらみを軽くなでる。

ああ、なんてきれいなんだろう。キャシーとこんなふうになれて、ぼくは本当に幸せ者だ。キャシーが欲しくてたまらない。彼女の奥深くに体をうずめて、二度と出たくない。

ハリソンは唇を離し、あごからしなやかな喉元へと口づけていった。やがて性感帯を突き止めたらしく、キャシーの体が張りつめ、半開きの唇からかすかなあえぎ声が漏れた。もっと欲しいとでも言うように、ハリソンの下で体をそらせる。

キャシーの反応にうながされ、ハリソンは顔をさらに下にずらした。甘く張りつめ、自分のほうにぴんと突き出した乳首を、舌で探り当てる。左右ともに舌で濡らし、片方は親指の腹でこすり、もう片方は優しく吸った。

キャシーはあえぎ、身もだえした。

キャシーが欲しくてたまらない。全身に火がついているようだ。下のほうは硬く張りつめ、このままキャシーを突き通さずにいるなんて、あと一分も耐えられない。

キャシーの手が動き、内ももにすべり込んできた。ハリソンは目を閉じて、完全にわれを失ってしまわないよう、必死で耐えた。この時間を台なしにしてしまうわけにはいかない。

「わたしがするから、あなたはリラックスして」キャシーは言った。「乳首をいじるのはもういいわよ。あおむけに寝転んで、体の力を抜いて」

なんと男冥利に尽きる申し出だろう。ハリソンはうめき、あおむけになった。

「こんなふうに触ってほしい？」キャシーはささやくと、太ももをもみながら、熱く張りつめたもののほうに手を近づけてきた。

「ああ、お願いだ」

なんて官能的なんだろう。彼女の手がぼくの体を触っている。ハリソンは顔を上げてキャシーを見た。その顔には、エロティックな表情が浮かんでいる。

キャシーの手は一センチずつじりじりと、ハリソンの男の部分に近づいてきた。ついにそこにたどり着くと、脈打つものを握りしめ、同時に小指で優しくその下をこすった。

もう我慢できない。でも、ここで終わらせたくはなかった。中に入りたい。キャシーの外で果てるなんていやだ。

「おいで」うなるように言ってキャシーを引き上げ、自分の腰の上をまたがせた。彼女のヒップの下で、ハリソンのものが脈打っている。

再び口づけると、キャシーは徐々に高ぶり、二人の間の空気は狂おしいほどに張りつめていった。二人ともお互いを求めてあがき、激しく息を切らしながら、全身を震わせ、全身をうずかせている。欲望と熱情で体がはちきれそうだ。

「上に乗ってくれ」ハリソンはすがるように言った。

キャシーが唇を離すと、長いブロンドの髪がハリソンの胸の上をなぞった。

「コンドーム」彼女はあえぐように言い、ハリソンの胸の上で手のひらを広げた。「コンドームつけなきゃ。ちょっと待ってて。取ってくるから」

ハリソンはうめき、両手で髪をかきむしった。キャシーはハリソンの上からするりと下りると、暗闇の中を歩いていった。急いで寝室に戻ってきて、手探りでバッグの留め金をつかむ。

「もう」キャシーは情けない声を出した。「あなたがあんまり興奮させるから、うまく開けられないわ」

ハリソンはひじをついて体を起こした。「ほら、貸してみて」

「開いた、開いたわ」

留め金はぱちりと開き、キャシーは中を探った。口紅とレシートとインクペンが出てくる。それに、小銭と車のキー、シナモン味の〈アルトイズ〉の缶。

「ここに入れたはずなんだけど」

「チャックがついたポケットを見てみたら？」ハリソンは言ったが、自分が冷静な声を出せたことに驚いた。

「そこには何も入れてないはずよ」キャシーは眉をひそめたが、言われたとおりチャックを開けた。「あっ」唇を突き出し、にっこりする。「あなたの言うとおり。何か感じるわ」

ぼくもだよ。すごく感じてる。

ハリソンは珍しく、自分が感じていることを否定しようと思わなかった。

そのとき、キャシーがバッグの中から、丸く平たい物体を取り出した。

「ちょっと！」彼女は鼻にしわを寄せた。「コンドームじゃなかったわ」

キャシーはそのリングをよく見ようと、バスルームから漏れる光の前にかざした。ハリソンにはすぐに正体が分かった。

それは、魔法のお守りのブローチの片割れだった。

「でも、意味が分からないわ」キャシーは髪をかき上げた。「どうしてこれがわたしのバッグに入ってるの？」

キャシーが盗んだのか？　ハリソンは一瞬そう思い、裏切った気分になってすぐにその考えをかき消した。二人がこれまで一緒に過ごしてきた時間を思えば、そんなことがあるはずがない。何か別の理由があるのだ。彼女が泥棒ではないことは、心の底から確信していた。何があろうと、キャシーを信じるつもりだ。

二人は天井の照明をつけ、ベッドの真ん中に座った。キャシーはバスローブを着て、ハリソンはシーツを腰の上に引き上げている。二人の間の熱が収まったとたん、キャシーの前で素っ裸でいることが恥ずかしくなったのだ。

「きっとアダムがきみのバッグに入れたんだろう。ほら、アダムに会いに中庭に行ったとき、バッグを持っていただろう？　美術館の照明がついたあと、オシリスの格好をした人が茂みの中で見つけてくれた」

「そうだったわ」

「これで、アダムがミイラだったってこともはっきりした。これはキヤのほうの片割れじゃないからね。リングにある印が違うんだ」

「じゃあ、これはソレンの片割れなのね」キャシーは手のひらでリングを裏返した。「アダムはキヤの片割れが盗まれる前に、これをわたしのバッグに入れたってことね」

「間違いない」

「つまり、わたしはずっとこれをバッグに入れたまま動き回ってたわけ？」

「きみの部屋が荒らされたのも、ぼくらがクライドの家までつけられたのも、そのせいだったんだろうな」

「どうしてその人は、わたしがこれを持ってるって分かったのかしら」

「もしかしたら、分かってはいないのかもしれない。きみが展示会の準備でアダムを手伝ってたから、当てずっぽうで狙いをつけただけで」

キャシーはハリソンの目を見た。「じゃあ、もう片方はどこに行ったの？」

「さっぱり分からない」

「ソレンのお守りを安全な場所に隠さないと。今すぐに」

「でも、朝まではどこに置いておけばいいのかしら？　夜の八時だから銀行も美術館も閉まってる。フィリスやイアフメスには教えたくない。でも、できるだけ手元に置いておきたくないの。面倒なことになるだけだから」

「そうだな」

「トム・グレイフィールドの家に金庫がある。朝、美術館に持っていくまで、そこに入れてもらえるよう頼んでみよう。電話はどこ？　トムにかけてみるよ」

「携帯は充電が切れてるわ。リビングからコードレスを持ってくる」

「いいよ。ぼくも行くから」ハリソンは布団をはねのけ、平静を装ってベッドを下り、ズボンを探し始めた。女性のマンションの中を全裸で歩き回る趣味はない。

リビングに入ると、キャシーが小さなテーブルの上の電話機からコードレスの受話器を取ってくれた。

「ちょっと」キャシーは言った。「本体のコードが抜けてるわ」

「部屋が荒らされたときに抜けたんだろう」

「だからメッセージが確認できなかったのね。単に留守電をセットし忘れたのかと思ってたんだけど」キャシーはコードを差し込んだ。メッセージが残されていることを示す赤いランプが点滅した。

「あっ、メッセージが入ってる」キャシーは着信表示を見た。「非通知だわ。昨日の午後四時一五分ってことは、わたしたちがパーティの準備をしてた頃ね。ちょっと待って。あなたが電話する前に、メッセージを確認するから」

キャシーは再生ボタンを押した。

「キャシー」低くせっぱつまっていたが、ハリソンにはすぐに声の主が分かった。「アダムだ。きみの携帯の番号はなくしてしまったんだけど、運よく自宅の番号が登録されてたから」

テープのアダムの声は、そこでためらった。背後から轟音が聞こえ、飛行機が離陸しているのが分かった。

「空港からかけてきたのね」キャシーが言った。

「恐ろしいことが分かったんだ」飛行機が飛び立ってしまうと、アダムは話し始めた。「とても大事なことだから、よく聞いてほしい。ぼくは追われている。命を狙われているんだ。ミイラの格好でパーティに行くから、詳しいことはそこで話すよ。でも、万が一会えなかったときは、今から言うことを兄のハリソン・スタンディッシュ博士に伝えてほしい」

どうしてアダムはぼくじゃなくキャシーに電話したんだろう？

「ミノアの巻物を読み解く鍵は数学にある。そう言えば、分かってくれるはずだ。このことはほかの人には言わないでくれ。信用できるのはハリソンただ一人だ。きみは……」

留守電はそこでピーと音を立てると、静かになった。時間切れになってしまったのだ。

「アダムはかけ直してきてるか？　ほかにメッセージは？」

キャシーは留守電をチェックし、首を横に振った。「アダムが言っていたのは何のこと？

数学って？

「さっぱり分からない。でも調べてみるよ」

ハリソンは駐車場へ行き、ボルボのダッシュボードから巻物を取り出して、キャシーの部屋に持って帰った。コーヒーテーブルの上に置かれたやりかけのニューヨークの街並みのジグソーパズルの上に、それを広げる。

鍵は数学にある。鍵は数学にある。

ハリソンは巻物を見つめ、不可解な象形文字を指でなぞった。アダムは本気で、これまで誰も解読できなかったものが、ハリソンに解読できると思っているのだろうか？

でも、アダムにはできたのだ。

鍵は数学にある？

いったいどういう意味だ？　ハリソンはポケットからジェドを取りだし、左右の手のひらの間を行き来させた。この電磁器具を持っていると、考え事が進む。

数学は唯一、アダムがハリソンよりも得意な分野だ。

それは分かっている。だから何だ？　巻物を解読するのに、どこで数学を使うというんだ？

リビングを歩き回りながら、ハリソンは背中に回した手のひらでジェドをこすり、考えに集中した。キャシーはソファの上で脚を曲げ、体を丸めている。目に入るその姿はあまりにもきれいで、ハリソンはやるべきことをやれと、何度も自分に言い聞かせなければならなかった。

鍵は数学にある。

数学がどうした？　ソレンの誕生日？　キヤの誕生日？　二人が死んだ日？

くそっ。室内ゲームをやっている暇はないのに。

でも、これは室内ゲームではない。アダムは巻物を解読して何かを知り、そのせいで深刻なトラブルに巻き込まれているのだ。

考えろ。

鍵は数学にある。

ミノア人は船乗りであり、商人だった。研究者の多くが、ミノア象形文字の文書は台帳や勘定書のたぐいだと考えている。

数学か。

ハリソンはやけになって、髪をかきむしった。めがねを押し上げる動作をしようとして、思いだした。けんかの最中にビッグ・レイに壊され、予備は美術館のロッカーに入れてあるのだ。

ソレンはミノアで書記の教育を受けていた。その後、奴隷としてエジプトに売られた。そこでラムセス四世に才能を見出され、エジプト象形文字を学んだ。ファラオの屋敷で新たな知識をたくさん得たことだろう。文字表記の技術を磨き、さらなるコミュニケーションの術を身につけたのだ。

もしソレンが古い表記法と新しい表記法を組み合わせていたとしたら？　アダムがソレンの墓で発見した巻物が、ミノアとエジプトの象形文字を組み合わせたものだったとしたら？

もしこの巻物自体が、ソレンの手によるものだったとしたら？

鍵は数学にある。

数字。数秘術。恒星と月と惑星。占星術。

太陽。

ラムセス四世の時代、エジプト人は太陽を崇拝していた。

それがどうした？

『太陽の数学――不滅のエジプト――』

突然、ハリソンの頭に本の題名が浮かんだ。ハリソンとアダムが、それぞれ高校を卒業したときにダイアナにもらった本だ。

「古代エジプトの宗教に数学が与えた影響を考察した、独創的な研究よ」母は言った。「読んでみなさい」

ハリソンはその本が退屈でたまらず、最初に目を通したきり、二度と開くことはなかった。でも、手元にはまだある。マンションの本棚の一番上の段に置いてあった。

鍵は数学にある。

あの本に答えがあるということだろうか？

でも、ダイアナが二人にくれたあの本は、エジプトに関するものだった。今問題になっているのは、ミノア象形文字で書かれたミノアの巻物のことだ。

とはいえ、ソレンはミノアを追放されてエジプトに行き、エジプトの文化を学び、エジプトの信仰を吸収している。この線を追究してみる価値はあるだろう。ほかに手がかりはないのだから。

「もしかしたら、巻物が解読できるかもしれない」ハリソンはキャシーに言った。

「よかった」

「ただ、時間はかかるだろうし、絶対とも言えないんだ。時間を無駄にする覚悟で解読に挑戦したほうがいいのか、それともあきらめてアダムを探しに行ったほうがいいのか。どう思う?」

「探しに行く場所は見当もつかないけど、象形文字のほうは少なくとも手がかりはあるんでしょう? そっちを当たってみるべきだと思うわ」

「でも、お守りも安全な場所に隠さなきゃいけない。ぐずぐずしてると、アダムを追っている連中がぼくたちが持ってることに気づいて、ここへやってくるかもしれない。しかも、やつらが手段を選ばないことははっきりしている」

「お守りはわたしがトム・グレイフィールドのところに持っていくから、あなたはその間に巻物の解読をすればいいわ」キャシーは提案した。

名案だ。そうすれば、キャシーはこのマンションから出られる。トムのところなら、彼女もお守りも安全だ。キャシーの身の安全が保証されていれば、ハリソンも安心してソレンの巻物の秘密の解明に取り組める。

「トムに電話するよ」ハリソンは言った。「事情を説明する」

キャシーが着替えている間、トムの携帯に電話した。

「グレイフィールド大使の電話です」アンソニー・コーバが特徴のあるだみ声で答えた。

「アンソニー、ハリソンです。今、大丈夫？」

「ええ。オースティンの知事のお宅での催しから戻っているところです」

「トムに代わってもらえるかな？　急用なんだ」

「もちろん」

三〇秒ほどして、トムが電話に出た。「ハリソンか。どうした？」

ハリソンはこれまでに分かったことを手短に説明した。ただ、巻物のことは言わないでおいた。その話をするのは、プライドが許さなかった。アダムが成功した象形文字の解読に自分が失敗すれば、負けを認めることになってしまう。「ぼくが用事を片づける間に、キャシーの面倒を見てくれる人が必要なんです。キャシーとソレンのお守りを守ってもらえませんか？」

「もちろん。そっちに向かうよ」トムは請け合った。「フォートワースまであと一時間はかかるが、キャシーの住所を教えてくれ。途中で拾っていくよ」

「ありがとう、トム。恩に着ます」

トムは笑った。「気にするな。じゃあ、あとで」

ハリソンは受話器を手に持ったまま、顔を上げ戸口に立つキャシーを見た。キャデラックのジーンズに、セクシーなトルコブルーのブラウスを着ている。照明の光に髪がきらめいた。めがねをかけていなくても、息をのむほど美しいのが分かる。

キャシーは部屋を横切って歩いてくると、ハリソンの胸がどきりと音を立てた。キャシーの手を取り、お守りを手のひらに押しつける。「トムが車で迎えに来てくれるって」

「心配してくれてありがとう」キャシーはお守りを握りしめた。「これはわたしが命がけで守るわ」

20

小脇に巻物を抱えてマンションに戻ったハリソンは、激しい胸の高ぶりを抑えることができなかった。巻物の解読に取りかかることに興奮していたためでもあったが、それよりもキャシーとの関係が変わりつつあることのほうが大きかった。

自分がやっかいな感情を抱いているのは分かっていたが、それをどう処理していいのか分からない。ハリソンはこれまでずっと、デリケートな感情を遠ざけることで心を守ってきた。感情は分析するものであって、のみ込まれて溺れるものではない。

ところが今、ハリソンは溺れていた。こんなにも強い感情を抱いたのは初めてだった。

いや、これはただ危険な状況に気が高ぶっているだけだ。思い悩むのはよせ。あの本を探して、巻物を解読するんだ。アダムを恐怖に陥れたものを見つけ出せ。あとにしろ。キャシーのことを考えるのはあとにするんだ。

ハリソンは仕事部屋に急ぎ、本棚の一番上に目当ての本を見つけた。つま先立って、本に手を伸ばす。本はどさりと床に落ちた。本を拾ってデスクの上で広げ、慎重に、うやうやしい手つきで巻物を開いていく。この古い本と専門知識を使って、答えを突き止めてやる。

絶対に弟を見つけ出してやる。

そして、キャシーへのこの感情も、完全に手に負えなくなる前に断ち切るのだ。


キャシーはトム・グレイフィールドの黒いストレッチリムジンの後部座席にいた。トムと言葉を交わしていると、キャシーの携帯が鳴った。ハリソンからだと思い、トムに向かってほほ笑む。「出てもいいかしら？　お話ししてるときに携帯に出るなんて失礼だと思うんですけど、たぶん大事な用件なので」

「気にしないで」トムはほほ笑んだ。「どうぞ」

すてきなおじさま、とキャシーは思った。優しくて心が広い。駐ギリシャ大使という重要な地位にある人なのに、わたしが夜道を一人で運転しないですむよう、わざわざ車で迎えに来てくれるなんて。

キャシーはアンテナを伸ばし、携帯を開いた。「もしもし？」

「キャシー、デイヴィッドだ」義兄の声は低く、せっぱつまっていた。

「あら、デイヴィッド。今はちょっと話がしにくいんだけど」

「誰かと一緒なんだな？」

「ええ」

「友達のスタンディッシュ博士か？」

「違うわ」キャシーはにっこりして、トムに向かって口だけ動かした。〝すぐに終わります〟

「キャシー、よく聞くんだ。とても大事なことだ。きみが人の話をちゃんと聞かないことは分かってるけど、今回だけは例外にしてくれ。おれのためだと思って」

何かハリーに不利になる情報が出てきたのかしら？　やっぱりイアフメスの言うとおりだったとか？　でも、ハリーが悪人だなんて、わたしは絶対に信じない。二人で一緒に過ごしてきた時間を思えば、信じられるはずがない。

「昨日の話に関係があること？」キャシーはたずねた。

「そうだ。きみの友達のことを調べてみたが、完全にシロだった。ボーイスカウトで最優秀賞をもらってもおかしくないくらいだ」

ああ、よかった。キャシーはため息をついた。「もう、びっくりさせないでよ。じゃあ、何も問題はないのね？」

「そうとは言えない」

「どういうこと？」

「スタンディッシュに、アダム・グレイフィールドという異父弟がいることは知ってるか？」

「ええ」

「アダムの父親はトム・グレイフィールドといって、駐ギリシャ大使なんだ。怪しいのはこいつだ。アダムとハリソンの名義で酒場を所有しているんだが、これが〈ミノタウロス〉という名だ。ミノアン・オーダーがそこで集会を開いているんだ。グレイフィールドのことは、ギリシャ政府も捜査を進めている。やつは大量の金塊を国外に持ち出しているんだが、その出所が分からない。でも、〈ミノタウロス〉とアメリカにあるグレイフィールドの金属板の会社を通して、金塊を売りさばいているんじゃないかという話だ」

キャシーは息をのんだ。錬金術。鉄や鉛を金に変える技術だ。ミノアン・オーダーのメンバーは錬金術の秘密を知っているとされている。

「あの……」キャシーは何とか落ち着いた口調を保とうとした。「実はね、今、トム・グレイフィールドのリムジンに乗ってるの」

「おい、くそっ、キャシー、まずい」デイヴィッドの声音は一瞬にして変わり、キャシーは自分の指が氷のように冷たくなるのを感じた。

「何?」ささやき声で言う。「どうしたの?」

「いいか、落ち着いて聞け。何をしているのか知らないが、とにかくその車から降りるんだ!」

でも、すでに手遅れだった。キャシーの後頭部は燃えるように熱くなっている。キャシーが振り返ると、そこには大使の顔があった。

トム・グレイフィールドは相変わらず笑みを浮かべていたが、その手には小型拳銃が握られている。「キャシー、そろそろ電話を切ってくれ」

ハリソンは数学の本に書かれている数列の組み合わせを次々と試し、エジプト象形文字に関する知識を総動員して、解読作業に没頭していた。

頭を悩ませること三時間、ついに暗号が解けた。

古代ミノアン・オーダーは、数字を使ってエジプト象形文字を表していたのだ。ソレンとエジプトとのつながりに影響された方法なのだろう。ハリソンはどの数字がどの文字に対応しているのかを突き止めてから、巻物の解読に取りかかった。

時間のかかる、やっかいな作業だった。ミノアの数字をエジプト象形文字に、それをさらに英語へと変換するのだ。すべての解読が終わったときには、すでに真夜中を過ぎていた。

書き出した文章を読んでみる。目をしばたたき、こすって、もう一度読む。

ばかな。ハリソンは頭を振った。そんなはずがない。

そこに書かれていたのは、ミノアン・オーダーがあれほどまでにお守りを重要視する理由だった。あのお守りには、悲劇の恋人たちの再会よりもはるかに深い意味があり、主席大臣の子孫を呪うよりもずっと大きな力が秘められていた。そこに込められた秘密は、錬金術や気象制御術よりも、もっと驚くべきことだったのだ。

そして、今何が起こっているのかも分かった。

ハリソンはこみ上げる恐怖とともに、はっきりと悟った。アダムがこの巻物を解読した瞬間に、何を知ったのかを。

トム・グレイフィールドはお守りのためなら殺人もいとわないだろう。たとえ殺す相手が自分の息子であったとしても。

真相を知ったハリソンは、耐えがたい衝撃に襲われた。

自分はお守りのソレンの片割れを、トム・グレイフィールドの魔の手に渡してしまった。そのうえ、キャシーを迫りくる危険の中に放り出したのだ。


この状況をなんとかする方法があるはずだ。

目の前に銃口を突きつけられているからといって、怯え、嘆いたところでどうにもならない。動揺して取り乱して、何の得がある？　ドゥエインと暮らしてみて分かったのは、物事の悪い面ばかり見ていると、事態は余計に悪くなるということだ。悲観的になってはいけない。頭のど真ん中に弾を撃ち込まれて溝に捨てられるなんて、そんな最期はいやだ。絶対にいや。だから、そんな場面を想像してはいけない。

駐ギリシャのアメリカ大使の人質になったからといって、何をそんなに困ることがある？　ちょっとした行き違いがあっただけだ。長い人生の、ほんの一部にほころびが生じたにすぎない。最後にはきっとうまくいく。

ただし、トム・グレイフィールドが殺人狂であることを知っている人はほかにいない。

いやいや、そんなふうに考えてはだめ。

トムは殺人狂ではない。ただ、勘違い、間違い、もしくは誤解があっただけなのだ。彼の思考を正常に戻せるかどうかは、キャシーの腕にかかっている。

「トム」キャシーは彼を落ち着かせるために、あえてファーストネームで呼んだ。「体がこわばっているように見えるわ。あのミニバーから何か出して飲んだほうがいいんじゃない？」リムジンの後ろに取りつけられた小さな冷蔵庫に顔を向ける。

「飲み物などいらない」トムはぴしゃりと言った。「黙って座っていろ」

「ウォッカトニックでも作る？　ジンバックはどう？　バーボンの水割りは？」

「いらない！」

「そう、分かったわ」キャシーは両手を挙げた。「親切で言ってあげたのに」

「余計なお世話だ。さあ、お守りを渡してもらおうか」トムはキャシーに向かって銃を振った。

「お守りが欲しいからこんなことをしてるの？　それなら、最初からそう言ってくれればいいのに。銃なんか振り回さなくても、お守りは渡してあげたわよ。まったくもう」

キャシーはバッグに手を入れ、ソレンのリングを取り出してトムに渡した。ほかにどうすればいいのか分からなかったし、撃たれるのはいやだった。今、せっかくハリソンといい感じになっているのに。燃えるような激しいセックスが待っているのだから。

「よく考えて、トム。わたしを殺したいわけじゃないでしょう？　あなたには立場があるじゃない。自分が失うものについて考えてみたら？」

トム・グレイフィールドは車内灯をつけ、恍惚とした表情でリングを見つめていた。あまりにうっとりしているので、キャシーはお守りと二人きりにしてあげましょうか、と言いたくなった。でも、軽口をたたくのはやめておいたほうがいい。

トムは唇までなめている。「いや、わたしは手にするもののほうを考えるね」

「つまり、楽天家ってことね。わたしと同じだわ」

「なれなれしい言い方はやめろ」トムはお守りをポケットに入れた。その間もずっと、キャシーの心臓に銃口を向けている。「おまえを気に入ることなどない」

「気に入ってくれていいのよ。わたしはみんなに好かれてるわ」

ただし、フィリス・ランバートを除いて。でも、あの人は少数派だ。

それに、ハリーも。ハリーもわたしのことが好きじゃない。

いや、最初はそうだったのかもしれないけど、今は好きになってくれた。大好きといってもいい。見ていれば分かる。キャシーはハリソンのことを思い出して、顔をほころばせた。

「何がおかしいんだ？　おまえは危険な状況に置かれているんだぞ。笑うのはやめろ」

「しゃべるのも、親切にするのも、笑うのもだめだなんて。じゃあ、どうすればいいの？」

「現実を見るんだ」

「それはあんまり得意じゃないのよね」

「じゃあ、こうしよう。もしこれ以上余計なことを言ったら」トムは脅すように言った。

「問答無用で撃つ」

「そんなに怒るんだったら、分かった、分かったわよ。もう何も言わないわ」

「それはありがたい」グレイフィールドは不快げに息を吐き出し、車内灯を消した。

「どういたしまして」

「何も言わないんじゃなかったのか？」

キャシーは口にチャックをするまねをした。

「言ったことは守れ」グレイフィールドはため息をついた。

しんと静まり返ったまま、車は走り続けた。キャシーは色つきガラスの窓越しに外を見て、目的地を突き止めようとした。フォートワースにこんなところがあったとは知らなかった。倉庫やくず鉄置き場ばかりが並んでいる。薄暗く、寂しい場所だ。

そのとき初めて、自分が孤立無援になってしまったことを思い知った。もしかすると、ここから生きて帰ることはできないかもしれない。

車は穴ぼこだらけのせまい道に入った。街灯はない。リムジンを包む闇は濃く、深く、何が潜んでいてもおかしくなかった。あの角の向こうには何が、誰が待ち受けているのだろう？

ハリー、わたしの心が読める？　すごく困ったことになってるの。助けて。

心の波動が空中を伝って届くよう強く念じ、人さし指に中指を重ねて幸運を祈った。前向きに考えるのももう限界だった。

リムジンは道の突き当たりで止まった。そばには大きな倉庫があり、駐車場は空っぽだ。ヘッドライトに照らされて、搬入口の前を男がうろついているのが見えた。煙草を吸っている。男はライトに気づくと、コンクリートの階段の上に煙草を落とし、スニーカーで踏みつぶした。横目で車を見て、邪悪そうな笑みを浮かべる。

熱を帯びたキャシーの頭の芯を、冷たいものが駆け抜けた。この男は危険だ。リムジンが停まると、男はぶらぶらと近づいてきた。キャシーは一目で気づいた。クライドの家から飛び出してきて、キャシーを倒した男だ。爆弾を仕掛けた男。

トム・グレイフィールドはウィンドウを下げた。「あれは用意できてるか？」

「ええ」男はうなるように言った。

キャシーは一瞬、非現実的な感覚にとらわれた。昔、ドゥエインが売人のもとに立ち寄って、ドラッグを受け取っていたときのことを思い出したのだ。

リムジンの運転手がエンジンを切った。ここで車を降りるらしい。

押し込み犯かつ爆弾犯が、後部ドアを開けた。

「デミトリ」トム・グレイフィールドが言った。「こちらはキャシーだ。しっかりお世話してやってくれ」

トムの言う「お世話」は、本来とはかけ離れた意味に聞こえた。

デミトリは車から降りるのを手伝おうと、手を差し出した。キャシーはためらった。デミトリの爪は汚く、その顔に浮かぶ表情はそれ以上に汚らしい。

「わたしのマンションを荒らしたのはあなたね」キャシーはなじるように言い、男の足元のすり減ったナイキを見下ろした。「それに、クライドの家を爆破したのも」

「以後、お見知りおきを」男はまだ手を差し出していたが、キャシーはやはりその手を取ろうとはしなかった。

「本当にひどいことをしてくれたわね。わたしのコラージュの壁を壊して、クライドの家を爆破するなんて。

男は肩をすくめた。「写真の中にお守りを隠していないかどうか、調べなきゃいけなかったからな。それより、あの壁はいったい何なんだ？　自分が寝た男の一覧か？」

「デミトリ、下品な口をたたくのはやめろ」トム・グレイフィールドが口をはさんだ。「ミズ・クーパー、わたしの言うとおりにするんだ。デミトリの手を取って車から降りろ」

気が進まなかったが、逆らうわけにはいかない。グレイフィールドは拳銃の先をキャシーの胸郭の真下に突きつけていた。

「降りるわ、降りるわよ。そんなに銃を押しつけないで」キャシーはしぶしぶ薄汚れた手を取り、デミトリに引っ張られて車の外に出た。リムジンの運転手は懐中電灯とガレージドアのリモコンのようなものを手に、車の外に立っている。

「女はどうしますか？」運転手がたずねた。低くしゃがれた声をしている。喉の癌にかかったカエルのようだ。ひどい言い方だとは思うが、今のキャシーに人を思いやる余裕はなかった。

トム・グレイフィールドはにやりとした。「キャの代役にしよう」

「いい考えです、ボス」デミトリはくすくす笑った。

その言葉の意味など、想像したくもない。

運転手がガレージドアのリモコンのボタンを押すと、倉庫のぶ厚い二枚のシャッターががたがたと上がり始めた。運転手は倉庫の中に入り、天井の電気をつけた。デミトリはキャシーを無理やり中に押し込んだ。トム・グレイフィールドがあとに続き、四人の後ろでシャッターが閉まった。

閉じ込められた。

捕まってしまったのだ。

出口はない。

ドゥエイン・アームストロングと暮らしていた頃のように。

キャシーはパニックに陥らないよう、必死でこらえた。そのとき、悪臭漂うがらんとした倉庫の真ん中に何かが置いてあるのに気づいた。

最初はただの棺だと思った。

キャシーの棺。

ところが、デミトリに押されてさらに倉庫の中を進むと、そうではないことが分かった。

それは、ソレンの石棺だった。

ハリソンは警察を呼ぶことさえ思いつかなかった。恐怖のあまり、すっかりわれを失っていた。計画も立てず、本能だけで動いた。分析し、吟味するのではなく、感じたまま、反応のままに行動した。考える時間などない。今こそ行動の時だ。

ボルボのエンジンをかけると、制限速度を無視して走った。計器パネルを見る。ガソリンメーターの針が残り半分を過ぎていた。でも、いくら半分のところでガソリンを入れる習慣がしみついているとはいえ、このときばかりは気にもならなかった。

頭にあるのは、ただ一つ。

キャシー。

自分が目指している場所が正しいのか、そこに行ってから何をするつもりなのか、さっぱり分からなかった。確実なのはただ、恋人を助けに行く、それだけだった。

絶対にキャシーを見つけ出してやる。

キャシーに何かあれば、生きていけない。呼吸は止まり、心臓も鼓動をやめるだろう。そして、この世を去る。キャシーに出会えただけでも幸せだったと思いながら。


キャシーは冷たい金属板の山の上に座っていた。手足にはダクトテープが巻かれている。左にも金属板が積まれていた。右にも金属板。後ろにも金属板。

この金属板はいったい何？　やがて、ぴんときた。錬金術だ。トム・グレイフィールドはこれを使って金儲けをしているのだ。でも、鉄や鉛を金に変える方法をすでに知っているのなら、どうしてキヤとソレンのお守りを欲しがるのだろう？

キャシーの前方では、デミトリとカエル声のリムジン運転手とトム・グレイフィールドがミノタウロスの仮面をつけ、フードつきの黒いローブを着て、ソレンの石棺のまわりで不気味な儀式めいた踊りを踊っている。

なんてばかげた集団なんだろう。

数分後、グレイフィールドは棺の頭の側に立つと、ローブのポケットから紙きれを取り出して、聞いたこともないような言語で何やら唱え始めた。

倉庫の外では、風が強くなっている。キャシーの頭上の窓ガラスの割れたところから、風が吹き込んできた。

つまり、これがミノアン・オーダーのテキサス支部ってこと？　正直言って、がっかりした。もっとすごいものを想像していたのに。もっと大勢の人が、もっと派手に活動しているのだと思っていた。『アイズ・ワイド・シャット』の仮面パーティみたいに。

グレイフィールドは延々と呪文を唱えている。

稲妻が走り、倉庫は青白い閃光に照らされた。雷鳴がとどろく。雨がブリキの屋根に降り注いだ。嵐は不思議なくらい、突然にやってきた。キャシーが倉庫に押し込まれたとき、真夜中の空は晴れていた。きっと、思いがけず北風が吹き始めたのだろう。

呪文の声は続いた。

「ちょっと！」キャシーは大声を出した。「いつまで続ける気？　トイレに行きたいんだけど」

「黙れ！」トム・グレイフィールドはどなり、キャシーに向かって指を突き出した。月経前症候群《PMS》でいらだっているうえ、鎮静剤を切らしている死神のようだ。

「はいはい、ごめんなさいね」アダムは自分の父親がこんなどうしようもないマヌケだと知っているのだろうか？

「口をふさげ」グレイフィールドがデミトリに言った。「これ以上じゃまをさせるな」

儀式は一時中断され、デミトリがやってきて、手足を縛るのに使ったのと同じロールからダクトテープを切ると、キャシーの口の上に貼りつけた。

はがすときはさぞかし痛いことだろう。

「アンソニー」グレイフィールドはリムジンの運転手に言った。「デミトリと一緒に、女をこっちに引きずってこい」

何、どうする気？　クリスマスのガチョウみたいに縛られて、ダクトテープの味を舌に感じながら、最高に出来の悪いショーを見せられているだけで、もう十分だというのに。

アンソニーは足早に近づいてきて、仮面の奥から考え込むようにキャシーを見た。わきの下に手を差し込もうとしたが、縛られているせいでうまくいかない。そこで、しゃがみ込んで胸にキャシーの後頭部を押しつけたまま、指で肋骨のあたりを探った。

ちょっと、くすぐらないで。おしっこが出ちゃうじゃない。

アンソニーはようやく、腕をキャシーの腕の下に差し込むことに成功した。「おまえは脚を持て」カエルのような声でデミトリに言う。

「不公平だ。こいつの下半身は、上半身より重い」デミトリは不満げに言った。

「どうやらおまえは」アンソニーがしゃがれ声で言う。「この巨乳に気づいてないらしいな」

あんたたち、いいかげんにしなさい。いやらしい言い方はやめて。キャシーはそう念じながら二人をにらみつけた。

デミトリが小声で文句を言いながら足をつかむと、キャシーの体は宙に浮き上がった。じたばたして二人を困らせてやろうかと思ったが、そんなことをしても床に落とされるだけだろうし、足首を縛られたままでは逃げ出すこともできない。

「重たい女だな」アンソニーが文句を言った。

ふん！　骨格がしっかりしてるだけよ。身長一七二センチで七二キロの女性は太っているとは言わないの。

「ねえちゃん、あと一〇キロほど落としたほうがいいんじゃねえか？」デミトリもアンソニーに同意した。

何ですって？　あんたたちみたいな悪党が引きずり回しやすいよう、棒みたいに細くなれって言うの？　二人とも、わたしの口がふさがれていてラッキーだったわね。でなきゃ、現代社会が女性に押しつけている非現実的な身体イメージについて、長々と講義してるところよ。

でも、キャシーの怒りはすぐにしぼんだ。グレイフィールドが見下ろすように立っているのに気づいたのだ。雄牛の頭をかたどった仮面の奥で、目に不気味な光を浮かべている。彼は石棺のふたを開けた。

「女をここに入れろ」

ボルボは便秘のようなひどい音を立てていた。ハリソンはそれが三分間続いてやっと、どういうわけかギアをセカンドに入れたまま、時速一二〇キロを出していることに気づいた。今は土砂降りの雨の中をフォートワースの倉庫街に向かって、赤信号をことごとく無視しながら走っているところだ。

キャシーがもう死んでいたらどうする？

やめろ。そんなふうに考えてはいけない。考えたくもない。一刻も早く現場に到着して、グレイフィールドがいけにえの儀式を始めるのを阻止するんだ。

キャシーを救わなければ。

自分がかつて父親代わりと思っていた男が、想像もつかないほど邪悪なことをしていると思うと、身がすくんだ。でも、ミノア象形文字が真実を教えてくれた。あの神秘の巻物の中に潜む答えを、ハリソンは見つけ出したのだ。

トム・グレイフィールド大使は、自分が所有する金属板の会社とギリシャの酒場の両方に、ミノアン・オーダーのシンボルであるミノタウロスにちなんだ名前をつけている。ミノアン・オーダーに対するトムの興味は、学問上のものだけではなかったのだ。トムは今回初めて、アダムに発掘費用を援助した。これも、本人が言うように、アダムがハリソンを負かすところが見たかったわけではない。ハリソンがキヤを発見したものだから、ソレンのほうも発掘させたかったのだ。トムはお守りを両方とも手に入れたかった。この二つのリングこそが、世界を揺るがす処方箋の最終段階だったのだ。

アダムがソレンの墓で発見したパピルスに書かれていたのは、不死の方法だった。

解読した文書の最後の謎めいた数行が、ハリソンの頭に焼きついて離れない。

「二重の輪を手にしたものが鍵を握る。信じれば道は開ける。ほかのすべてを変える要素、それは血である」

ハリソンは角を曲がった。目的地に近づく。もうすぐだ。

神様、お願いします。どうかキャシーがまだ無事でいますように。

道が細くなり、ハリソンは目をこらした。雨が降りしきる夜明け前、めがねもなく、片方のまぶたが腫れ上がっている状態では、目の前はほとんど見えない。

霧の中から突然、人影が現れた。

ミイラだ！

車の前にまっすぐ飛び出してくる。

ハリソンは急ハンドルを切った。ボルボは道をそれ、タイヤがきしんだ音を立てた。そのまま、車は道に開いた深い穴にまともに突っ込んだ。

前輪が両方ともパンクした。耳元に破裂音が響き、全身に衝撃を感じる。ハリソンはあわててブレーキを探したが、足がすべってアクセルを踏んでしまった。

ボルボはパンクしたタイヤで前に飛び出し、一時停止の標識に激突した。

21

いや、やめて！　暗くてせまくて風通しの悪い場所に、三〇〇〇年前に死んだ男と一緒に入れないで！　撃っても、刺しても、車でひいても構わない。でも、これだけは絶対にいや！

キャシーは必死で男たちに抵抗した。体をそらし、跳ね上がって、カエル声のリムジン運転手、アンソニーの顔に後頭部を打ちつけようとする。ひざを立て、デミトリの腹を蹴ろうとする。でも、豪雨で地上に現れたイモムシのように、体がくねくねと動いただけだった。

二人はキャシーを持ち上げ、棺の中に放り込んだ。

キャシーはかわいそうなソレンの上に、勢いよく落下した。ソレンは袋入りの〈チートス〉のように、ばりばりと大きな音を立てた。古めかしく、ほこりっぽく、不潔な足のようなにおいがたちこめる。

うわっ、くさっ。

でも、うんざりしている暇はなかった。トム・グレイフィールドががたんとふたを閉め、キャシーは逃げ場を失った。

閉じ込められた。

出口はない。

もう逃げられない。

手首は体の前で縛られていて、足首にもテープが巻かれている。自分ではどうしようもなかった。連中のなすがままだ。ハリソンの言葉を借りれば、「絶体絶命」だった。

急いでくさい空気を鼻から吸い込んだが、パニックに見舞われて吐き出すことができなくなった。悲鳴が口元までせり上がってくるが、ダクトテープに押し止められる。恐怖が口の中にたまり、喉がつまって、肺がちくちくと痛んだ。

体が氷のように冷えていく。

やだ、やだ。これから何をするつもり？　生き埋めなんていやよ。そんなの耐えられない。絶対に。

フラッシュバックが襲ってきた。抑圧され、監禁され、支配されていた頃のこと。ドゥエインに地下室に閉じ込められ、二日間放置されていたときのこと。あの恐ろしい場所には戻りたくない。今はもうあの頃の自分とは違うのだ。あの暗闇の中に逆戻りなんて絶対にいやだ。

でも、キャシーはすでに閉じ込められている。しかも、この棺は地下室よりもずっとせまくて窮屈だ。

ヒステリーのせいで吐き気がする。つらくて息苦しくて、口の中に酸っぱいものがこみ上げてきた。

だめ、だめよ。落ち着きなさい。取り乱してはだめ。

トム・グレイフィールドが手下に何か言っているが、がっしりした石棺の壁に阻まれ、声はくぐもって聞こえる。指示している内容までは聞き取れなかった。

わたしをどうするつもり？

ああ、ハリー、今どこにいるの？

頭の中では、ハリソンが助けに来ることはないと分かっていた。異父弟の父親が実は邪悪な、狂った怪物だなんて気づくはずがない。キャシーは無事だと思っているだろう。グレイフィールドに預けることができて安心しているはずだ。

キャシー、自分を信じなさい。マディーもデイヴィッドも助けてはくれない。ハリーが助けに来ることもない。頼れるのは自分しかいないのだ。

でも、どうやってここから逃げ出せばいい？　暗闇に押し込められ、動くことも、叫ぶこともできない。しかも、古びたソレンのミイラのどこかが、背中の上のほうに突き刺さっている。

わたしをここに置き去りにして、ゆっくりと窒息死させるつもり？　体の中からこみ上げてくる、恐怖の苦い味を味わわせながら。

キャシーは狂ったように体を左右に動かした。

ここから出して！　必死に息を吸い込む。パニックのせいで過呼吸になっていた。心臓が激しく音を立てている。頭が痛くなってきた。肺がよじれ、息が苦しくなってくる。

石棺が動いた。

連中が棺を持ち上げ、運んでいるのだ。息が、息が。息ができない。

ただ、過呼吸になっているだけよ。こんなに早く酸素がなくなるはずがないんだから。気をしっかり持ちなさい。

でも、無理だった。キャシーは興奮し、動揺し、すっかり取り乱していた。ああ、ハリーさえここにいてくれたら。ハリーといると気分が落ち着く。安心する。冷静さを取り戻せる。

ハリー、約束を破ってしまってごめんなさい。お守りはわたしが守るって言ったのに。

熱い涙が頬をつたった。大好きな、まじめなハリーとはもう二度と会えないのだ。あの繊細な、積極的な唇に口づけることもできない。愛を交わすこともない。最後までたっぷりと、夢見たとおりに愛し合いたかったのに。

ああ、ハリー。きっとすごくよかったでしょうね。

キャシーはそう思ったのを最後に気を失い、無意識の世界へと心地よく沈み込んでいった。

「アダム？」ハリソンはぼんやりしたまま、ぺしゃんこになったボルボから外に這い出た。目の前の霧の中をミイラが歩いている。どこに向かっているのかはよく見えない。「アダム、戻ってこい」

ところが、アダムは呼びかけに反応しなかった。やっぱりあのミイラはアダムではないのだろうか？

ミイラは角で立ち止まった。ハリソンはミイラが向かう先を見きわめようと、目をこらした。ミイラはついてこいというふうに手招きしている。

ハリソンは叫びたかった。「ぐずぐずしている暇はないんだ。キャシーはもう死んでいるかもしれない」と。でも、そんなことを考えたくはなかった。もちろん、心の中では分かっていた。キャシーはトラブルに巻き込まれている。それも最悪の種類のトラブルだ。そして、責任は全部自分にある。

「どこに行く気だ？　何なんだよ？」ハリソンは叫びながら、ミイラのあとを追った。

角を曲がると、霧に包まれた暗闇の中で、体に腕が回されるのを感じた。そのまま、倉庫の冷たいれんがに押しつけられる。

「しーっ」ミイラは唇の前に指を立てた。「キヤはあいつらに捕まってるんだ。でも、おれたちがここにいることに気づかれなければ、急襲をかけることができる」

「キヤ？」ハリソンはミイラの目をじっと見つめた。その目は確かにアダムだったが、まるで別人のように見えた。とろんとしていて、何かに取りつかれているようだ。体に巻きつけてある布はほこりと血にまみれ、ひどいありさまだった。いやなにおいもする。「キャシーのことか？」

「キヤだ」アダムはきっぱりと言い返した。「彼女を助けるのを手伝ってくれるのか？　どうなんだ？」

キヤならキヤでいい。ハリソンはうなずいた。

「こっちだ」

二人は忍び足で、二枚並んだ倉庫のシャッターに近づいた。シャッターが上に巻き上がっていく。

「やつらに見つからないようにな」アダムは小声で言うと、建物に背中をつけ、渦巻く霧の中に姿を隠した。稲妻が光り、雷鳴がとどろく。ハリソンはアダムと同じように、壁に背中を押しつけ、目をこらした。黒いフードつきローブを着て雄牛の仮面をかぶった男が二人、石棺を抱えて倉庫から出てきた。

「ウイングチップとナイキがおれの石棺を持っている」アダムがささやいた。「どこへ運ぶつもりだ？」

ウイングチップとナイキ？　弟は完全に気が狂ってしまったのだろうか？

二人の男は古代エジプトの石棺を、縁石のそばに停められた車に運んでいく。ハリソンはその車がトム・グレイフィールドのリムジンであることに気づいた。

心臓がどきりと音を立てる。どうすればいい？　武器は持っていない。男たちが拳銃を持っていれば、すぐに抜いて撃ってくるだろう。この状況でキャシーを救い出そうとするのは危険だ。

そんなことより、キャシーはどこなんだ？　倉庫の中にいるのか？　リムジンの中？　それとも……。そのときハリソンの全身を激しい恐怖が貫いた。もしかして、キャシーはあの石棺の中に？

倉庫の中からトム・グレイフィールドが出てきた。先ほどの二人と同じように、黒いローブを着ている。片手に大学のアメフトチームのマスコットがかぶるような雄牛の頭を持ち、もう片方の手に小型拳銃を握っていた。

「ネバムンだ」アダムが吐き捨てるように言った。

はっ？

「殺してやる」アダムは言った。

ハリソンはアダムの体に巻かれた布の首元をつかんで引き戻した。「やつは拳銃を持っている。おまえは持っていない。おまえが殺されたら、キヤはどうなる？」

アダムが怒りに震える気持ちはよく分かった。ハリソンのほうも、怒りを抑え、グレイフィールドに襲いかからずにいるには、全身の力をかき集めなければならなかった。でも、衝動に任せて動くことはできない。キャシーの命がかかっているのだ。

弱みは時に、強みにもなる。体から感情を切り離すというハリソンの能力は、女性と親密な関係を築くうえでは障害になるだろうが、このような状況では大いに役立った。まずは一刻も早く、計画を立てることだ。ウイングチップ、つまりグレイフィールドの運転手、アンソニー・コーバが、リムジンのトランクを開けた。

「おれの石棺が」アダムが情けない声を出す。男たちは石棺をトランクに入れた。

突っ立っているだけではなく、何かしないと。ハリソンの体は凍りついていた。脳みそも凍りついている。反応できない。何かしろ。何かするんだ。

コーバが運転席に座った。もう一人の男が後部座席のドアを開け、グレイフィールドを乗り込ませると、自分は助手席に飛び乗った。

こいつらはどこかに行くのだ。なのに、ハリソンのボルボは半ブロック先で一時停止の標識に激突し、タイヤは二つもパンクしている。

リムジンが発進すると、アダムは反対方向に走りだした。

「どこに行くんだ?」ハリソンは叫んだ。

「戦闘馬車《チャリオット》がある。やつらのあとを追うんだ」

チャリオット? 弟の頭の中はそうとうおかしなことになっているらしい。

アダムは霧の中に消え、ハリソンは走って追いかけた。車のエンジンがかかる音が聞こえる。霧の中から配達用のバンが飛び出してきた。ミイラがハンドルを握っている。車はキーッと音を立て、ハリソンの前で停まった。

ハリソンがバンに飛び乗ると、アダムはドアも閉まっていないうちにアクセルを踏み込んだ。配達用バンは走りだし、猛スピードでリムジンを追い始めた。

小雨混じりの霧の中に、リムジンのテールランプが見えてきた。ここまで来てハリソンは、キャシーはまだ倉庫の中にいるのではないかと思い始めた。憶測をめぐらせている暇はないというのに、何でも疑ってかかる習慣がしみついている。でも、今はこっちに賭けるしかない。キャシーはきっと石棺の中にいる。

バンの後ろから、ドン、ドン、という大きな音が聞こえてきた。ハリソンはぎょっとしてアダムを見た。「あれは何だ？」

アダムは肩をすくめた。「ボレアスだ。あいつのことは気にするな。一日中あの調子なんだ」

「ボレアス？　ソレンを奴隷として売った戦士の一団のリーダーか？」

「そうだ」アダムは鋭く言った。「あの裏切り者のボレアスだ」

ドン、ドン、ドン。本当は誰が後ろにいるんだ？

「アダム、車を停めてくれ。ボレアスを出してやるんだ」

「だめだ」アダムはむっつりと言った。包帯が巻かれた手をハンドルに押しつけたまま、前方の車をじっと見ている。「キヤがネバムンに捕まってるんだから」

確かにそのとおりだ。

ドン、ドン、ドン。いったい後ろで何が起こっているんだ？

車は踏切に近づいていた。列車が来たことを知らせる警報が聞こえる。まぶしい光が霧を照らし出す。遠くのほうで、列車が長く悲しげな警笛を鳴らした。

リムジンが線路を越えた直後に、遮断機が下り始めた。

ドン、ドン、ドン。

列車が再び警笛を鳴らした。さっきよりも近く、音も大きい。ヘッドライトが雨と霧を貫いた。

アダムはスピードを落とさない。リムジンのテールランプをまっすぐ追っている。

「アダム、止まれ！」

「あいつがキヤを」アダムは歯を食いしばり、決意をみなぎらせている。

遮断機は車の屋根の高さまで下りていた。警笛が耳をつんざき、ヘッドライトに目がくらむ。

列車が踏切に入ってきた瞬間、ハリソンは息をのんだ。


キャシーは自分の中にある、あの暗い空っぽな場所に入り込んでいた。長い間足を踏み入れていない、二度と来たくないと思っていた醜い場所。体がどっぷりと恐怖につかっている。苦しくて、どうしていいのか分からない。

ところが、そのうち不思議なことが起こった。

キャシーは暗闇と、閉ざされたせまい空間に慣れていった。自分が二度と、双子の姉とも、母とも、ハリソンとも会えずに死んでいくことも分かってきた。

でも、いったんあきらめ、自分の運命を受け入れると、恐怖はなくなった。執着心は消え、穏やかな気持ちだけが残った。

そして、すべてを許した。

純粋な、掛け値なしの許しの心。自分を、自分のあやまちを、この世のすべての人間を許したいという気持ち。その驚くべき力が、体の芯まで満ちていく。

子供の頃にキャシーが事故に遭ったあと、父が家族を捨てたことを許した。

かわいそうなドゥエインが、迷える魂となったあの人が、自分を地下室に閉じ込めたことを許した。

これまでに知り合ったすべての人を許した。友達も、恋人も、敵も、その中間の人も。デミトリとアンソニーとトム・グレイフィールドを許した。富と権力への欲に目がくらみ、本当に大事なものを見失った人たち。そんな哀れな男たちを許した。

でも何よりも、自分自身を許した。間違った選択をした自分を、愚かなあやまちを犯した自分を、知らず知らずに誰かを傷つけた自分を。

キャシーの胸いっぱいに、許しの心がふくらんでいった。

許して、ハリー。お守りを守れなかったこと。一度でもあなたを疑ったこと。あなたを誤解していたこと。

キャシーは石棺のせま苦しい暗闇の中に横たわったまま、ゆったりと広がるまぶしい光に満たされていた。

ハリー、とキャシーは思った。ハリー、ハリー、ハリー。

ハリーに会いたくてたまらない。ハリーに触れて、キスして、彼を感じたい。

そんな日は来るのだろうか？

リムジンが停まった。男たちが車を降りる音が聞こえる。石棺が持ち上げられるのを感じた。灰色に渦巻く霧と、雄牛の仮面と、黒いフードが見える。棺のふたが開けられたのだ。そして、キャシーは雨の中に引きずり出された。

アダムは間一髪でブレーキを踏んだ。あと一秒遅かったら、配達用バンは車にはねられた動物の死骸みたいに、道に転がっていただろう。

でも、リムジンには逃げられた。

キャシーを見失ってしまった。ハリソンの胸は締めつけられた。

列車はスピードを上げ、ガタン、ゴトンと走っている。通り過ぎる車両を見ていると、恐怖がこみ上げてきた。列車がとぎれる気配はなく、計器パネルの時計がかちかちと時を刻んでいる。

リムジンは見つかるのか？　それとも、キャシーとは永遠に会えないのか？

ドン、ドン。ドン。後ろから音が聞こえてくる。

「ここで足止めされている間に、ボレアスを出してやったほうがいい」ハリソンはため息をついた。

アダムは首を横に振った。

ハリソンは手を伸ばし、キーを抜いてエンジンを切った。「出してやるんだ」

「おい」アダムがにらみつけた。

ハリソンは車から降りると、後ろのドアを開けた。そこにはクライド・ペタロナスが縛られ、転がっていた。

アンソニーとデミトリは、トリニティーリバーの放水路の真ん中に石棺を運んできた。迷い込んだボートが転覆しないよう、水をせき止めるコンクリートの壁の上に金網のフェンスが取りつけられている。

放水路のてっぺんなので水に深さはなかったが、流れは急だった。水はフェンスに押しつけられた棺の下を勢いよく流れ、土手にしぶきを上げながら、下流にたちこめる霧の中へと消えていく。単調な轟音がキャシーの耳に響いた。

キャシーは石棺から出され、その上に横たえられていた。相変わらず手足は縛られ、口にはテープが貼られている。石棺に載せられるまでに何度か水に落とされたため、体は濡れ、震えるほど寒かった。

トム・グレイフィールドは石棺の後ろ側に立ち、石棺に寄りかかって、すべりやすいコンクリートの上でバランスを保っている。アンソニーは左側に、デミトリは右側に立っていた。足先のほうにはフェンスが広がっている。アンソニーもデミトリも、金属の柱にしがみついて体を支えていた。フードと仮面をかぶった三人は、『スター・ウォーズ』シリーズに出てくる悪役のようだ。

全員の上に雨が激しく打ちつけていた。荒れた真っ暗な空に稲妻が走る。

「リングはあるか？」グレイフィールドが川と雷の音に負けないよう、大声でどなった。

デミトリとアンソニーがそれぞれ、お守りの片割れをかかげた。

グレイフィールドがまた、奇妙な外国語で何やら唱えた。キャシーははっとした。この男は、悲劇の恋人伝説の再会セレモニーを、自分なりの邪悪な方法で行っているのだ。

ここにソレンのミイラはあるが、キヤのはない。キャシーにキヤの代役をさせると言ったのは、そういう意味だったのだ。でも、この儀式が実際に何を意味するのかは分からなかった。ここでリングが再結合されたら、キャシーの魂は永遠にソレンの魂と融合するのだろうか？

でも、いったいどうやって？　ソレンはとっくに死んで、つぶされた袋入りのポテトチップみたいに粉々になっているのに、キャシーはまだぴんぴんしているのだ。

「リングの結合に備えよ」グレイフィールドが叫び、右手を頭の上に高く挙げた。

稲妻が光り、空が明るくなった。

キャシーはなすすべもなくなりゆきを見守った。稲妻の光に、トム・グレイフィールドのかかげた手に握られているナイフの刃がきらめいた。


「弟さんは自分がソレンだと思い込んでいるんだ」クライドは言った。

「アダムはいったいどうしたんですか？」ハリソンは運転席を奪い取っていた。めがねがないので前はほとんど見えない。それでも、アダムに無謀な運転をされるくらいなら、自分でしたほうがよっぽどましだ。

「記憶喪失にでもなっているんだろう。わたしのこともまったく分からないようだ」

「分かってるよ」アダムはクライドをにらみつけた。「おまえはボレアスだ。おれはおまえに奴隷として売られたせいで、すべてを失ったんだ」

「ボレアスは若くてがっしりした体つきの戦士だ。きみにはわたしが体格のいい若者に見えるのか?」クライドは腹をぽんぽんとたたき、薄くなりつつある髪をかき上げた。「どうか信じてくれ」

アダムはクライドに向かって目を細めてから、ハリソンのほうを見た。「あいつはボレアスだ。だろ?」

「いや、違うよ、アダム。彼はクライドだ。クライド・ペタロナス」

アダムは考え込むような顔になったが、何も言わなかった。

「弟さんに何が起こったのかは知らないが」クライドが言った。「わたしの身に起こったことなら説明できるよ」

ようやく列車が通り過ぎ、遮断機が上がった。ハリソンは配達用バンを運転して踏切を渡った。トリニティーリバー沿いのフォレストパークが近づいてくる。空を覆う雲に切れ間が見えた。荒れ狂う雲と満月が、激しい鬼ごっこを繰り広げているようだ。公園は一瞬明るい光に包まれたが、次の瞬間には真っ暗な闇に閉ざされた。

キャシー、どこにいるんだ?

ハリソンは胸にのしかかるどす黒い絶望を振り払おうとした。キャシーのことを思い、彼女がお守りのソレンの片割れを見つけたときに二人がしていたことを思い出す。

今にも愛を交わそうとしていたのだ。体を完全に結び合わせ、一つになろうとしていた。

でも、もう二度とキャシーと抱き合うことはないかもしれない。

その悲しみはあまりに深く、どうしていいのか分からなかった。感情を抑え込み、心を閉ざして、自分自身から逃れようとする。だから長い間、感情に惑わされずに生きてきたのに。誰かと親しくなることが、こんなにもつらいからこそ。

「クライド、あなたの身に何があったんですか?」ハリソンはたずねた。

何でもいいから頭をいっぱいにして、もう手遅れかもしれないという考えを振り払いたい。

ハリソンはフォレストパークの中を走りながら、目をこらしてリムジンを探した。ああ、めがねがあれば。拳銃があれば。でも、どちらもないのだ。「どうしてこのバンの後ろに?」

「デミトリだよ」クライドはうなった。「あいつがわたしを痛めつけて、車の後ろに押し込んだんだ。もしアダムがあいつとコーバのもとからバンを盗んでくれなければ、今頃わたしはどうなっていたか」

「デミトリとアンソニー・コーバを知っているんですか?」ハリソンの手は固くハンドルを握りしめている。列車を待っていたせいで、五分も無駄にしてしまった。五分あれば、何が起こってもおかしくない。キャシーが死んでしまうことだってありえる。

「トム・グレイフィールドも知っているよ。トムがきみのお母さんとつき合っていた頃、大学の寮でルームメイトだったんだ」

「母のこともご存じなんですか？」

「ああ、きみのこともね。あんなにきまじめな赤ん坊にはお目にかかったことがない。おもちゃがあっても遊ばず、ばらばらに分解して、元どおり組み立て直すことばかりしていたよ」

「じゃあ、ぼくの父のことも？」ハリソンはかたずをのんだ。

「いや。ただ、お母さんがつらい思いをしたということしか。グレイフィールドとつき合ったのは、そのつらさをまぎらわせるためだ。グレイフィールドのほうも、お母さんの悲劇の恋人たちへの情熱を利用して、お守りを手に入れたかっただけだった」

「あなたはアテネ大学のアダムの卒業式にいた。写真の背景に写っていました」

クライドはうなずいた。「どうしてもアダムの卒業式に行きたくてね。本人はわたしがいることは知らなかったけど。わたしはアダムのことを、自分の息子のように誇りに思っていたんだ」

「ミノアン・オーダーのことはご存じですか？」

アダムが背筋を伸ばした。「ミノアン・オーダー？　ミノアン・オーダーのことなら知ってる」

「グレイフィールドの噂は聞いていた。きみのお母さんにも気をつけるように言ったんだが、彼に発掘費用を援助してもらっていたので、なかなか噂を信じようとしなかった。でもそのうち分かってくれて、ギリシャでアダムがトムと一緒にいるときは、気をつけてやってほしいとわたしに頼んできた。ほとんど遠くから見守ることしかできなかったけど」

「ぼくが赤ん坊の頃に、母がギリシャにソレンを探しに行ったなんて知りませんでした」

「ソレンなら」アダムが手を挙げた。「ここにいるよ」

「おまえはソレンじゃない。アダム・グレイフィールドだ」

アダムは黙ってハリソンを見ただけだった。

やれやれ。

「どうしてぼくはこれまであなたに会わなかったんでしょう？」ハリソンはクライドにたずねた。気づかないふりをしていたが、心はずっしりと重くなっている。すでにフォレストパークの突き当たりまで来ているのに、リムジンの気配がまったくないのだ。

「トムとわたしはきみのお母さんをめぐって、大げんかをしたんだ。わたしも彼女を愛していたから。でも、トムのほうが金を持っていたし、お母さんはとにかく研究が第一という人だったからね」クライドの声は悲しげで、無念そうだった。

ハリソンはフォレストパークを出て、ユニバーシティ・ドライブに入った。リムジンがどこに行ったのか、見当もつかない。道路はがらんとしている。空を稲妻が駆け抜けた。フロントガラスにばらばらと雨が降ってくる。ワイパーを動かすと、ガラスにこすれてきしんだ音が響いた。キャシー、キャシー、キャシー。

道は空っぽだ。車は一台も走っていない。ハリソンはユニバーシティ・ドライブを高速道路のほうに向かった。高架道を回って東に向かえば、フォレストパークを俯瞰することができる。

キャシー、どこにいるんだ？

胸が締めつけられる。この痛みはもうごまかしようがない。ぼくはキャシーを失うんだ。深く知る機会もないままに。

アダムがハリソンのシャツを引っ張って、窓の外を指さした。「おい、あれ」

太く強烈な稲妻に、空が明るく光った。

南にトリニティーリバーの放水路が見えた。その瞬間、ハリソンの心臓はどきりと音を立てた。

放水路の真ん中に、三人の男と棺が見えたのだ。

22

ハリソンは急ハンドルを切った。高速道路でのUターンは危険だし、とんでもない違法行為だ。彼はこれまでにないほど必死に祈った。中央分離帯を乗り越え、西方向の車線に突っ込んで、制限時速三〇キロ超でユニバーシティ・ドライブの出口を降りる。タイヤが抗議するように、キーキーときしんだ。

「どうした？　何があったんだ？」クライドが叫んだ。

「キャだ」アダムが言うのと同時に、ハリソンは言った。「キャシーだ」

トムと手下たちは、放水路に石棺を置いて何をやっているんだ？

解読した巻物の一節が、ハリソンの頭にこびりついていた。

「不死への道は、元素にある。地、空気、火、水。二つの輪と、二つの心、恋人たちは永遠に結ばれる。命は死になり、死は命になる。円を描くように」

正確な意味は分からないが、きっと儀式には水が必要なのだろう。ハリソンは放水路に向かって車を走らせた。鼓動が高ぶり、心臓が喉元にせり上がってくるようだ。

「グレイフィールドのリムジンだ」クライドが叫んだ。

リムジンは川の水際に停められていた。ハリソンもそばにバンを停めた。稲妻が空を走り、大量のイオンを放出しながら、猛烈な勢いで近くの木に落ちた。

三人は飛び上がり、首をすくめた。

木は盛大に燃え上がった。

「こっちだ」アダムはハリソンとクライドの先に立って土手沿いを走り、放水路に向かった。

ハリソンはそこで何が行われているかを悟った。恐怖と寒けと怯えが体の芯を直撃する。

三人は放水路に着いた。木から上がる炎に照らされて、恐ろしい場面が浮かび上がる。キャシーは手足を縛られ、口にテープを貼られて、石棺の上に横たえられていた。アンソニーとデミトリが両脇に立ち、それぞれが銅のリングを持って前に差し出している。キャシーの頭の側には、雄牛の頭をかぶったトム・グレイフィールドが立っていた。首に巻かれたチェーンに大きな金のエジプト十字《アンク》がついている。まさにミノタウロスだ。突き上げたこぶしには不気味なナイフが握られていた。

風が吹き荒れ、水面が波立っている。空気は湿った肥沃な土のにおいを漂わせている。稲妻が鋭く、強い光を放っていた。

もしハリソンが一歩でも近づけば、川を半分も渡らないうちに、グレイフィールドはキャシーの心臓を一突きするだろう。

ぼくには救えない……。耐えがたい絶望がハリソンを襲った。でも、何もせずにこのまま死なせるわけにはいかない。二度とキャシーに会えないなんて絶対にいやだ。グレイフィールドに勝たせてなるものか。

考えろ、考えるんだ。

拳銃はない。ほかに武器もない。何をすればいいのか見当もつかない。

ジェドだ。ジェドを使え。

頭の中で、強くはっきりとひらめいた。ジェドを使うんだ。ハリソンはポケットからジェドを出すと、頭の上にかかげ、グレイフィールドのアンクに向けた。

息を止める。

グレイフィールドが呪文を唱え終わった。

アンソニー・コーバとデミトリがリングを結合するため、キャシーの上に身を乗り出した。

グレイフィールドがナイフを振り下ろす。

「キャ！」アダムが叫び、水の中に飛び込んだ。

「アダム、戻ってこい」クライドが呼びかける。

どんよりとした黒雲から、青白い稲妻が放たれた。

稲妻はジェドを直撃した。あまりの衝撃にハリソンはひざをついたが、あきらめるつもりはなかった。絶対にあきらめない。何があっても、絶対に。

電光は火花を散らしながら、ハリソンの手製のジェドから、グレイフィールドの首にぶら下がったアンクに向かって宙を走った。グレイフィールドの胸を直撃し、血管の中に電流を送り込む。

グレイフィールドは全身を震わせ、体を貫いた電流は水面に達した。

だが、電光はそこで止まらなかった。一瞬勢いを失ったあと、パチッと音を立てて左右に分かれ、アンソニーとデミトリが手にしていた銅のリングを襲った。

電光はグレイフィールドの脚にも流れた。グレイフィールドは幽霊のように青く燃え上がり、水面でちらちらと光を放った。

その水をかき分け、アダムがキャシーのほうに近づいていく。

ハリソンは怯えた目で、電流が弟の体を駆け上がるさまを見つめた。


あたりは強い熱に包まれ、青白い光がくっきりと浮かび上がった。いったい何が起こっているのだろう？ トム・グレイフィールドはキャシーの頭上に立ったまま、体を震わせながら、雄牛の仮面の奥で白目をむいている。手にはナイフが貼りついていた。

やがて青い電光は消え、グレイフィールドの重い体がゆっくりと前に倒れてきた。

キャシーはとっさに縛られた両手を挙げ、倒れてくるグレイフィールドのナイフの刃から身を守ろうとした。顔を片側にそむけ、雄牛のキスから逃れる。

ナイフはダクトテープに引っかかって止まった。グレイフィールドは顔を石棺に打ちつけ、ゆっくりと水の中に沈んでいく。

空にまたも稲妻が光った。雷鳴がとどろく。

キャシーは必死でナイフの刃に手首のテープをこすりつけた。グレイフィールドの手が水の中に落ちてしまう前に、テープを切らなければ。

左側に立っていたアンソニー・コーバも石棺に向かって倒れ、キャシーのひざに頬を載せた。アンソニーを蹴ろうとしたとき、伸ばした手にお守りのソレンの片割れが握られていることに気づいた。

ダクトテープは切れ、キャシーはテープをはぎ取った。グレイフィールドの手からナイフをもぎ取り、口に貼られたテープをはがす。アンソニーの手からお守りのリングを引き抜いて、ブラウスのポケットに突っ込んだ。うずくまって足首のダクトテープを切っていると、手首をがっちりとつかまれるのを感じた。

「待てよ、ねえちゃん」

デミトリ、ミスター・ナイキだった。少しぼんやりしているように見えるが、目には凶悪な光が浮かんでいる。もう片方の手には、お守りのキヤの片割れが握られていた。

「キャシー！」

キャシーが右を向くと、ハリソンとクライドが急な流れの中を、水を跳ね上げながら走ってくるのが見えた。石棺から一メートルほど離れたところでは、ミイラがうつぶせになって水に浮かんでいる。

「ハリー！」

キャシーはデミトリの手から逃れようと体をよじった。全身の力を振りしぼり、何とかハリソンのほうに行こうとする。ところが、手首をつかむデミトリの力はすさまじく、今にも骨が折れそうになった。手からナイフが落ち、水の中に沈んだ。

デミトリはキャシーを石棺から水の中に引きずり下ろした。キャシーは反対側の土手に向かって引っ張られ、放水路のコンクリートの底でひざをすりむいた。

水の冷たさと傷の痛みにキャシーはあえいだ。わけが分からないし、恐ろしくてたまらない。

「キャシー、待ってろよ。今行くから！」

「ハリー！」キャシーは振り返って叫んだ。

デミトリがぐいとキャシーを引っ張った。「うるさい。静かにしろ」

二人は放水路の向こう岸にたどり着いた。キャシーは振り向いてハリソンがどこまで来ているのか確かめたかったが、デミトリがぐいぐい引っ張りながら早足で歩き続けるので、背後の状況は分からなかった。

デミトリがお守りのキヤの片割れを持っている。早く取り上げないと。

キャシーはデミトリに引きずられながら、木が生い茂る土手を登った。この騒動の中で、いつのまにかサンダルがなくなっている。はだしの足にとげや小枝が突き刺さった。コンクリートですりむいたひざが痛む。歩く途中で何度もつまずき、転んだ。デミトリは容赦なく歩き続け、立ち止まることも、速度をゆるめることもなかった。

何か作戦を考えないと。でも、何も思いつかない。少しでもデミトリの足を止めることができれば、ハリソンに追いつく隙を与えられるのに。

「ねえ、デミトリ、フェラチオ《ブロウジョブ》してあげようか？」

「何だと？」デミトリは立ち止まった。

思ったとおり、デミトリは一瞬だけ男の本能にとらわれ、追っ手から逃れることを忘れた。でも、キャシーにはその一瞬で十分だった。彼が聞き返そうと振り返った瞬間、全身の力を込めてひざで急所を蹴り上げた。

デミトリは悲鳴をあげ、両手で下半身を押さえた。お守りのキャヤの片割れからもキャシーからも手を離し、痛みにもだえながら地面に転がる。お守りは岩に当たって跳ね返り、コツンと小さな音を立てた。

「あそこに一撃《ブロウ》を食らわすから〝ブロウジョブ〟。分かった？」キャシーはデミトリをまたぎ、髪が顔に落ちてこないよう片手で押さえながら、夜明け前のもやの中でお守りを探し始めた。

リングが目に留まり、キャシーはしゃがんで拾おうとした。ところが、リングをつかんだ瞬間、暗がりから男の手が伸びてきた。


息を切らし、服をぐっしょり濡らしたまま、ハリソンは土手をよじ登った。

キャシー。キャシーを助けなければ。

地面はまるで濡れたコンクリートのようにすべりやすく、足を取られてなかなか進めない。

ハリソンは両腕を斜面につき、力を込めて体を押し上げていった。真下には川が流れている。

もしすべって落ちてしまえば、水しぶきを上げている深い放水路にまっさかさまだ。

早くキャシーに追いつくんだ。

土手のてっぺんにたどり着いたとき、前方の低木林から誰かのうめき声が聞こえた。急いで切り株や岩を避けながら進むと、ぽっかりと開けた場所に出た。デミトリが地面に倒れ、下半身を押さえて左右に転がっている。一メートルほど先でキャシーがひざまずいて、胸の前でしっかり何かを握っていた。

キャシーが顔を上げた。目の前の銃口に気づく。

ハリソンは一瞬あっけにとられた。でも、すぐに状況を悟った。デミトリをやっつけたキャシーが、彼が落としたお守りを拾いに行ったとき、イアフメス・アクヴァルが拳銃を突きつけたのだ。

でも、イアフメスはいったいどこから現れたのだ？　トム・グレイフィールドやミノアン・オーダーと何のかかわりがあるのだろう？

「お守りをよこせ」イアフメスは鋭い口調で言い、手を差し出した。

「キャシー、スイートハート」ハリソンは呼びかけた。「大丈夫か？」

「絶好調よ」キャシーは情けない声を出した。「拳銃を顔に突きつけられるのはあんまり好きじゃないけど」

「イアフメス、何をしているんだ？」ハリソンはデミトリを避けて進んだ。デミトリは低い声で泣きわめいている。キャシーの一撃がよっぽど効いたらしい。ハリソンはイアフメスに近づきながら、武器を持っていないことを示し、普段どおりにふるまおうとした。下手に感情的になって、事態を悪化させたくはなかった。それでも、イアフメスがキャシーを脅している理由は聞き出さなければならない。

「近づくな、ハリソン」イアフメスはハリソンに向かって拳銃を振った。

「いったいどうしたんだ？　話し合おう」

「話し合うことなどない。お守りを渡せばいいんだ」

「いやよ」キャシーは首を横に振った。「渡さない」

イアフメスは拳銃の撃鉄を起こした。「よこせ。わたしだってきみを撃ちたくはない」

ハリソンはイアフメスのこわばったあごを見て、こいつは必要に迫られれば引き金を引くに違いないと思った。なぜだか分からないが、イアフメスは恐ろしく真剣だった。ハリソンはびしょ濡れで、体の芯まで凍えているというのに、額からは汗が吹き出してきた。

「キャシー、そいつにお守りを渡すんだ」

遠くでサイレンが鳴った。

「お守りをよこせ」

サイレンの音を聞いて、イアフメスの声はますますせっぱつまった調子になった。一歩前に出て、銃口をぴったりとキャシーのこめかみにつける。

キャシーは目を見開き、ハリソンのほうを見た。その顔に浮かぶ恐怖の表情は、どんな弾丸よりも鋭く心を撃ち抜いた。

「そいつに渡すんだ」ハリソンはささやくように言った。「そんなものに命を賭けることはない」

「でも、キヤとソレンが」キャシーは泣きそうな声で言った。

「キヤとソレンなんか知ったことか。ぼくにとって大切なのはきみだけだ」

「スタンディッシュ博士の言うとおりにしろ」

キャシーがしぶしぶ手を広げると、イアフメスはその手からリングをひったくった。

イアフメスは黙って土手のてっぺんに行き、荒れ狂う川の流れを見下ろした。腕に勢いをつけ、トリニティーリバーにお守りを投げつける。

全員の目の前でお守りは水面を打ち、たちまち泡立つ水の中へと消えていった。イアフメスはズボンのウエストに拳銃を差し込み、向きを変えて歩きだした。

ハリソンは目を疑った。自分のこれまでの研究成果が今、放り捨てられたのだ。こんなこと、ありえない。信じられない。このままやつを行かせるものか。事情を聞かなければ。ハリソンはイアフメスの前に立ちはだかり、行く手をふさいだ。

二人の目が合った。

「どうしてだ、イアフメス？　なぜ？」

「おまえの母親に聞いてみろ」イアフメスはそう言うと、ハリソンを肩で押しのけ、雨が降りしきる荒れた夜の中へと姿を消した。

サイレンはさっきよりも近くで鳴っている。

キャシーは今目の前で起こったことに仰天し、ハリソンを見つめた。

「イアフメスはお守りを捨てたわ。どうして川に投げ込んだりしたの？　お母さんに聞いてみろってどういうこと？」

「そんなことはいいよ」ハリソンはそう言いながら、キャシーのほうに向かってきた。

キャシーの中に激しい感情がこみ上げ、下唇が震えた。「キヤとソレンが」涙をこらえる。

「二人の再会はもうかなわないのね」

「しーっ、スイートハート。いいから」ハリソンは手を伸ばしてキャシーの後頭部を包み込み、指で髪をすいた。「大丈夫？」

「うん」キャシーは震えながら笑った。「大丈夫よ」

ハリソンは顔を傾け、キャシーの唇に優しくキスをした。彼の唇より甘いものが、この世にあるだろうか？　一五分前、キャシーは人生の終わりを覚悟していた。二度とハリソンには会えないと思っていた。キャシーが首に両腕を巻きつけると、ハリソンは抱きしめてくれた。二度とこの人を離さない、とキャシーは思った。

「そろそろやめないと」ハリソンは唇の上でそっとささやいた。「デミトリに逃げられてしまう」

キャシーはため息をついて体を離した。ハリソンはデミトリのほうを向いた。木の間を這って逃げようとしている。

「待て、こいつめ」ハリソンはえりをつかんで、手足をばたつかせているデミトリを開けた場所に連れ戻した。デミトリはハリソンに足をかけ、地面に倒した。二人はごろごろ転がりながら、殴り合った。

「やめて！　やめてよ！」キャシーは叫んだ。

「全員、動くな」霧の中から声が聞こえた。「ＦＢＩだ」

「どうしてわたしたちの居場所が分かったの？」しばらくして、キャシーは義理の兄、デイヴィッド・マーシャルにたずねた。

キャシーとデイヴィッド、ハリソン、クライドは、トリニティーリバーの土手の上に立っていた。三人はそれぞれの立場から、デイヴィッドに簡潔に状況を説明した。

救急救命士たちが、トム・グレイフィールドとアンソニー・コーバとアダムを救急車に乗せた。三人ともハリソンの変圧器、ジェドによる放電で意識を失っていた。スニーカーを履いていたため、さほど電流の影響を受けずにすんだデミトリは手錠をかけられ、待機していた警察のクルーザーに連行された。デイヴィッドが連れてきた制服の警官たちは、まだイアフメス・アクヴァルを発見できていない。近くの森やフォレストパークの周辺で捜索が続けられていた。

「茂みの火事だよ」デイヴィッドは、落雷で今も煙を上げている木を示した。「あの火を見て消防署に通報した人がいたんだ。到着した消防署員がトム・グレイフィールドのリムジンに気づいて、無線で警察に連絡した。トム・グレイフィールドのことは、きみが一緒だと知ってすぐに広域指名手配をしていたんだ。キャシー、おれは本気で心配したんだからな」

　キャシーは鼻にしわを寄せた。「ごめんなさい、デイヴィッド。あなたを巻き込むつもりはなかったの」

「気にするな」デイヴィッドはにっこり笑って肩をすくめた。「義理の兄っていうのはこういうときのためにいるんだ」

「マディーには言ってないわよね？」

「言わないわけにはいかないよ。マディーはおれの妻だ。お互いに隠し事はしない。次の便でＤＣから飛んでくるってさ」

「マディーは心配性だから」キャシーはため息をついた。でも、口ではその過保護ぶりに文句を言っても、本当は今夜のようなつらい体験のあとで双子の姉と抱き合えるのが嬉しかった。

「それだけきみのことを思ってるんだよ」デイヴィッドは言った。

「分かってる」キャシーはうなずき、ハリソンのほうを向いた。目が合うと、胸が締めつけられた。ここにもわたしを大切に思ってくれる人がいる。わたしも同じくらい、この人のことを思っている。誰かに対してこんなにも強い気持ちを抱くことがあるなんて、考えてもみなかった。「ハリソン、あなたに謝らなきゃ」

「何を？」

「イアフメスの嘘を信じてしまったこと。一瞬でもあなたを疑ったことを」

「どうしてぼくを疑ったんだ?」ハリソンはたずねた。

「だって、写真の背景にクライドが写ってたから。どうしてクライドを知らないなんて嘘をついたの?」

「わたしはハリソンを知っていたが、ハリソンのほうは知らなかったんだ」クライドが口をはさんだ。「だから、写真に写ってるのがわたしだってことにも気づいてなかったんだよ」

キャシーはハリソンの顔を見つめた。ハリソンも同じくらい強いまなざしで、キャシーのほうを見ている。早く二人きりになりたくてたまらない。そうすれば、彼を誤解していたことをどんなに申し訳なく思っているか、たっぷりと示してあげられるのに。

「トム・グレイフィールドはどうなるんでしょう?」クライドがたずねた。「それに、手下たちは?」

「CIAとギリシャ政府が、大量の法律違反を問いただそうと待ち構えています。かなり長い間、刑務所に入ることになるでしょうね」デイヴィッドは言った。「アンソニー・コーバとデミトリ・ロレンゾはグレイフィールドの共犯として、誘拐と殺人未遂の罪に問われるでしょう」

ハリソンは救急車がアダムを運び去った方向を見た。「弟は大丈夫でしょうか?」

「行こう」デイヴィッドは励ますように、ハリソンの肩に手を置いた。「病院まで送るよ」

23

　二人がハリソンのマンションに戻ったのは、金曜の朝八時のことだった。ハリソンのところに泊まるから自宅には送ってくれなくていいとキャシーが言うと、デイヴィッドは眉をぴくりと上げた。

　アダムの意識はまだ戻っていなかったが、医者は二人に家に戻って休むよう言った。経過は順調で、そのうち完全に回復するだろうとのことだった。

　でも、玄関を入ってドアを閉め、完全に二人きりになると、キャシーは自分でも驚くくらい気後れを感じ、どうしていいか分からなくなった。

　ハリソンはにっこり笑い、腕を広げた。その瞬間、キャシーの不安は吹き飛んだ。目のまわりにはあざができ、顔は傷だらけなのに……いや、だからこそ、だろうか？　こんなにも男性に目を奪われたのは初めてだった。どうしてこれまで、ハリソンがこんなにハンサムだと気づかなかったのだろう？

「手当てをしないと」

「えっ？」キャシーはうっとりとハリソンの深い茶色の目を見つめていた。

「きみの脚だよ」ハリソンは目で示した。

キャシーは自分の脚を見下ろした。病院でもらった紙のオーバーシューズを履いているが、ひざの下には乾いた血がこびりついている。

ハリソンは浴槽に湯を入れながら、黙ってキャシーの服を脱がせた。優しい手つきでブラウスを脱がせてくれる心づかいを、キャシーは嬉しく思った。ブラウスが床に落ちると、ソレンのリングが転がり出た。

「きみが片割れを持ってたんだね」ハリソンは言った。

「今となってはほとんど意味がないけど」キャシーはまたも泣きだしそうになった。「ソレンとキヤは永遠に結ばれないのね」

「あんなのくだらない言い伝えだよ」

「でも、分からないじゃない」

「まあね。実は、ぼくも寂しいんだ。伝説なんて信じてなかったけど、今になって、リングの再結合がぼくにとってどんなに大事なことだったか分かったよ」

「悲しいわ」

「しーっ、今はその話はやめよう」ハリソンがキャシーの服を脱がせ終わると、ちょうど浴槽の湯もいっぱいになった。ハリソンは蛇口を閉め、キャシーが浴槽に入るのを手伝った。

キャシーは心地よく湯につかりながら、ハリソンに倉庫での出来事をすべて話した。ハリソンはキャシーに、巻物に書かれていた内容と、謎のメッセージからトム・グレイフィールドに行き着いたいきさつを説明した。

キャシーはハリソンに二度と会えないと思ったときの不安と、石棺に閉じ込められたときの恐怖、そして、そのあとに訪れたあの奇妙な安らぎについて話した。すべての人々に対して感じた、許しの心のことを。

ハリソンは、キャシーをグレイフィールドに渡したことが間違いだったと知ったときの絶望を語った。グレイフィールドが不死を手にするために、キャシーをいけにえにするつもりだと気づいたとき、どれほどの恐怖を感じたか。それを口にしたとき、彼は激しい感情に襲われ、声をつまらせた。

ハリソンは服を脱ぎ、キャシーとともに浴槽に入った。二人はそれ以上何も言わず、相手の目を見つめ、この瞬間をゆっくりとかみしめた。生きてまたこうして会えたことが、とてつもなく幸せだった。

キャシーはタオルでハリソンの頬をふいた。

ハリソンは石鹸でキャシーの胸を洗った。

キャシーはハリソンの凝りきった肩をもんだ。

ハリソンはキャシーの髪に指を走らせた。

湯が冷めてしまうと、二人はお互いの体をふいた。ハリソンはキャシーをカウンターに座らせ、自分は床にひざまずいて、傷をていねいに手当てした。足とひざの切り傷とすり傷に消毒用の軟膏を塗って、絆創膏を貼る。

二人はバスルームの明るい照明の下で素っ裸になっていたが、恥ずかしいとは少しも思わなかった。

それは何よりも自然なことだった。

ハリソンはキャシーに口づけ、キャシーは口づけを返した。キャシーの手を取って寝室に連れていく間、ハリソンはずっと顔にキスの雨を降らせていた。彼の愛しい顔は腫れ上がり、傷だらけだったが、自分を見つめる目に浮かぶ表情に、キャシーはこれ以上ないほど心を打たれた。

ベッドの端に座り、キスをした。お互いを探り、なめ、味わう。情熱は燃え上がり、キスは勢いを増した。マットレスに倒れ込む。キャシーはキスをやめ、ハリソンのあごから喉、胸からその下へと、唇を這わせていった。

キャシーの唇が高ぶったものに触れると、ハリソンははっと息をのんだ。キャシーは顔を上げ、彼と視線を合わせた。ハリソンはその目に驚きと恍惚、欲望の色を浮かべながら、彼のものを愛撫するキャシーを見つめている。生き生きと活気に満ちていて、初めて会った頃の気難しい教授とは別人だった。彼のことを誤解していた。本当は、こんなにも情熱的になれる人だったのだ。

ハリソンの目には熱い欲望がむき出しになり、その飢えたような色に、キャシーははっとした。彼はわたしを求めている。

表情に、その思いがはっきりと表れていた。キスからも感じられた。肌からもにおいたつようだ。これまで出会ったどんな男性よりも強く、ハリソンはキャシーを求めていた。

キャシーが口でハリソンのものを愛撫していると、そっと手が伸びてきて、腰骨に置かれた。目を閉じると、女の芯から胸へ、喉元へとエネルギーがこみ上げてくるのが分かる。口の中に感じる熱く豊かな欲望の味が、生々しいハリソンの味と混じり合う。

ハリソンの唇から柔らかなあえぎ声が漏れた。彼はゆっくり体をよじり、高ぶったものを優しく包み込むキャシーの唇から逃れた。

キャシーが目を開けると、ハリソンは脇腹を下に、ベッドの上でひじをついていた。キャシーをじっと見つめている。ギネスビールの色をしたその目には、野蛮な欲求がむき出しになっていた。

ハリソンはせっぱつまったようにキャシーに口づけた。彼のエネルギーを全身に感じ、キャシーは驚いた。白く光る稲妻よりもずっと力強い。

一番敏感なところを指で触れられると、どうしようもなく甘いものがあふれ出し、体中がぜいたくな喜びに満たされた。欲望が極限まで目覚めていく。キャシーは手を伸ばしてハリソンの体をしっかりつかみ、むさぼるように求めた。

もう我慢できない。キャシーは本能に導かれるままに、ハリソンの硬い体に自分の体を押しつけた。

でも、ハリソンは優しかった。あまりにも優しかった。強く息を吹きかけるだけで、キャシーがばらばらに壊れてしまうとでも思っているように。

「きみの瞳の中に溺れてしまいたい。キャシー、きみと愛し合いたいよ」ハリソンはささやいた。キャシーが一番聞きたかった言葉だった。

「コンドームは？」

「ここにある」準備を終えると、ハリソンはキャシーの上に覆いかぶさった。キャシーの顔を見つめている。「信じられないくらいきれいだ。見とれてしまう」

「あなたもすてきよ、教授」

キャシーがウエストに脚を巻きつけると、ハリソンは感じ入るようにうめきながら、中に入ってきた。キャシーはハリソンを迎え入れながら、これ以上ないほど心が落ち着くのを感じた。体の力をすっかり抜いて、彼の本能のリズムに身を任せる。完全に身をゆだねることに、何のためらいもなかった。心を解き放ち、体を預け、すべてを託した。

「もっと」キャシーは叫び、腰を上に突き出した。

ハリソンは求められるままに、激しく動いた。キャシーの中は満たされ、全身が燃え上がるような喜びに支配される。

ああ、そうよ、そう。わたしの中でいって。

そのとき、それはやってきた。キャシーの嵐が。稲妻が。ハリケーンが。

キャシーの中はいっぱいになった。衝撃は広がり、大きくなっていく。あたりを包む空気が歌を奏でる。その歌は、ハリソンをたたえていた。「ハリソン、ハリソン、ハリソン」

甘く、深く、熱く、強く、燃えるような衝撃が全身を貫いた。キャシーの内側のはるか高くを鮮やかな光が駆け抜け、体中に広がり、とてつもない情熱となって胸からほとばしり出る。

キャシーはハリソンのまわりで震え、ハリソンはキャシーの中で震えた。

「ああ、ハリソン」キャシーはあえいだ。

「ハリーだ」ハリソンはキャシーの喉元の曲線に口をつけたまま、ささやいた。「ハリーと呼べ」

キャシーはハリソンより先に目を覚ました。寝返りを打って頬づえをつき、眠るハリソンを見つめた。

傷だらけの顔に午前の日ざしが降り注いでいる。キャシーはハリソンの腰に手を置いて、手のひらから伝わる彼の体温を感じた。肌の感触を楽しむ。なめらかで、毛に覆われていて、浅黒い。二人が並んで息をしているだけで、部屋の空気ががらりと変わったように思えた。目に涙があふれ、わけも分からず胸が締めつけられる。あまりの物悲しさに、このまま死んでしまうような気がした。

いつものキャシーなら、ここで笑い、踊り、歌っていただろう。何とかして気分を高め、悲しみを忘れようとしていたはずだ。でも、今回は違った。キャシーはハリソンのそばに横たわり、物悲しさが体に満ちていくのに任せた。

二人の時間は終わった。もう終わりなのだ。

ところが、その喪失感をじっくりかみしめていると、とても不思議なことが起こった。これまでイベントや遊び、パーティ、デートなどで感じていた幸せとはまったく違う、静かな確信に包まれたのだ。これこそが長く続く本物の幸せなのだろう。キャシーは生まれ変わった。

心の奥でかちりと音がし、遠い昔に置き忘れてきた自分と再びつながった。そのとたん、これまでキャシーが人生の目的や計画、方法としてきたものは崩れ去った。新しい自分に目覚めたことで、心で思うことも体験することも、今までよりもはっきりと見て、聞いて、感じられるようになった。

光り輝くようなその瞬間、キャシーは自分のやるべきことを悟った。もう、痛みを隠すのはやめよう。痛みと正面から向き合い、じっくりかみしめたあとで、捨ててしまえばいい。いつまでも逃げ続けなくても、どうせもう終わったことなのだ。あれからだってちゃんと生きてこられた。今もここで、自分の人生を送っているではないか。

感謝するべきことはたくさんある。スミソニアンの仕事がもらえなくても幸せだ。パーティに行かなくても、車を飛ばさなくても、刺激に囲まれていなくても。本当に欲しいもの、必要なものは、手が届くところにある。ここにちゃんとあるのだ。

あとはただ、そのための場所を空ければいい。

ハリソンは午後二時に目を覚まし、ベッドが空っぽになっていることに気づいた。キャシーはいない。ハリソンが眠っている間に出ていったのだ。シーツにはまだキャシーの香りが残っている。夏の庭のように生き生きとしたにおい。ハリソンは枕を胸に押しつけ、キャシーの香りを吸い込んだ。

キャシーはどこに行った？　どうして出ていったんだ？

ベッドの脇の電話が鳴った。ハリソンは胸を高ぶらせながら受話器を取った。キャシーだろうか？

「もしもし」

「クライドだ。今、病院にいる」

ハリソンはとっさに起き上がり、枕を落とした。「アダムは……？」

「気がついた。記憶も戻ったよ」

「ああ、よかった」

「きみに会いたいと言っている。わたしたちには、何があったか教えてくれないんだ。きみが来てから話すと」

「わたしたち？」キャシーはすでに病院に行っているのだろうか？　それでここを出ていったのか？　でも、どうしてハリソンを置いて行ったのだろう？

「きみのお母さんに連絡したんだ」クライドは言った。「こっちに来てる」

一〇分後、ハリソンはアダムの病室に入っていった。車でここに来る間、昨夜の一場面が頭から離れなかった。

イアフメスはキヤのお守りをトリニティーリバーに投げ込んだあと、こう言った。「おまえの母親に聞いてみろ」イアフメスが何を言おうとしたのかは分からないが、母が長年、必要以上に隠し事をしてきたことは確かだった。とっくの昔に教えてくれていてもよかったことばかりだ。

でも、物事には順序がある。まずは弟に話を聞かなければならない。

アダムはベッドの上に起き上がっていた。両目はくまに覆われ、頬はこけている。腕には点滴がつけられ、病院のパジャマを着ていた。

「おれもひどい気分だけど、きみもひどい顔をしてるな」アダムは言った。

「よう」ハリソンはにやりと笑い、アダムの目のくまに触れた。「ぼくの顔と同じくらいひどい気分だって？　それは救いようがない」

アダムは目をしばたたいた。「珍しいな。きみが〝よう〟なんてあいさつするのは初めて聞いた。それに、そんなからかうような言い方も」

ハリソンは肩をすくめ、頬が赤くなるのを感じた。「キャシー・クーパーと長い間いすぎたせいかな。一緒にきみの行方を探していたから」

「でも、今のきみも悪くないよ。いい影響を受けてるんだな」

「母さんは？」ハリソンはアダムのベッドのそばに置かれた見舞い客用の椅子に座った。

「ここよ」

ハリソンが顔を上げると、ダイアナとクライドが〈バーガーキング〉の袋を手にドアから入ってくるところだった。アダムは手を伸ばした。「ありがとう、母さん。助かった。病院の食事がまずすぎて死ぬところだったよ」

ダイアナはアダムに袋を渡してから、ハリソンのほうを向いた。「こんにちは、ハリソン」

「こんにちは、母さん」

二人は昔からこの調子だった。よそよそしくて、お互いに探り合い、警戒している。ハリソンだって好きでこんな関係を続けているわけではない。かつては自分をぎゅっと抱きしめてくれるような母親が欲しいと思ったものだった。でも、これがダイアナなのだ。

ダイアナはハリソンの隣の椅子に座った。クライドは部屋の奥に立って、胸の前で腕を組み、ダイアナを見ている。アダムはひたすらハンバーガーをむさぼっていた。

「じゃあ、何があったのか話して」ダイアナがうながした。「最初から全部」

「ああ」アダムは言った。「おれが生まれたのは……」

「調子に乗るんじゃないの」ダイアナがさえぎった。「普通あんな目に遭ったら、船なら帆が倒れているところよ」

「マッチなら湿っているところだ」ハリソンが言った。

ダイアナはハリソンを見てにやりとした。おっと、珍しく気が合ったらしい。でも、アダムは二人が手を組んでいることなど気にしていないようだ。手を振って言う。「二人とも、おれの驚異の回復力に嫉妬してるんだな」

「いいから話して」

「分かったよ」アダムは頰についたマスタードをぬぐった。「つまり、こういうことだ。おれは親父にソレンを探すよう言われた。でも、おれはあんまり興味がなかった。つき合ってる彼女がいて、二人でフランスに引っ越そうって誘われてたんだ。でも、親父はハリソンを負かすようしつこく言ってきた。無条件で発掘費用も出してくれるって。そんなことを言われたのは初めてだった。それで、これは親父と仲直りするチャンスかもしれないと思ったんだ」アダムはハンバーガーを食べ終わると、袋を丸めて投げ、見事にゴミ箱の中に落とした。

「ナイスシュート！」

「いいから続けて」ダイアナが言った。

アダムはため息をついた。ハリソンには弟の気持ちがよく分かった。父親の本当の姿を口にするのがつらいのだろう。

「親父はソレンの墓のことや、その場所について、詳しいことをたくさん知っていた。情報の出所は教えてくれなかったから、おれはしばらくそのデータはでたらめだと思っていて、あてにするつもりはなかった。親父には、本当に資金援助に条件はないんだなって何度も確認した」

「ハリソン」ダイアナが口をはさみ、ハリソンをちらりと見た。「あなた、めがねをかけてないじゃない」

「バーでけんかしたときに壊れたんだ。話すと長くなるけど」

ダイアナはぎょっとした顔になった。「バーでけんかしたの？　あなたが？」

「よくやったぜ、兄貴」アダムが親指を立てた。

「ごめんなさい、続けて。じゃまするつもりはなかったの」ダイアナは頭を振ったが、ハリソンを見る目つきが少し変わっていた。まるで、一瞬にして尊敬の念を抱いたかのようだ。

「何だかんだで、結局おれは親父の指示に従ったんだ。ほかにどこを探せばいいのか分からなかったから。すると、なんと親父が言ったとおりの場所でソレンが見つかった」

「ソレンの遺物の中には、巻物もあった」ハリソンが言い添えた。

「ああ、ミノア象形文字で書かれた巻物だ。おれはそれを解読した」得意げな口調だ。「何週間もかかったけど、解読に成功したんだ。親父にせっつかれて」アダムは真顔になった。

ダイアナはアダムのベッドカバーをこぶしでたたいた。「なんて書いてあったの？」

アダムは母に非難するような目を向けた。「母さんは親父のことをずっと前から知ってたんだろう？」責めるような口調だ。

「内容を知った瞬間、知らなければよかったと思ったよ」

「知ってたわけじゃないわ。疑ってはいたけど。でも、確信はなかった」

母の目に涙がたまっているのを見て、ハリソンは驚いた。これまで一度も、母が泣くところを見たことはない。

看護師が入ってきて、アダムの脈拍などを調べ始めたので、話はいったん中断された。病室の空気が目に見えて張りつめていく。

「ソレンの巻物にはすべてが書かれていた」アダムは言った。「悲劇の恋人伝説のこと。ソレンがネバムン主席大臣の一族にかけた呪いのこと。親父がソレンを掘り出そうとした理由。不死の方法」

病室はしばらく静まり返り、アダムの言葉だけが壁に反響した。

「巻物には格言がいくつも書かれていた」アダムは水を飲んだ。「どれも親父がよく口にしていた言葉だった。それに、親父がはめているシグネットリングと同じシンボルもあった。ミノア象形文字はそれまで解読されていなかったわけだから、ミノアン・オーダーの口承に精通した人間でなければ、そんなことは知らないはずだ。親父がおれの発掘費用を出したのは、それが理由だったんだ。情報の出所もそこだった。不死の方法を知ってどうするつもりかは分からなかったけど、親父に知らせてはいけないのは確かだった。親父はミノアン・オーダーの一員なんだから」

「追いつめられたアダムは、わたしに連絡をくれた。子供の頃に会ったことを覚えていて、キンベルで働いているわたしに協力を求めたんだ」クライドが口をはさんだ。「アダムは遺物を分散させるという作戦を立てた。ソレンは石棺に入れたままわたしの家に送る。巻物は上げ底をつけた木箱に隠し、ハリソンに発見してもらう。お守りはアダムが自分で持ってくる。残りの遺物は石棺とともにわたしの家に置いておくことにした」

「おれはフォートワースに着くと」アダムが言葉を継いだ。「クライドにミイラのように布を巻いてもらった。おれだと気づかれないようにするためだ。美術館の仮装パーティに行ってハリソンに事情を説明したかったが、直接会いに行くのは危険だと思った。イアフメス・アクヴァルがうろついていたからな。誰を信じていいのかも、誰に見張られているのかも分からなかったし、ハリソンまで狙われることは絶対に避けたかった。そのうち、親父の命令でアンソニー・コーバとデミトリ・ロレンゾがやってきて、おれをギリシャに連れ戻そうとした。デミトリはキンベルの中庭の隅におれを追いつめて、お守りのソレンの片割れのありかを吐かせようとした。おれが抵抗すると、仕出し業者から盗んだナイフで背中を刺した。死なずにすんだのは、そのときちょうどキャシーが中庭に出てきたからだ」

「そのキャシーに会ってみたいわ」ダイアナが言った。「何だかすごい娘さんみたいだもの」

すごいどころの騒ぎじゃない。「母さんも好きになると思うよ」ハリソンは言った。

アダムは話を続けた。「おれは中庭で血を流しながら、意識が薄れていくのを感じた。そのとき、赤い革のハンドバッグが見えたんだ。おれはバッグのところまで這っていって、お守りを中に隠した」

「あれはキャシーのハンドバッグだったんだ」ハリソンが付け加えた。

アダムの顔が輝いた。「じゃあ、お守りはキャシーのところにあるのか？　一件落着か？リングはまだ再結合できるんだな？」

ハリソンはクライドのほうを見た。「アダムに言ってないんですか？」

クライドは首を横に振った。

「何だ？」アダムは二人を交互に見た。「どうしたんだ？」

ハリソンは息を吐き出した。「ソレンのほうの片割れはちゃんとあるが、キヤのほうはイアフメス・アクヴァルが捨ててしまったんだ」母親を振り返る。「イアフメスは、母さんに理由を聞けと言ってた」

「何ですって?」ダイアナは驚いた顔をした。

ハリソンには答えが分かりかけていた。そこで、この一六年間封印していた質問を口にした。

「ぼくの父さんは誰なんだ?」

24

「ハリソン、だいたいのことは察しがついているんでしょう？　ほかに、イアフメス・アクヴァルがお守りの片割れを捨てる理由がある？」

ハリソンはダイアナの目をじっと見つめた。「つまり、イアフメスはネバムン主席大臣の子孫ってことだ。イアフメスがキヤのリングを捨てたのは、再結合を阻止するため。何としてでも呪いを防ぎたかったんだ」

「そのとおりよ」

「それがどうぼくに関係してくるんだ？」

クライドがやってきて、ダイアナの肩に両手を置いた。ダイアナはクライドにもたれかかり、ハリソンの目をまっすぐ見つめ返した。「お守りがなくなったから、怒ってるのね」

「当たり前だろう？　ぼくはあの研究にすべてを賭けていたんだ。母さんの研究でもある。母さんは怒ってないの？　伝説を反証するチャンスは永遠に失われてしまったんだよ」

「ソレンとキヤが再結合したから、どうだっていうの？　あなたは伝説を信じていないのに」

「もし信じてたら？」

ダイアナはかすかに笑顔を浮かべた。「どっちなの？　あなたは伝説を信じてるの？　信じてないの？」

おかしなことに、ハリソンがキヤのことを考えようとすると、あの突拍子もない、楽しいことが大好きなキャシーの笑顔が頭に浮かんでくる。ソレンのことを想像しようとしても、自分の顔が浮かぶだけだ。ハリソンは途方に暮れて、頭を振った。ぼくはどうしてしまったんだろう？　そこで話を変え、母の質問には答えず、永遠に消えることのないこの疑問を口にした。

「ぼくの父親は誰だ？」

「本気で知りたいの？」

「知りたくなければ質問しないよ」ハリソンはこぶしを握りしめ、三二年間待ち続けた答えを待った。胸の鼓動は奇妙なくらい落ち着いている。「ずっと答えが知りたかった」

「エジプト人よ。あなたが疑っていたとおり。だからあなたの肌はオリーブ色をしてるの」

ハリソンは手を伸ばし、頬に触れた。ぼくはエジプト人とのハーフだったのか。でも、昔から分かっていたような気もした。体に流れるエジプトの血。それは最初から自分という人間の一部だった。

「あなたの実の父親はもういない。四、五年前に亡くなったの。心臓発作だったと思うわ」

ダイアナは淡々と語った。まるでその男と愛し合ったことなど一度もないかのように。まるでその男の婚外子を産んでなどいないように。

　そのとき、ハリソンは自分があまりにも長い間、母と同じ生き方をしてきたことに気づいた。自分を抑え、感情を否定し、心ではなく頭の中で、人生の大部分を生きてきたのだ。

　実の父親の死を知ったのは、意外なほどショックだった。本人のことを知りもしないのに、何かとても大事なものをだまし取られたような気持ちがぬぐえない。

「名前は？」

「モハマド・アクヴァル」

　ハリソンは驚いて息をのんだ。「エジプトの前首相？」

「ええ」

「イアフメスはぼくの兄ってこと？」

「ええ、異母兄よ」

　ようやくすべてが分かってきた。「つまり、ぼくもネバムン主席大臣の子孫だってことか。キヤとソレンに毒を盛った男の」

「そうよ。だから、もう一度たずねるわ。あなたは悲劇の恋人伝説を信じてるの？　信じてないの？」

　母の言いたいことは分かった。悲劇の恋人たちを信じるということは、呪いも信じるということだ。どちらか一つだけというわけにはいかない。でも、ハリソンは伝説を信じてはいなかった。だから、呪いを怖れる必要はない。母がかつて言っていたように、運命の相手や不滅の愛なんてものは存在しない。一目惚れもない。

でも、キャシーのことは？　頭の奥でそうささやく声が聞こえた。

「だから何なんだ？　お守りのキヤの片割れはもうない。どっちにしても、悲劇の恋人伝説を証明することはできないんだ」

「それはどうかしら」

「隠し事はやめてくれ」ハリソンは勢いよく椅子から立ち上がった。これ以上母のゲームにつき合ってはいられない。「とにかく話して。全部話してくれよ」

ダイアナはためらった。

「自分の人生くらい、自分で管理させてくれ。情報を隠すのはやめてほしい」

「本気で言ってる？」

「もちろん」

「そこまで言うんなら」ダイアナはうなずいた。「あなたがキヤの片割れを見つけてから、わたしは心配でたまらなかった。わたしの考えが間違っていたらどうする？　伝説が本当だったら？　あなたかアダムのどちらかが、いずれソレンとお守りのもう片方を発見したら？　あなたの決意は固かったし、アダムはかなりの負けず嫌いだわ。そこにトム・グレイフィールドが加わったら、二人のどちらかがソレンを発見するのは避けられないと思ったの」

「それで、どうしたんだ？」

「キヤのお守りの複製を作らせた」

「お守りをすり替えたってこと？」

「ええ」

「でも、いつ？　どうやって？」

「一〇日前よ。あなたがこっちに戻ってきてすぐに。展示会の準備をしているときに、クライドにキンベルですり替えてもらったの」

ハリソンの胸は高鳴った。チャンスが失われたわけではなかったのだ。リングはまだ結合することができる。お守りは元どおりになる。ソレンとキヤは再び結ばれるのだ。

「イアフメスが捨てたのは本物の片割れじゃなかったんだね？」

ダイアナはセーターのポケットに手を入れると、小さな白いジュエリーボックスを取り出し、ハリソンの手に押しつけた。「これ以上あなたを守ることはできないわ。あなたが決めて。もし、いちかばちかやってみたいなら、恋人たちを再会させなさい」

キャシーがコラージュの壁の最後の思い出の品を燃やし終わったとき、玄関のチャイムが鳴った。体を起こし、ペイトン・シュライバーの写真が煙になっていくさまを見つめる。始める前は、写真や記念品を燃やすのはさぞかしせつない作業になるだろうと思っていた。ところが、実際には違った。キャシーは力がみなぎるのを感じた。胸がわくわくした。自由になった気がした。

もう一度チャイムが鳴った。

キャシーは暖炉の前のスクリーンを閉じ、手のひらの汚れを払って立ち上がった。きっとマディーとデイヴィッドだろう。そろそろ来てもおかしくない時間だ。

ところが、ドアの前に立っていたのはハリソンだった。驚いたが、すぐに喜びがこみ上げてきた。

「ハリー！」キャシーはハリソンの首に腕を回し、ぎゅっと抱きしめた。ハリソンに会えたことが嬉しくてたまらず、彼が抱き返してこないことには気を留めなかった。「どうして来てくれたの？」

ハリソンは白いジュエリーボックスを差し出した。

キャシーは息が止まりそうになった。もしかして、婚約指輪？一瞬、喜びに胸が躍る。でも、その箱は幅が広くて平べったく、指輪よりもブレスレットやブローチが入っていそうな形をしていた。

「プレゼントを持ってきてくれたの？ ああ、ハリー、そんなことしてくれなくていいのに」

「プレゼントじゃないよ」

「じゃあ、何？」

「開けてみて」

ふたを開けると、そこには古びた銅のリングが入っていた。キャシーはわけが分からなくなり、ハリソンを見つめた。「何これ？」

「キャの片割れだ」

「イアフメスが川に捨てた片割れ？」

「違う。本物の片割れだ」

「どういうこと？」

「座ってもいい？　一言では説明できない」

「ええ、もちろん」キャシーはハリソンをリビングに通した。

ハリソンは鼻をくんくんさせた。「火をたいたんだね」

「ええ」ハリソンのためにコラージュの壁を壊したのだと言いたくてたまらない。でも、こういう話はタイミングが大事だし、今がその時だとは思えなかった。「ちょっと燃やすものがあって」

ハリソンはソファに座った。キャシーは隣で体を丸め、つっかけを脱いでソファの上で脚を曲げた。

「フィリスにはもう話をした？」

「ううん」キャシーは首を横に振った。

実を言うと、先延ばしにしていたのだ。キュレーターに、再会セレモニーは中止になるうえ、陳列ケースから盗まれたお守りは永遠に戻らないと伝えるのは気が進まなかった。スミソニアンに就職する夢も断たれてしまう。でも、そのことはあまり気にならなかった。キャシーはハリソンの顔をじっと見た。胸がどきんとする。今は、新しい夢ができたのだ。

「よかった」ハリソンは言った。

それから、ハリソンは母親から聞いたことをキャシーにすべて話してくれた。ダイアナがハリソンの父親に熱烈な恋をしていたこと。なのに、彼が結婚していることが分かり、そのうえ妊娠が発覚してひどくショックを受けたこと。その後、ソレン発掘のためにエジプトからギリシャに渡って、トム・グレイフィールドに出会ったこと。ダイアナは失恋の痛手を癒す相手として、トムは目的を果たす手段として、交際を始めたこと。

また、ハリソンとイアフメスは異母兄弟で、二人ともネバムン主席大臣の子孫だと分かったこと。さらに、ハリソンが一〇代の頃にジェシカという少女に恋をしていて、彼女がアダムの腕に抱かれているのを見てしまったことも話してくれた。

「つまり、セレモニーを行ってお守りを再結合させれば、あなたたちは永遠に呪われるということなのね」

「ぼくは伝説を信じてないって言っただろ？　だから呪いだって信じてない」

「セレモニーをやりたいの？」

「キャシー、ぼくはきみが前から望んでいたことをかなえてほしいんだ。フィリスの機嫌さえ直せば、スミソニアンへの推薦状がもらえる。キヤとソレンは再会できる。みんなが幸せになれるじゃないか」

「でも、ネバムン主席大臣の子孫は別よ。あなたは呪いを信じてなくても、ほかの子孫たちは信じてるってことじゃない。人間の信念っていうのは、普通では考えられないことを引き起こすことがあるわ」

「不死の信念みたいに？　トム・グレイフィールドはそのために実の息子まで殺そうとしたんだもんな。ほら、フィリスに電話して、再会セレモニーは計画どおり進めるって言うんだ。きみのお義兄さんが警察にかけ合ってくれて、ソレンと石棺も返してもらえることになったから。今、クライドが取りに行ってくれている」

　キャシーは腕時計を見た。「もう五時半よ」

「時間は十分にある」

「だめよ。そんなことできない」

「ぼくはやりたいんだ。この伝説に人生を賭けてきたんだから。リングは二つで一つなんだよ」

「でも、あなたが呪われるかもしれないのよ。そんな危険を冒してもいいの？」

「いいよ。覚悟はできてる」

　ハリソンが立ち上がったので、キャシーも続いた。「きみがワシントンに行ったら寂しくなるだろうな」

　キャシーはハリソンを見つめた。言葉が出てこない。わたしが欲しいのはスミソニアンじゃなくて、あなたなの。そう言いたかったが、ハリソンは頑なに心を閉ざし、感情を押し込めてしまっている。

「ぼくを思い出してもらうためのものを持ってきたんだ」ハリソンは言った。

「そうなの？」わたしはハリーの思い出になんかなりたくない。一緒に人生を歩きたい。でも、彼がそれを望んでいないのなら、いったいどうすればいいの？

ハリソンはジャケットのポケットから何かを取り出した。蝶の羽化場でネイチャーガイドがモナーク蝶のキャシーと一緒に撮ってくれた写真と、そこのパンフレットだった。

「コラージュの壁に飾ってくれ」ハリソンは言った。

キャシーは涙をこらえた。つまりお別れということなのだ。ハリソンはさよならを言おうとしている。キャシーは男にふられたことはなかったが、ふったことは何度もある。だから、それが別れの合図だということはよく分かった。

「いらない」キャシーは写真を突き返した。「これはもらえないわ。あなたを壁に飾るつもりはないから」

ハリソンは横っつらを張り飛ばされたような顔をした。いやよ、すんなりとふられてなんかやらない。たかが写真と蝶のパンフレットくらいで、あなたの思いどおりにはさせないんだから。

「キャシー、ぼくは……」

「いらないってば」キャシーが言ったとき、玄関のチャイムが鳴った。会話を終わらせる理由ができたことにほっとして、玄関に急ぐ。

マディーとデイヴィッドが飛び込んできた。「キャシー！」マディーが叫んだ。

「マディー！」

二人はお互いに腕を回し、四〇〇年ぶりに会ったかのようにしっかりと抱き合った。

「聞いて！」マディーは目を輝かせた。「わたし、妊娠したの！」

「しかも双子だ」デイヴィッドが言い添えた。

マディーとキャシーはキャーキャー言い合いながらもう一度抱き合い、キッチン中を跳ね回った。それから、順にデイヴィッドと抱き合った。

ところが、浮き立っていたキャシーの心はやがて沈んだ。ハリソンがさよならも言わず、いつのまにか姿を消していたのだ。

25

キャシーはプレゼントを受け取ってくれなかった。自分のような男はコラージュの壁には入れてもらえないのだろう。ほかに壁に飾られていないのは、キャシーを虐待していた元夫の顔だけだった。彼女の中では、ハリソンとドゥエインは同類なのだ。自分を苦しめた男として。

目をぎゅっとつぶると、絶望感が押し寄せてきた。今はキャシーのマンションの外に停めたダイアナの車の中に座っている。母に借りて病院から来たのだ。ひざがぶるぶる震え、胸が締めつけられた。〈ボディシャス・ブーティーズ〉でビッグ・レイにぶちのめされたときよりも、ずっと苦しい。

どうしてキャシーに拒絶されたことが、こんなにもつらいのだろう？　ただ、壁に飾りたくないと言われただけじゃないか。いったいどこが問題なんだ？

問題は、心が引き裂かれたように痛むことだった。問題は、キャシーのいない人生なんて想像できないことだった。

自分の本心に気づいて、ハリソンはジェドで稲妻を受け止めたときよりも深い衝撃を受けしようもないくらい、キャシー・クーパーを愛している。

再会セレモニーに再び関係者が集まった。客も大勢来ている。フィリスもいる。クライドも、ダイアナも、今回はミイラの格好をしていないアダムもいる。ただ、最初のメンバーから二人が欠けていた。貴重なエジプトの遺物を破棄しようとした件で身柄を拘束されているイアフメスと、ハリソンだ。

ハリソンはこのまま来ないかもしれない。

時間稼ぎのために、キャシーは偽の殺人ミステリーの表彰式を行った。一番もっともらしい答えを発表した人に賞を与えるつもりだったが、どの推理もあまり現実味がなかったので、その執念だけを評価してラションドラ・ジョンソンを優勝とした。

午後八時三五分になったが、ハリソンは現れない。

一同は展示室の中央に置かれた二つの石棺のまわりに集まっていた。お守りのピースはそれぞれ、石棺の頭側に配置された陳列ケースの中に入っている。二つのケースの間には、キャの墓から発掘されたジェドの現物が置かれていた。

キャシーはもう一度腕時計を見た。

八時三七分。

アダムがキャシーのほうに身を寄せた。「ハリソンの代役ならぼくがするよ」

「その必要はない」ハリソンの声が聞こえた。「今来たよ」

ハリソンを見た瞬間、キャシーの胸は躍った。予備のめがねをかけ、またも左右ばらばらの靴を履いている。でも、こんなにもすてきな男性は見たことがない。

ハリソンはキャシーの目を見た。「二人きりで話したいことがある」

「今？」キャシーは人込みに目をやった。皆、期待のこもった目でこちらを見ている。

「今だ」

「あとじゃだめなの？」

「だめだ」ハリソンは男らしくキャシーのひじを取り、廊下に引っ張っていった。

「何？　どうしたの？」

「これだ」ハリソンはキャシーにキスをした。これまでにないほど情熱的に、せっぱつまったように。「愛してる、キャシー・クーパー」

キャシーの胸はどきんと音を立てた。「じゃあどうして、あの写真をコラージュの壁に飾れなんて言ったの？　わたしを愛しているのなら、どうして別れようとしたの？」

「だって、きみは真剣な関係を望んでいないと思ったから。それに、ぼくの写真もいらないって言ったじゃないか。きみがつき合った男であの壁に飾られてないのは、ドゥエインだけだ。説明してくれよ、キャシー。ぼくはそんなにもきみを苦しめたのか？」

「何ばかなこと言ってるのよ。写真をいらないって言ったのは、あなたからは写真なんかじゃなくて、もっとほかのものが欲しかったからよ。わたし、コラージュの壁は壊したの。あなたのために。全部燃やした。あのとき話そうとしたんだけど、ちょうどマディーとデイヴィッドが来てしまって。わたしはちゃんと説明するつもりだったのに、あなたが自分の感情を怖れて出ていってしまったのよ」

「ぼくはもう、自分の感情を怖れたりなんかしない」

「本当に?」

「信じてもらうしかないよ」

「自信がないわ」

「クーパー」フィリスが廊下に顔を突き出した。「お客さんがしびれを切らしてるわよ。早くショーを始めなさい。急いで」

「行ったほうがいいわ」キャシーは言った。

「二人のことはまだ終わっていない」ハリソンが腕をつかんで離さないので、キャシーはハリソンの目を見た。「それを忘れないでくれ」

「早く来なさい」フィリスがどなった。

二人は展示室に戻った。

アダムが悲劇の恋人伝説を改めて説明しているところだった。「そしてついに、お守りのリングが再び一つになる時が来たのです」

一同は最初の晩に行うはずだった手順を進め、キャシーがお守りのキヤの片割れを持った。でも、ソレンのリングはアダムの代わりに、ハリソンが手にした。

二人は二つの石棺の間に立った。

「本当にいいの？」キャシーがささやいた。「あなたはネバムン主席大臣の子孫よ。呪いを受ける覚悟はできてる？」

「きみもそれでいい？」ハリソンが目を見つめてくる。

キャシーはうなずいた。

アダムが巻物を読み始めた。血がすべてを変えるというくだりに来たとき、ダイアナがさえぎった。「ねえ、ちょっと待って」

「何？」アダムは母親を見た。

「そこの解読は間違いかもしれないわ。ちょっと見せて」ダイアナはアダムから巻物を受け取った。人々はどういうことかとざわめいた。

「解読は合ってるよ、母さん」ハリソンが言った。「ぼくの答えも同じだ」

「でも、解読には『太陽の数学――不滅のエジプト――』を使ったんでしょう？」

「ああ、二人とも」アダムが言った。

「そこが問題なのよ。あの太陽の計算法は、今では間違いだったとされてるの。だから、この単語は〝血〟じゃなくて〝愛〟よ」

「どういうこと？」

「ほかのすべてを変える要素」ダイアナは読み上げた。「それは血じゃなくて、愛だったのよ。不死の実現に必要なのはいけにえじゃない。愛なの。それに、これはこの一節の結びの言葉なんだから、愛が変えると言っているのはそれ以外のすべてのものよ。つまり、呪いを解くにも愛が必要ということ」

キャシーはハリソンの目を見た。「愛があれば、呪いを変えることができるのね」

「ぼくはきみを愛している」ハリソンは強い口調で言った。その焦げ茶の目を見れば、彼の言葉が本気であることが分かった。「きみは?」

「お守りを合わせてみましょう」キャシーは言った。「そうすれば分かるわ。あなたにその勇気があるのなら」

ハリソンは前に進み出て、ソレンの片割れをキヤの片割れにはめた。お守りが一つになった瞬間、ジェドから青白い電光が放たれ、銅製のお守りを直撃した。

人々は息をのんだ。

リングは溶け合った。

電流がキャシーとハリソンの体を貫いた。お守りと同じくらいしっかりと、二人の視線が絡み合う。

キャシーはたちまち、ハリソンの光り輝く焦げ茶の目の奥深くに吸い込まれていった。そして、悟った。はるか昔に二人は出会っていたのだと。時をつなぐ架け橋の上で、二人は一つになった。

キャシーはハリソンのキヤで、ハリソンはキャシーのソレンだ。

キャシーはハリソンをつかまえてくれた。その肉体と、人間くささと、率直さで。ハリソンはこれまでずっと、凧のようにふらふらしていた。意識を体のはるか上空に、感情のかなたにさまよわせていた。心が揺さぶられることはほとんどなかった。実体のあるものを感じることもなかった。でも、キャシーに出会うまで、食べ物の味を楽しむことも、肉体の喜びにふけることもなかった。でも、キャシーはハリソンの錨となり、鎖となり、糸となってつなぎとめてくれる。もうどこへも飛んでいかないように。

不思議な話だった。傍からは、ハリソンは落ち着いた堅実な人間で、キャシーのほうが気まぐれな蝶のように見える。でも、キャシーは頭では浮ついたことを考えていても、体は違う。キャシーは体で生きている。人間の実体を軸にしているのだ。

ハリソンはキャシーから目をそらすことができなかった。誰かの顔にこれほどまでに惹きつけられたことはない。どこまでも澄みきった、深みのある目。キャシーはここにいる。ぼくの運命の人。

これまでハリソンを苦しめてきた間違った信念は、キャシーの愛に照らされて消えていった。呪いはもうない。キャシーの愛がそれを変えてくれた。ハリソンは今、自分が長い間否定してきた真実に向き合っていた。

心の中では何よりも求めていたものから、ずっと逃げ続けていた。でも、キャシーの愛のおかげで、ようやく本当の自分を知ることができた。一点の迷いも疑いもなく、心の奥底にあるものを受け入れることができた。外面は変わったように見えても、ハリソンの本質は何一つ変わっていなかったのだ。

ソレンとキヤのように、二人の魂は永遠に一つになった。
その瞬間、ハリソンは気づいた。
本当はこれまでもずっと、愛を信じていたのだと。

訳者あとがき

こうして二人はいつまでも幸せに暮らしましたとさ。めでたし、めでたし……。

本書のヒロイン、キャシー・クーパーは、ロマンスも魔法も一目惚れも信じていますが、このフレーズだけは信じていません。どんなに激しい恋愛の末に結ばれた恋人も、いずれは「こっちが拾うのをあてにして、バスルームの床に靴下を脱ぎ散らかす同居人」になり下がってしまう、燃えるような恋愛期間が過ぎた相手といつまでも一緒にいることはできない、というのです。ある意味、究極に冷めた恋愛観と言えるかもしれません。

本書『恋の伝説』(原題 MISSION: IRRESISTIBLE)は、ローリ・ワイルド著『世界の果てまできみと一緒に』の続編です。前作でキャシーは美術品泥棒と逃亡するという騒動を起こし、双子の姉のマディーとFBI捜査官のデイヴィッドを翻弄しました。堅実でしっかり者の姉とは対照的に、自由奔放、悪く言えばむこうみずで危なっかしいキャシーは、恋愛に関しても大胆で衝動的。いい男が大好きで、恋のときめきには人一倍敏感です。けれど、キャシーの熱く燃え上がる恋への憧れは、実は長く続く安定した愛に対する不信感の裏返しでもあったのです。

キャシーは再び舞い戻ったキンベル美術館での仕事を通じて、考古学者のハリソン・スタンディッシュと出会います。けれど、ハリソンはロマンスのときめきなど求めるべくもない、堅苦しくてさえない男。研究一筋の考古学者で、服のセンスがひどいだけでなく、キャシーが名字をもじって「気難し屋教授《スタンドオフイッシュ》」とあだ名をつけてしまうほど、愛想が悪く近寄りがたい雰囲気をかもし出しています。そのうえ、一〇代のときに手痛い失恋をして以来、恋愛に否定的で、「感情を切り離す」ことを信条としているという面倒くささ。いずれ実を結ぶ真剣な交際ならともかく、つかのまのロマンスにうつつを抜かすなど時間の無駄、そんな暇があるなら研究に時間を使ったほうがよっぽどましだと思っています。

このように何もかもが正反対で、最初はお互いに反感さえ抱いていた二人が、どのようにして惹かれ合い、心を通わせていくのでしょう？　その鍵を握るのが、ハリソンが研究している古代エジプトの「悲劇の恋人伝説」です。この伝説自体は作者の創作ですが、正体不明のミイラ男、ハリソンの弟の失踪、魔法のお守りの消失、秘密結社の暗躍……と、伝説を中心に巻き起こるミステリーは実に壮大で、謎に満ちたものとなっています。ヨーロッパ各国を旅する前作とは違い、舞台こそテキサス州フォートワースに限られているものの、本作では三〇〇〇年の時を超えた謎解きが主人公の二人を、そして読者の皆さんを待ち受けているのです。

物語中、ハリソンとキャシーのやり取りの中で「コミットメントフォビア（commitment phobia）」という言葉が出てきます。本文では「結婚恐怖症《コミットメントフォビア》」とルビつきで訳語をあてましたが、この言葉は「長期にわたる安定した恋愛関係を築くことができない人」を意味しています。コミットメントフォビアの人は心の中では長く続く関係を求めながらも、間違った決断を下すことや選択肢を失うことを怖れるあまり、相手を正式な恋人と認めて将来を見据えた交際をする（＝コミットする）ことができません。結果として、関係がコミットメントを必要とする段階に入ると逃げ出してしまい、責任を伴わない短期間の交際ばかりを繰り返すことになります。キャシーはレッテルを貼られることをいやがっているようですが、その行動はまさにコミットメントフォビアの典型と言えるでしょう。

男女ともに年を重ね、経験を積むと、誰もが無垢なままではいられません。一〇代の頃のように無邪気に恋愛に憧れ、結婚を夢見るには、現実の痛みを知りすぎてしまうのです。傷つくことで成長することもあれば、キャシーやハリソンのように不安や絶望を抱え込んでしまうこともあるでしょう。でも、だからこそ自分の弱さや偏りを理解し、受け入れてくれる人と出会えたときの喜びも大きいのではないでしょうか？　本書では、ローリ・ワイルドの持ち味であるコミカルな会話とスリリングな展開とともに、大人ならではの一筋縄ではいかない恋愛の妙を楽しんでいただければ幸いです。

ライムブックス

恋《こい》の伝説《でんせつ》

著　者　ローリ・ワイルド
訳　者　琴葉《ことは》かいら

2009年4月20日　初版第一刷発行

発行人　成瀬雅人
発行所　株式会社原書房
〒160-0022東京都新宿区新宿1-25-13
電話・代表03-3354-0685　http://www.harashobo.co.jp
振替・00150-6-151594
ブックデザイン　川島進（スタジオ・ギブ）
印刷所　中央精版印刷株式会社

落丁・乱丁本はお取り替えいたします。
定価は、カバーに表示してあります。
 ISBN978-4-562-04360-6　Printed in Japan